蒋光慈

中国现代小说经典文库

蒋光慈

黄勇 主编

汕頭大學出版社

图书在版编目(CIP)数据

中国现代小说经典文库. 蒋光慈/黄勇主编. —汕头：
汕头大学出版社. 2012. 1(2021. 6 重印)
ISBN 978 - 7 - 5658 - 0588 - 2

Ⅰ. ①中… Ⅱ. ①黄… Ⅲ. ①小说集—中国—现代
Ⅳ. ①I246

中国版本图书馆 CIP 数据核字(2012)第 008788 号

蒋光慈

JIANG GUANG CI

总 策 划	赵　坚		印　　刷	永清县晔盛亚胶印有限公司
主　　编	黄　勇		开　　本	705mm×960mm　1/16
责任编辑	胡开祥		印　　张	12.25
责任技编	黄东生		字　　数	206 千字
装帧设计	袁　野		版　　次	2012 年 1 月第 1 版
出版发行	汕头大学出版社		印　　次	2021 年 6 月第 4 次印刷
	广东省汕头市大学路 243 号		定　　价	39.80 元
	汕头大学校园内		书　　号	ISBN 978 - 7 - 5658 - 0588 - 2
邮政编码	515063			
电　　话	0754 - 82904613			

前　　言

　　二十世纪二三十年代，随着社会革命的突起急进，革命文学应运而生。自认为"东亚革命的歌者"的蒋光慈（1901－1931），是我国革命文学最早、最热情的开拓者。

　　蒋光慈，学名如恒，自号侠生（僧），曾用笔名蒋光赤。1901 年出生于安徽省霍邱县的一个小商贩之家。"五四"期间，他是芜湖学生运动的风云人物，次年加入上海社会主义青年团。1921 年与刘少奇等赴苏联留学，后转为中共党员。1924 年回国任教于上海大学社会系，并于次年发表了第一部诗集《新梦》，以留学苏联时的诗作作为文学起步，随后开始了大量的诗歌和小说创作。1928 年后组织太阳社、编辑《太阳月刊》，从事革命文学的创作与推广。1931 年 8 月因病，加之著作多被查禁和讥评的压力过大，不幸于上海逝世，年仅而立。

　　蒋光慈虽凭诗歌步入文坛，但其后的小说创作在成就与影响上都远远地超过了他的平直急进的诗歌。蒋光慈的小说创作大体可以区分为两个时期。前期作品带有强烈的主观抒情性，充满着浪漫与激情。其代表作有《少年飘泊者》、《鸭绿江上》、《短裤党》等。《少年飘泊者》的酣畅淋漓的笔墨，抒写了一位由个人反抗发展到为革命捐躯的时代青年的飘泊历程和内心世界，作品洋溢着强烈的反抗精神，富于革命的鼓动性。这与作者所持有的"文学是宣传"的观念有关，倾向于文学的立竿见影的社会功效而不免在高度的革命激情中流露出艺术幼稚病，这一点在《短裤党》中表现得尤为明显，在当时的进步文坛上引起过很大的争论。

　　蒋光慈很快也认识到这种情况，故在他后期的小说创作中增加了对作品艺术性的探索。其中的一个突出表现，便是作家开始大量地采用"革命加恋爱"的主题，从爱情的角度透视革命，以革命的选择来解剖爱情。中篇小说《野祭》通过文人陈季侠对女战士章淑君的凭吊忏悔，展示了一个进步知识分子在革命大潮中爱情观的深刻转变。这种浪漫掺杂革命的形式被很多人所滥用，形成了日后令左翼文坛痛心疾首的"革命＋恋爱"的俗套。然而蒋光慈并没有裹步于此，他开始寻找其他艺术探索的出路，这便是借鉴陀思妥耶夫斯基那种强烈的心理描写的方法来描绘动荡的时代中人们动荡的心灵。《丽莎的哀怨》是蒋光慈最富争议、最有探索性的作品，它以一个俄罗斯贵族女性绝命前的忏悔哀怨的第一人称口吻剖析了没落阶级走向灭亡的复杂的思想情感，通过对反面人物的心理开掘艺术地对革命作出了正面的回答。在作者笔法趋于成熟的小说如《冲出云围的月亮》中，蒋光慈依然没有放弃对这种略带变态的心理描写的探索。

蒋光慈是我国早期革命文学的先行者，他的早期小说鼓动性大于审美性，但经过作者艰难的探索，终于在革命文学的道路上走出了自己的独特风格。

本书收录了蒋光慈小说创作的精品，较为完整地概括出作者不同阶段的创作风貌。

目 录

少年飘泊者

拜轮啊！
你是黑暗的反抗者，
你是上帝的不肖子，
你是自由的歌者，
你是强暴的劲敌。
飘零啊，毁谤啊……
这是你的命运罢，
抑是社会对于天才的敬礼？

——录自作者"怀拜轮"

自序

　　在现在唯美派小说盛行的文学界中，我知道我这一本东西，是不会博得人们喝彩的。人们方沉醉于什么花呀，月呀，好哥哥，甜妹妹的软香巢中，我忽然跳出来做粗暴的叫喊，似觉有点太不识趣了。

　　不过读者切勿误会我是一个完全粗暴的人！我爱美的心，或者也许比别人更甚一点；我也爱幻游于美的国度里。但是，现在我所耳闻目见的，都不能令我起美的快感，更哪能令我发美的歌声呢？朋友们！我也实在没有法子啊！

倘若你们一些文明的先生们说我是粗暴，则我请你们莫要理我好了。我想，现在粗暴的人们毕竟占多数，我这一本粗暴的东西，或者不至于不能得着一点儿同情的应声。

蒋光慈 1925.11.1，于上海。

一

维嘉先生：

我现在要写一封长信给你——你接着它时，一定要惊异，要奇怪，甚至于要莫名其妙。本来，平常我们接到人家的信时，一定先看看是从什么地方寄来的，是谁寄来的。倘若这个给我们写信的人为我们所不知道，并且，他的信是老长老长的，我们一定要惊异，要奇怪。因此，我能想定你接着我这一封长信的时候，你一定要发生莫名其妙而且有趣的情态。

你当然不知觉我是何如人。说起来，我不过是一个飘泊的少年，值不得一般所谓文学家的注意。我向你抱十二分的歉——我不应写这一封长信，来花费你许多贵重的时间。不过我还要请你原谅我，请你知道我对于你的态度。我虽然不长于文学，但我对于文学非常有兴趣；近代中国文学家虽多，然我对于你比较更敬仰一点——我敬仰你有热烈的情感，反抗的精神，新颖的思想，不落于俗套。维嘉先生！你切勿以此为我恭维你的话，这不过是我个人的意思，其实还有多少人小觑你，笑骂你呢！我久已想写信给你，但是我恐怕你与其他时髦文学家同一态度，因之总未敢提笔。现在我住在旅馆里，觉着无聊已极，忽然想将以前的经过——飘泊的历史——提笔回述一下。但是向谁回述呢？我也不是一个大文学家，不愿做一篇自传，好藉之以炫异于当世；我就是将自传做了，又有谁个来读它呢？就是倘若发生万幸，这篇自传能够入于一二人之目，但是也必定不至于有好结果——人们一定要骂我好不害臊，这样的人也配做自传么？维嘉先生！我绝对没有做自传的勇气。

现在请你原谅我。我假设你是一个不鄙弃我的人，并且你也不讨厌我要回述自己飘泊的历史给你听听。我假设你是一个与我表同情的人，所以我才敢提起笔来向你絮絮叨叨地说，向你表白表白我的身世。

维嘉先生！请你不要误会！我并不希望藉你的大笔以润色我的小史

——我的确不敢抱着这种希望。

我也并不是与你完全不认识。五六年前我原见过你几次面，并且与你说过几句话，写过一次信。你记不记得你在 W 埠当学生会长的时代？你记不记得你们把商务会长打了，把日货招牌砍了，一切贩东洋货的奸商要报你们的仇？你记不记得一天夜里有一个人神色匆促向你报信，说奸商们打定主意要报学生仇，已经用钱雇了许多流氓，好暗地把你们学生，特别是你，杀死几个？这些事情我一点儿都未忘却，都紧紧地记在我的脑里。维嘉先生！那一天夜里向你报信的人就是我，就是现在提笔写这一封长信给你的人。当时我只慌里慌张地向你报告消息，并没有说出自己的姓名；你听了我的报告，也就急忙同别人商量去了，并没有问及我的姓名，且没有送我出门。我当时并不怪你，我很知道你太过于热心，而把小礼节忘却了。

这是六年前的事，你大约忘记了罢？维嘉先生！你大约更不知道我生活史中那一次所发生的事变。原来我那一夜回去太晚了，我的东家疑惑我将他们所定的计划泄漏给你们，报告给你们了，到第二天就把我革去职务，不要我替他再当伙友了。这一件事情，你当然是不知道。

我因为在报纸上时常看见你的作品，所以很知道你的名字。W 埠虽是一个大商埠，但是，在五六年前，风气是闭塞极了，所谓新文化运动，可以说是没有。自从你同几位朋友提倡了一下，W 埠的新潮也就渐渐地涌起来了。我不愿意说假话，维嘉先生，我当时实在受你的影响不少！你记不记得有一年暑假时，你接到一封署名汪中的信？那一封信的内容，一直到如今，我还记得，并且还可以背诵得出。现在，我又提笔写长信给你，我不问你对于我的态度如何，讨厌不讨厌我，但我总假设你是一个可以与我谈话的人，可以明白我的人。

那一年我写信给你的时候，正是我想投江自杀的时候；现在我写信给你时的情绪，却与以前不同了。不过写这前后两封信的动机是一样的——我以为你能明白我，你能与我表同情。维嘉先生！我想你是一个很明白的人，你一定知道：一个人当万感丛集的时候，总想找一个人诉一诉衷曲，诉了之后才觉舒服些。我并不敢有奢望求你安慰我；倘若你能始终听我对于自己历史的回述，那就是我最引以为满意的事了。

现在，我请你把我的这一封长信读到底！

二

在安徽省 T 县 P 乡有一乱坟山，山上坟墓累累，也不知埋着的是哪些无靠的孤老穷婆，贫儿苦女——无依的野魂。说起来，这座乱坟山倒是一块自由平等的国土，毫无阶级贵贱的痕迹。这些累累的坟墓，无论如何，你总说不清哪一个尊贵些，卧着的是贵族的先人；哪一个贫贱些，卧着的是乞丐的祖宗。这里一无庄严的碑石，二无分别的记号，大家都自由地排列着，也不论什么高下的秩序。或者这些坟墓中的野魂，生前受尽残酷的蹂躏，不平等的待遇，尝足人世间所有的苦痛；但是现在啊，他们是再平等自由没有的了。这里无豪贵的位置，豪贵的鬼魂绝对不到这里来，他们尽有自己的国土；这里的居邻尽是些同等的分子，所谓凌弱欺贱的现象，大约是一定不会有的。

乱坟山的东南角，于民国四年九月十五日，在丛集土堆的夹道中，又添葬了一座新坟。寥寥几个送葬的人将坟堆积好了，大家都回去了，只剩下一个带孝的约十五六岁的小学生，他的眼哭得如樱桃一般的红肿。等到一切人都走了，他更抚着新坟痛哭，或者他的泪潮已将新坟涌得透湿了。

夕阳渐渐要入土了，它的光线照着新掩埋的坟土，更显出一种凄凉的红黄色。几处牧童唱着若断若续的归家牧歌，似觉是帮助这个可怜的小学生痛哭。晚天的秋风渐渐地凉起来了，更吹得他的心要炸裂了。暮帐愈伸愈黑，把累累坟墓中的阴气都密布起来。忽而一轮明月从东方升起，将坟墓的颜色改变了一下，但是谁个能形容出这时坟墓的颜色是如何悲惨呢？

他在这时候实在也没有力量再哭下去了。他好好地坐在新坟的旁边，抬头向四面一望，对着初升的明月出了一会儿神。接着又向月光下的新坟默默地望着。他在这时候的情绪却不十分悲惨了，他的态度似乎觉得变成很从容达观的样子。他很从容地对着新坟中的人说道：

"我可怜的爸爸！我可怜的妈妈！你俩今死了，你俩永远抛下这一个弱苦的儿子，无依无靠的我。"

"你俩总算是幸福的了：能够在一块儿死，并且死后埋在一块，免去了终古的寂寞。黑暗的人间硬逼迫你俩含冤而死，恶劣的社会永未给过你俩以少微的幸福。你俩的冤屈什么时候可以伸雪？你俩所未得到的幸福又什么时候可以偿还呢？"

"但是，我的爸爸！我的妈妈！你俩现在可以终古平安地卧着，人世间的恶魔再不能来扰害你俩人。这里有同等的邻居——他们生前或同你俩一样地受苦，他们现在当然可以做你俩和睦的伴侣。这里有野外的雨露——你俩生前虽然背了许多耻辱，但是这些雨露或可以把你俩的耻辱洗去。这里有野外的明月——你俩生前虽然一世过着黑暗的生活，但是现在你俩可以细细领略明月的光辉。

"爸爸！妈妈！平安地卧着罢！你俩从今再不会尝受人世间的虐待了！"

"但是，你俩倒好了，你俩所抛下一个年幼的儿子——我将怎么办呢？我将到何处去？我将到何处去？……"

说到此时，他又悲伤起来，泪又不禁涔涔地流下。他想，他的父母既然被人们虐待死了，他是一个年幼的小孩子，当然更不知要受人们如何的虐待呢！他于是不禁从悲伤中又添加了一层不可言状的恐惧。

"倒不如也死去好……"他又这般地想着。

维嘉先生！这一个十六岁的小学生，就是十年前的我。这一座新坟里所卧着的，就是我那可怜的，被黑暗社会所逼死的父亲。说起来，我到现在还伤心——我永远忘却不了我父母致死的原因！现在离我那可怜的父亲之死已经有十年了，在这十年之中，我总未忘却我父亲是为着什么死的。

江河有尽头，此恨绵绵无尽期！我要为我父亲报仇，我要为我父母伸冤，我要破坏这逼使我父母惨死的万恶社会。但是，维嘉先生，我父母死去已十年了，而万恶的社会依然。而我仍是一个抱恨的飘泊的少年！

三

民国四年，我乡不幸天旱，一直到五月底，秧禾还没有栽齐。是年秋收甚劣，不过三四成。当佃户的倘若把课租缴齐与主人（我乡称地主为主人），就要一点儿也不剩，一定要饿死。有些佃户没有方法想，只得请主人吃酒，哀告将课租减少。倘若主人是有点良心的，则或将课租略略减少一点，发一发无上的大慈悲；不过多半主人是不愿意将课租减少的——他们不问佃户有能力缴课租与否，总是硬逼迫佃户将课租缴齐，否则便要驱逐，便要诉之于法律，以抗缴课租罪论。有一些胆小的佃户们，因为怕犯法，只得想方设法，或借贷，或变卖耕具，极力把课租缴齐；倘若主人逼得太紧了，他们又无法子可想，最后的一条路不是自杀，就是卖老婆。有一些胆大的佃户们，没有方法想，只得随着硬抵，结果不是被驱逐，就是挨打，坐监狱。因之，那一年我县的监狱倒是很兴旺的。

我家也是一个佃户。那一年上帝对于穷人大加照顾，一般佃户们都没脱了他的恩惠。我家既然也是一个佃户，当然也脱不了上帝的恩惠，尝一尝一般佃户们所受的痛苦。我家人口共三人，我的父母和我。我在本乡小学校读书，他们俩在家操作；因为天旱，我的书也读不成了，就在家里闲住着。当时我的父母看着收成不好，一家人将要饿死，又加着我们的主人势大，毫不讲一点儿理由，于是天天总是相对着叹气，或相抱着哭泣。这时真是我的小生命中一大波浪。

缴课租的日子到了。我家倘若把收得的一点粮食都缴与主人罢，则我们全家三口人一定要饿死；倘若不缴与主人罢，则主人岂能干休？我的父母足足哭了一夜，我也在旁边伴着他俩老人家哭。第二日早饭过后，主人即派人来到我家索课租。那两个奴才仗着主人的势力，恶狠狠地高声对我父亲说："汪老二！我们的主人说了，今天下午你应把课租担送过去，一粒也不许缺少，否则打断你的狗腿！"

我的父母很悲惨地相互默默地望着。那两个奴才把话说完就出门去了。我俯在桌子上，也一声儿不响。到后来还是我母亲先开口问我父亲："怎么办呢？"

"你说怎么办呢？只有一条死路！"

我听见我父亲说出一条死路几个字，不禁放声哭了。他俩见我放声哭了，也就大放声哭起来，后来，我想老哭不能完事，一定要想出一个办法。于是我擦一擦眼泪，抬头向父亲说：

"爸爸！我想我们绝对不至于走到死路的。我想你可以到主人家里去哀告哀告，或者主人可以发点慈悲，不至于拼命地逼迫我们。人们大约都有点良心，当真我们的主人是禽兽不成？爸爸！你去试一试，反正我们也没有别的方法可想……"

我们的主人是最可恶不过的。人家都称他为刘老太爷；因为他的大儿子在省署里做官——做什么官我也不清楚——有声有势；二儿子在军队里做营长，几次回家来威武极了。这位刘老太爷有这么两位好儿子，当然是可以称雄于乡里的了，因之做恶为祟，任所欲为，谁也不敢说一句闲话。他平素对待自己的佃户，可以说酷虐已极，无以复加！当时我劝我父亲去向他哀告，不过是不得已的办法，我父亲也知道这种办法，是不会得着效果的。不过到了没有办法的时候，也只得要走这一条路。于是我父亲听从了我的话，向我母亲说："事到如此地步，我只得去试一试，倘若老天爷不绝我们的生路，他或者也发现点天良，慈悲我们一下，也未可知。我现在就去了，你们且在家等着，莫要着急！"

我父亲踉跄地出门去了。

刘老太爷的家——刘家老楼——离我家不远。父亲去后，我与母亲在家提心吊胆地等着。我只见我母亲的脸一会儿发红，一会儿发白，一会儿又落泪。照着她脸上的变态，我就知道她心里是如何地恐慌，如何地忧惧，如何地悲戚，如何地苦痛。

但是我当时总找不出安慰她老人家的话来。

四

维嘉先生！人世间的惨酷和恶狠，倘若我们未亲自经验过，有许多是不会能令我们相信的。我父母之死，就死在这种惨酷和恶狠里。我想，倘若某一个人与我没什么大仇恨，我决不至于硬逼迫他走入死地，我决不忍将他全家陷于绝境。但是，天下事决不能如你我的想望，世间人尽有比野兽还毒的。可怜我的父母，我的不幸的父母，他俩竟死于毫无人心的刘老太爷的手里！……

当我劝父亲到刘老太爷家里哀告时，虽未抱着大希望，但也决料不到我父亲将受刘老爷的毒打。就是我父亲自己临行时，大约也未想及自己就要死于这一次的哀告。我与我母亲老在家等我父亲回来，等他回来报告好的消息。我当时虽然未祷告，但是，我想，我的母亲一定是在心中暗地祷告，求菩萨保佑我们的性命，父亲的安稳，但是菩萨的双耳听错了：我母亲祈祷的是幸福，而他给予的却是灾祸。从这一次起，我才知道所谓上帝，所谓菩萨，是与穷人们极反对的。

我们等父亲回来，但等至日快正中了，还未见父亲回来。母亲不耐烦跑到门外望——睁着眼不住地向刘家老楼那一方向望。我还在屋里坐在椅子上东猜西想，就觉着有什么大祸要临头也似的。忽而听见门外一句悲惨而惊慌的呼唤声："中儿！你出来看看，那，那是不是你的父亲？……"

我听见这一句话，知道是母亲叫唤我，我急忙跑出来。此时母亲的态度更变为惊慌了。我就问她："怎么了？父亲在什么地方？"

"你看，那走路一歪一倒的不是你的父亲么？吃醉了酒？喂！现在哪有酒吃呢？说不定被刘老太爷打坏了……"

啊，是的！被我母亲猜着了。父亲一歪一倒地愈走愈近，我和母亲便向前去迎接他。他的面色现在几如石灰一样的白，见着我们一句话也不说，只是泪汪汪地，一手搭在我的肩上，一手搭在母亲的肩上，示意教我俩将他架到屋里去。我和母亲将他架到屋里，放在床上之后，我母亲才问他："你，你怎么弄到这般样子？……"

我母亲哭起来了。

我父亲眼泪汪汪地很费力气地说了两句话："我怕不能活了，我的腰部，我的肚肠，都被刘老太爷的伙计踢坏了……"

我母亲听了父亲的话，更大哭起来。很奇怪，在这个当儿，我并不哭，只呆呆地向着父亲的面孔望。我心里想着："我父亲与你有什么深仇大恨，你忍心下这般的毒手？哀告你不允，也就罢了，你为什么将他打到这个样子？唉！刘老太爷你是人，还是凶狠的野兽？是的！是的！我与你不共戴天，不共戴天！

"你有什么权力这样行凶作恶？我们是你的佃户，你是我们的主人？哼！这是什么道理呀？我们耕种土地，你坐享其成，并且硬逼迫我们饿死，将我们打死，陷我们于绝境……世界上难道再有比这种更为惨酷的事么？"

"爸爸！你死在这种惨酷里，你是人间的不幸者——我将永远不能忘却这个，我一定要……爸爸呀！"

当时我想到这里，我的灵魂似觉已离开我原有的坐处。模模糊糊地我跑到厨房拿了一把菜刀，径自出了家门，向着刘家老楼行去。进了刘家老楼大门之后，我看见刘老太爷正在大厅与一般穿得很阔的人们吃酒谈笑，高兴得不亦乐乎。他那一副黑而恶的太岁面孔，表现出无涯际的得意神情；那一般贵客都向他表示出十二分的敬礼。我见着这种状况，心内的火山破裂了，任你将太平洋的水全般倾泻来，也不能将它扑灭下去。我走向前向刘老太爷劈头一菜刀，将他头劈为两半，他的血即刻把我的两手染红了，并流了满地，满桌子，满酒杯里。他从椅子上倒下地来了，两手继续地乱抓；一般贵客都惊慌失色地跑了。有的竟骇得晕倒在地下。

大厅中所遗留的是死尸，血迹，狼藉的杯盘，一个染了两手鲜血的我。我对着一切狂笑，我得着了最后的胜利……

这是我当时的幻想。我可惜幻想不能成为事实，但是有时候幻想也能令人得到十分的愉快。在当时的幻想中，我似觉征服了一切，斩尽了所有的恶魔，恢复了人世间的光明。倘若事实能够与幻想相符合，幻想能够真成为事实，维嘉先生，你想想这是多么令人满意的事啊！

我很知道幻想对于失意人的趣味，一直到现在，我还未抛却爱幻想的习惯。倘若在事实上我们战不胜人，则我们在幻想中一定可以战胜人；倘若刘老太爷到现在还未被我杀却，但是在幻想中我久已把他杀却了。

我以为幻想是我们失意人之自慰的方法。

五

当晚我同母亲商议，老哭不能医好父亲的创伤，于是决定我第二日清早到 J 镇上去请 K 医生。

父亲一夜并未说别的话，只是"哎哟！哎哟……"地哼；母亲坐在床沿上守着他，只是为无声的暗泣。我一夜也没睡觉——这一夜我完全消耗在幻想里。

第二日清早，我即到 J 镇上去请 K 医生。J 镇距我家有四五里之遥，连请医生及走路，大约要一两个钟头。

维嘉先生！我真形容不出来人世间是如何的狠毒，人们的心是如何的不测！在这一两个钟头之内，我父母双双地被迫着惨死——他俩永远地变成黑暗的牺牲者，永远地含冤以终古！说起来，真令人发指心碎啊！当时我还是一个小孩子，一点幼稚的心灵怎能经这般无可比拟的刺激！我真不晓得为什么我没有疯癫，我还能一直活到现在。

原来我去后不久，刘老太爷派一些伙计们到我家来挑课租。他们如狼似虎的拿着扁担稻箩跑到我家来，不问我家愿意与否，就下手向谷仓中量谷。我母亲起初只当他们是抢谷的强盗，后来才知道他们是刘老太爷的伙计。她本是一个弱女子，至此也忍不得不向他们大骂了。病在床上的父亲见着如此的情形，于是连气带痛，就大叫一声死去了——永远地死去了。母亲见着父亲死去，环顾室内的物品狼藉，以为没有再活着的兴趣，遂亦在父亲的面前用剪刀刺喉而自尽了。

当刘老太爷的伙计们挑谷出门，高唱快活山歌的时候，就是我父母双双惨死的时候。人世间的黑暗和狠毒，恐怕尽于此矣！

我好容易把医生请到了，实只望我父亲还有万一痊愈的希望。又谁知医生还未请到家，他已含冤地逝去；又谁知死了一个父亲还不算，我母亲又活活地被逼而自尽。唉！人世间的凄惨，难道还有过于这种现象的么？

我一进家门，就知道发生了事变。及到屋内见着了母亲的惨状，满地的血痕，我的眼一昏，心房一裂，就晕倒在地，失却了一切的知觉。此时同我一起来我家的 K 医生，大约一见势头不好，即逃之夭夭了。

这是一场完全表现出人间黑暗的悲剧。

晕倒过后，我又慢慢地苏醒过来。一幅极凄惨的悲景又重展开在我的面前，我只有放声的痛哭。唉！人世间的黑暗，人们的狠毒，社会的不公平，公理的泯灭……

维嘉先生！请你想想我当时的情况是什么样子！一个十五六岁的小孩子，没有经验，少经世故，忽然遇着这么大的惨变，这是如何的沉痛啊！我现在想想，有时很奇怪，为什么我当时没有骇死，急死，或哭死。倘若我当时骇死，或急死，或哭死，倒也是一件对于我很幸的事情。说一句老实话，在现在的社会中，到处都是冷酷的，黑暗的，没有点儿仁爱和光明，实在没有活着做人的趣味。但是，维嘉先生，不幸到现在我还没有死，我还要在这种万恶的社会中生存着。万恶的社会所赐予我的痛苦和悲哀，维嘉先生，就是你那一支有天才的大笔，恐怕也不能描写出来万分之一啊！万恶的社会给予我的痛苦愈多，更把我的反抗性愈养成得坚硬了——我到现在还是一个飘泊的少年，一个至死不屈服于黑暗的少年。我将此生的生活完全贡献在奋斗的波浪中。

当时我眼睁睁地看着父母的死尸，简直无所措手足，不知怎么办才好。一个十五六岁的小孩子，遇着这种大惨变，当然是没有办法的。幸亏离我家不远的有一位邻家，当时邻家王老头子大约知道我家发生惨变，于是就拿着拐杖跑到我家看看到底是什么一回事。他一看见我家内的情形，不禁连哭带哼地说了一句："这是我们耕田的结果！……"

当时王老头子，他是一个很忠实的老农夫，指点我应当怎么办，怎么办。我就照着他老人家的指点，把几个穷亲戚，穷家族，请了来商量一商量。当时我的思想注重在报仇，要同刘老太爷到县内去打官司。大家都摇头说不行，不行：刘老太爷的势力浩大，本县县知事都怕他——每任县知事来上任时，一定先要拜访拜访他，不然，县知事就做不安稳；一个小百姓，况且又是他的佃户，如何能与他反抗呢？

"这也是命该的。"

"现在的世界，哪有我们穷人说理的地方！倒不如省一件事情，免去一次是非的好。里外我们穷人要忍耐一点。"

"汪中，你要放明白些，你如何是刘老太爷的对手？你的父母被他弄死，已经是很大的不幸，你千万再不要遭他的毒手了！"

"我的意思，不如碰他一下也好——"

"算了罢，我们现在先把丧事治好了要紧。"

"……"

大家七嘴八舌，谁也找不出一个办法。

维嘉先生！父母被人害了，而反无一点声诉的权利，人世间的黑暗难道还有过于此者？我一想起来现在社会的内情，有时不禁浑身发抖，战栗万状。倘若我们称现世界为兽的世界，吃人的世界，我想这并不能算过火。我们试一研究兽类的生活，恐怕黑暗的程度还不及人类啊！

结果，大家都主张不与刘老太爷打官司，我当时是一个小孩子，当然也不能有什么违拗。

于是，于是我的父母，我的可怜的父母，就白白地被刘老太爷逼死了！……何处是公理？何处是人道？维嘉先生！对于弱者，对于穷人，世界上没有什么公理和人道——这个我知道得很清楚，很详细，你大约不以为言之过火罢。唉！我真不愿意多说了，多说徒使我伤心啊！

六

丧事匆匆地办妥。有钱的人家当然要请和尚道士到家里念经超度，还要大开什么吊礼；但是，我家穷得吃的都没有，哪还有钱做这些面子？借货罢，有谁个借给我们？——父母生前既是穷命，死后当然也得不着热闹。民国四年九月十五日，几个穷亲族冷清清地，静悄悄地，抬着两口白棺材，合埋在乱坟山的东南角。

于是黑暗的人间再没有他俩的影迹了——他俩从此抛却人间的一切，永远地，永远地脱离了一切痛苦……

维嘉先生，我飘泊的历史要从此开始了。父母在时，他俩虽是弱者，但对于我总是特加怜爱的，绝不轻易加我以虐待。他俩既死了，有谁个顾及一个零丁的孤子？有谁个不更加我以白眼呢？人们总是以势利为转移，惯会奉承强者，欺压弱者。维嘉先生！我又怎能脱离这弱者的遭遇呢？父母生前为人们所蹂躏，父母死后，一个孤苦的十五六岁的小孩子受人们的蹂躏更不足怪了！我成了一个孤苦而无人照顾的孩子。

伏着新坟痛哭，痛哭一至于无声无力而啜泣。热泪涌透了新坟，悲哀添加了夕阳的黯淡，天地入于凄凉的惨色。当时会有谁个了解这一个十五六岁小孩子的心境，谁个与他表一点人类的同情，谁个与他一点苦痛中的安慰，谁个为他洒一点热泪呢？他愈悲哀则愈痛哭，愈痛哭则愈悲哀，他，他真是人世间不幸的代表了！

维嘉先生！你当然是很知道的，在现代的社会中，穷孩子，特别是无父母的穷孩子，是如何受人们的欺侮。回忆过去十年中的生活，我真是欲哭无泪，心神战栗。我真了解了穷孩子的命运！倘若这个命运是上帝所赐予的，那我就将世界的穷孩子召集在一起，就是不能将上帝——害人的恶物——打死，也要骂得他一个头昏目眩！人们或者说我是上帝的叛徒，是啊！是啊！我承认，我承认我是上帝的叛徒……

当晚从新坟回来之后，一个人——此时我家里只剩下我一个人了——睡在床上，又冷清，又沉寂，又悲哀，又凄惨，翻来覆去，总是不能入梦。想想这里，想想那里，想想过去，想想将来，不知怎么办才好。继续读书罢，当然是没有希望了。耕田罢，我年纪轻了，不行。帮人家放牛罢，喂，又要不知如何受主人的虐待。投靠亲族罢，喂，哪个愿意管我的事？自杀罢，这个，恐怕不十分大好受。那末，到底怎么办呢？走什么路？向何处去？到处都不认识我，到处没有我的骨肉，我，我一个小孩子怎么办呢？

维嘉先生！我当时胡思乱想的结果，得着了一条路，决定向着这一条路上走。你恐怕无论如何也猜不出这一条路是什么路。

我生性爱反抗，爱抱不平。我还记得我十三岁那一年，读《史记》读到《朱家郭解传》，不禁心神向往，慨然慕朱家郭解之为人。有一次先生问我："汪中！历史上的人物，据你所知道的，哪一个最令你钦佩些？"

"我所佩服的是朱家郭解一流人物。也许周公，孔子，庄周……及各代所谓忠臣义将有可令人崇拜的地方，但是他们对于我没有什么趣味。"我回答先生说。

"朱家郭解可佩服的在什么地方？"先生很惊异地又问我。

"他们是好汉，他们爱打抱不平，他们帮助弱者。先生！我不喜欢耀武扬威有权势的人们，我不明白为什么要尊敬圣贤，我专佩服为穷人出气的……"

我说到这里，先生睁着两只大眼向我看着，似觉很奇怪，很不高兴的样子。他半晌才向我哼了一句："非正道也！"

维嘉先生！也许我这个人的思想自小就入于邪道了，但是既入于邪道了，要想改入正道，也是一件很不容易的事情。我到现在总未做过改入正道的念头，大约将来也是要走邪道到底的。但是，维嘉先生！我现在很希望你不以为我是一个不走正道的人，你能了解我，原谅我。倘若你能与我表一点同情，则真是我的万幸了！

民国四年，我乡土匪蜂起，原因是年年天旱，民不聊生，一般胆大的穷人都入于土匪的队伍，一般胆小一点的穷人当然伏在家中挨饿。闻说离我家约四十余里远有一桃林村，村为一群土匪约百余人所盘踞。该一群土匪的头目名叫王大金刚，人家都说他是土匪头目中的英雄：他专门令手下的人抢掠富有，毫不骚扰贫民，并且有一些贫民赖着他的帮助，得以维持生活。他常常说："现在我们穷人的世界到了，谁个不愿意眼睁睁地饿死，就请同我一块儿来！我们同是人，同具一样的五官，同是一样地要吃，同是一样的肚皮，为什么我们就应当饿死，而有钱的人就应当快活享福呢？……"这一类的话是从别人口中传到我的耳里，无论真确不真确，可是我当时甚为之所引动。就是到现在，我还时常想起这位土匪头目的话，我虽未见过他一面，但我总向他表示无限的敬意。喂！维嘉先生！我说到此处，你可是莫要害怕，莫要不高兴我崇拜土匪！我老实向你说，我从未把当土匪算为可耻的事情，我并且以为有许多土匪比所谓文质彬彬，或耀武扬威的大人先生们好得多！倘若你以为当土匪是可耻的，那末，请你把土匪的人格低于大人先生的人格之地方指示出来！我现在很可惜不能亲身与你对面讨论讨论这个问题。不过你是一个有反抗性的诗人，我相信你的见解不至于如一般市侩的一样。你的见解或同我的一样。喂！维嘉先生！我又高攀了。哈哈！

上边我说胡思乱想的结果，得着了一条路。维嘉先生！你现在大约猜着了这一条路是什么路罢？这一条路就是到桃林村去入伙当土匪。我想当土匪的原因：第一，我的身量也很长了，虽然才十六岁，但是已经有当土匪的资格了；第二，无路可走，不当土匪就要饿死；第三，王大金刚的为人做事，为我所敬仰，我以为他是英雄；第四，我父母白白地被刘老太爷害死，此仇不共戴天，焉可不报？我向王大金则说明这种冤屈，或者他能派人来刘家老楼，把刘老太爷捉住杀死。有了这四种原因，我到桃林村入伙的念头就坚定了。

"到桃林村入伙去！"

打算了一夜，第二天清早我即捡点一点东西随身带着，其余的我都不问了，任它丢也好，不丢也好。到桃林村的路，我虽未走过一次，但是听人说过，自以为也没甚大要紧。当我离开家门，走了几步向后望时，我的泪不觉涔涔地下了！

"从此时起，你已经不是我的家了！……父母生前劳苦的痕迹，我儿时的玩具，一切一切，我走后，你还能保存么？……此后我是一个天涯的孤子，飘泊的少年，到处是我的家，到处是我的寄宿地，我将为一无巢穴的小鸟……你屋前的杨柳啊！你为我摇动久悬的哀丝罢，你树上的雀鸟啊！你为我鸣唱飘泊的凄清罢！我去了……"

将好到桃林村的路，要经过乱坟山的东南角，我当时又伏在新坟上为一次辞别的痛哭。东方已经发白了。噪晓的鸟雀破了大地沉寂，渐渐地又听着牧歌四起——这是助不幸者的痛苦呢，抑是为飘泊少年的临别赠语？维嘉先生！你想想我这时的心境是如何地悲哀啊！

"我亲爱的爸爸妈妈！我可怜的爸爸妈妈！你知道你俩的一个孤苦的儿子现在来与你俩辞别么？你俩的儿子现在来与你俩辞别，也许是这最后的……永远的……"

"我亲爱的爸爸妈妈！我可怜的爸爸妈妈！也许这一去能够成全我的痴念，能够为你俩雪一雪不世的冤屈，也许你俩的敌人要死在我手里，也许仇人的头颅终久要贡献在你俩的墓前；也许……

"但是，我亲爱的爸爸妈妈！我可怜的爸爸妈妈！也许你俩的儿子一去不复还，也许你俩的儿子永远要飘流在海角天边，也许你俩的儿子永远再不来瞻拜墓前……

"……"

七

黑云渐渐密布起来了。天故意与半路的孤子为难也似的：起初秋风从远处吹来几点碎雨，以为还没有什么，总还可以走路的；谁知雨愈下愈大，愈下愈紧，把行路孤子的衣履打得透湿，一小包行李顿加了很大的重量。临行时忘却随身带一把伞，不但头被雨点打得晕了，就是两眼也被风雨吹打得难于展开。

"天哪！你为什么这么样与我为难呢？我是一个不幸的孤子，倘若你是有神智的，你就不应加我以这样的窘迫。"

"这四周又没有人家，我将如何是好呢？我到何处去？……难道我今天就死于这风雨的中途么……可怜我的命运呀！"

"天哪！你应睁一睁眼啊！……"

我辞别了父母之墓，就开步向桃林村进行。本来我家离桃林村不过四十余里之遥，半日尽可以到了；可是，一则我从未走过长路，出过远门，二是我身上又背着一小包行李，里边带着一点吃食的东西，虽然不大重，但对于我——一个十六岁的读书学生，的确是很重的了；因此，我走了半天，才走到二十多里路。路径又不熟，差不多见一个人问一个人，恐怕走错了路。临行时，慌里慌张地忘却带雨伞，当时绝未料及在路中会遇着大雨。谁知天老爷是穷人的对头，是不幸者的仇敌，在半路中竟鬼哭神号地下了大雨。维嘉先生！请你想一想我当时在半路中遇雨的情况是什么样子！我当时急得无法哭起来了。哭是不幸者陷于困难时的惟一表示悲哀的方法啊。

我正一步一步带走带哭的时候，忽听后面有脚步声，濮池濮池地踏着烂泥响。我正预备回头看的时候，忽听着我后面喊问一声："那前边走的是谁呀！请停一步……"听此一喊问，我就停着不动了。那人打着雨伞，快步走到我面前来，原来是一个五十余岁的，面貌很和善的老头儿。他即速把伞将我遮盖住，并表示一种很哀悯的情态。

"不幸的少先生！你到什么地方去呀？"

"我到桃林村去；不幸忘却带伞，现在遇着雨了。"

"我家离此已经不远了，你可以先到我家避一避雨，待天晴时，然后再走。你看好不好？"

"多谢你老人家的盛意！我自然是情愿的！"

我得着了救星，心中就如一大块石头落下去了。当时我就慢慢地跟着这一位老头儿走到他的家里来。可是，刚一到了他家之后，因为我浑身都淋湿了，如水公鸡也似的，无论如何，我是支持不住了：浑身冻得打战，牙齿嗑着达达地响。老头儿及他的老妻——也是一个很和善的老太婆——连忙将我衣服脱了，将我送上床躺着，用被盖着紧紧地，一面又烧起火来，替我烘衣服。可是我的头渐渐大起来了，浑身的热度渐渐膨胀起来了，神经渐渐失却知觉了——我就大病而特病起来了。我这一次病的确是非常严重，几乎把两位好意招待我的老人家急得要命。在病重时的过程中，我完全不知道我自己的状况及他俩老人家的焦急和忙碌；后来过了两天我病势减轻的时候，他俩老人家向我诉说我病中的情形，我才知道我几番濒于危境。我对于他俩老人家表示无限的感激。若以普通惯用的话来表示之，则真所谓"恩同再造"了。

我的病一天一天地渐渐好了。他俩老人家也渐渐放心起来。在病中，他俩老人家不愿同我多说话，恐怕多说话妨害我的病势。等我的病快要好了的时候，他俩才渐渐同我谈话，询问我的名姓和家室，及去桃林村干什么事情。我悲哀地将我的家事及父母惨死的经过，一件一件向他俩诉说，他俩闻之，老人家心肠软，不禁替我流起老泪来了；我见着他俩流起泪来，我又不禁更伤心而痛哭了。

"你预备到桃林村去做什么呢？那里有你的亲戚或家门？……那里现在不大平安，顶好你莫要去，你是一个小孩子。"

问我为什么到桃林村去，这我真难以答应出来。我说我去找亲戚及家门罢，我那里本来没有什么亲戚和家门；我说我去入伙当土匪罢，喂，这怎能说出呢？说出来，恐怕要……不能说！不能说！我只得要向这俩老人家说谎话了。

"我有一位堂兄在桃林村耕田，现在我到他那儿去。老爹爹！你说那里现在不平安，到底因为什么不平安呢？莫不是那地方有强盗——"

"强盗可是没有了。那里现在驻扎着一连兵，这兵比强盗差不多，或者比强盗还要作恶些。一月前，不错，桃林村聚集了一窝强盗，可是这些强盗，他们并不十分扰害如我们这一般的穷人。现在这些官兵将他们打跑了，就在桃林村驻扎起来，抢掠不分贫富，弄得比土匪强盗还利害！唉！现在的世界——"

我听老头儿说到这里，心里凉了半截。糟糕！入伙是不成的了，但是又到何处去呢？天哪！天哪！我只暗暗地叫苦。

"现在的世界，我老实对少先生说，真是弄到不成个样子！穷人简直不能过日子！我呢？少先生！你看这两间茅棚，数张破椅，几本旧书，其他什么东西都没有；一个二十余岁的儿子，没有法想，帮人家打长工；我在家教一个蒙馆以维持生活，我与老妻才不至于饿死；本来算是穷到地了！但是，就是这样的穷法，也时常要挨受许多的扰乱，不能安安地过日子。

"我教个小书，有许多人说我是隐士，悠然于世外。喂！我是隐士？倘若我有权力，不瞒少先生说，我一定要做一番澄清社会的事业。但是，这是妄想啊！我与老妻的生活都难维持，还谈到什么其他的事业。

"少先生！我最可惜我的一个可爱的儿子。他念了几年书，又纯洁，又忠实，又聪明，倘若他有机会读书，一定是很有希望的；但是，因为家境的逼迫，他不得已替人家做苦工，并且尝受尽了主人的牛马般的虐待。唉！说起来，真令人……"

老头儿说到此地，只是叹气，表现出无限的悲哀。我向他表示无限的同情，但是这种同情更增加我自身的悲哀。

王老头儿（后来我才晓得他姓王）的家庭，我仔细打量一番，觉得他们的布置上还有十分雅气，确是一个中国旧知识阶级的样子，但是，穷可穷到地了。我初进门时，未顾得看王老头儿的家庭状况，病中又不晓得打量，病好了才仔细看一番，才晓得住在什么人家的屋子里。

老夫妻俩侍候我又周到，又诚恳。王老头儿天天坐在榻前，东西南北，古往今来，说一些故事给我听，并告诉了我许多自己的经验，我因之得了不少的知识。迄今思之，那一对老人家的面貌，待我的情义，宛然尚在目前，宛然回旋于脑际。但是，他俩还在人世么？或者已经墓草蓬蓬，白骨枯朽了……

当时我病好了，势不能再常住在王老头儿夫妻的家里，虽然他俩没有逐客的表示，但是我怎忍多连累他俩老人家呢？于是我决定走了。临行的时候，王老头儿夫妻依依不舍，送一程又一程，我也未免又洒了几点泪。他俩问我到什么地方去，我含糊地答应："到……到城里去。"

其实，到什么地方去呢？维嘉先生！何处是不幸者的驻足地呢？我去了！但是到什么地方去呢？……

八

离了王老头儿家之后，我糊里糊涂走了几里路，心中本未决定到什么地方去。回家罢，我没有家了；到桃林村去罢，那里王大金刚已不在了，若被不讲理的官兵捉住，倒不是好玩的；到城里去罢，到城里去干什么呢？想来想去，无论如何想不出一条路。最后我决定到城里去，俟到城里后再作打算。我问清了路，就沿着大路进行。肩上背着一个小包里带着点粮，还够两天多吃，一时还不至于闹饥饿。我预备两天即可到城里，到城里大约不至于饿死。

天已经渐渐黑了。夕阳慢慢地收起了自己的金影，乌鸦一群一群地飞归，并急噪着暮景。路上已没有了行人。四面一望。一无村庄，二无旅店——就是有旅店，我也不能进去住宿，住宿是要有钱才可以的，我哪有钱呢？不得已还是低着头往前走。走着，走着，忽看见道路右边隐隐约约似觉有座庙宇。俄而又听着撞钟的声音——叮当，叮当的响。我决定这是一座庙宇，于是就向着这座庙宇走去。庙宇的门已经闭了，我连敲几下，小和尚开门，问我干什么事，我将归宿的意思告诉他。他问了老和尚的意思，老和尚说可以，就指定我在关帝大殿右方神龛下为我的宿处。大殿内没有灯烛，阴森森，黑漆漆地有鬼气，若是往常，你就打死我也不敢在这种地方歇宿，但是现在一则走累了，二则没有别的地方，只得将就睡去。初睡的时候，只听剌郎剌郎的响，似觉有鬼也似的，使我头发都竖了起来。但是因为走了一天的路，精神疲倦太甚，睡神终久得着胜利了。

第二天早晨，我正好梦方浓的时候，忽然有人把我摇醒了。我睁眼一看，原来一个胖大的和尚和一个清瘦的斯文先生立在我旁边，向我带疑带笑地看。

"天不早了，你可以醒醒了，这里非久睡之地，"胖和尚说。

"你倒像一个读书的学生，为什么这样狼狈，为什么一个人孤行呢？你的年纪还不大罢？"清瘦的斯文先生说。

我只得揉揉眼起来，向他们说一说我的身世，并说我现在成一个飘流的孤子，无亲可投，无家可归。至于想到桃林村入伙而未遂的话，当然没有向他们说。他俩听了我的话之后，似觉也表示很大的同情的样子。

"刘先生！这个小孩子，看来是很诚实的，我看你倒可以成全他一下。你来往斯文之间，出入翰墨之家，一个人未免有点孤单，不如把他收为弟子或做收书童，一方面侍候你，二方面为你的旅伴。你看好不好呢？"胖和尚向着清瘦的斯文先生说。

"可是可以的，他跟着我当然不会饿肚子，我也可以减少点劳苦。但不知他自己可愿意呢？"清瘦的斯文先生沉吟一下回答胖和尚说。

我听了胖和尚的话，又看看这位斯文先生的样子，我知道这位斯文先生是何等样的人了——他是一个川馆的先生。维嘉先生！川馆先生到处都有，我想你当然知道是干什么勾当的。当时我因为无法可想，反正无处去，遂决定照着胖和尚的话，拜他做老师，好跟着他东西南北鬼混。于是就满口应承，顺便向他磕一个头，就拜他为老师了。斯文先生喜欢的了不得，向胖和尚说了些感激成全的话。胖和尚分付小和尚替我们预备早饭，我就大大的饱吃了一顿。早饭之后，我们向胖和尚辞行，出了庙门；斯文先生所有的一切所谓的文房四宝，装在一个长布袋里，我都替他背着。他在前头走，我在后头行。此后他到哪里，我也到哪里，今天到某秀才家里写几张字画，明天到某一个教书馆里谈论点风骚，倒也十分有趣。我跟着他跑了有四个多月的光景，在这四个月之中，我遇着许多有趣味的事情。我的老师——斯文先生——一笔字画的确不错，心中旧学问有没有，我就不敢说了。但我总非常鄙弃他的为人：他若遇着比自己强的人，就恭维夸拍的了不得；若遇着比自己差的人，就摆着大斯文的架子，那一种态度真是讨厌已极！一些教蒙馆的先生们，所怕的就是川馆先生，因为川馆先生可以捣乱，使他们的书教不成。有一些教蒙馆的先生们见着我们到了，真是战战兢兢，惶恐万状。我的这位老师故意难为他们，好藉此敲他们的竹杠——他们一定要送我们川资。哈哈！维嘉先生！我现在想起来这些事情，真是要发笑了。中国的社会真是无奇不有啊！

倘若我的老师能够待我始终如一，能够不变做老师的态度，那末，或者我要多跟他一些时。但是他中途想出花头，变起卦来了。我跟他之后，前三个月内，他待我真是如弟子一般，自居于老师的地位；谁知到了最后一个多月，他的老师的态度渐渐变了：他渐渐同我说笑话，渐渐引诱我狎戏；我起初还不以为意，谁知我后来觉着不对了，我明白了他要干什么勾当——他要与我做那卑污无耻的事情……我既感觉着之后，每次夜里睡觉总下特别的戒备，虽然他说些调戏的话，我总不做声，总不回答他。他见我非常庄重，自己心中虽然非常着急，但居然未敢公开地向我要求，大约是不好意思罢。

有一晚，我们宿在一个小镇市上的客店里。吃晚饭时，他总是劝我喝酒，我被劝得无法可想，虽不会喝，但也只得喝两杯。喝了酒之后，我略有醉意，便昏昏地睡去。大约到十一二点钟的光景，忽然一个人把我紧紧地搂着，我从梦中惊骇得一跳，连忙喊问："是谁呀？是谁呀？""是我，是我，莫要喊！"我才知道搂我的人是我的老师。

"老师！老师！你怎么的了？你怎么……"

"不要紧，我的宝宝！我的肉！你允许我，我……"

"老师！这是什么话，这怎么能行呢！"

"不要紧，你莫要害怕！倘若你不允许我，我就要……"

他说着就要实行起来。我这时的羞忿，真是有地缝我都可以钻进去！但是，事已至此，怎么办呢？同他善说，教他把我放开罢。那是绝对没有效果的。幸亏我急中生出智来，想了一个脱逃的办法。

"好！老师！我顺从你，我一定顺从你。不过现在我要大便，等我大便后，我们再痛痛快快地……你看好不好？"

"好！好！快一点！"

他听到我顺从他的话，高兴的了不得，向我亲几个嘴，就把我放开了。我起来慌忙将上下衣服穿上，将店门开开，此时正三月十六，天还有月亮。我一点什么东西都没带，一股气跑了五六里。我气喘喘地坐在路旁边一块被露水浸湿的石头上休息一下。自己一个孤凄凄地坐着，越想越觉着羞辱，越想越发生愤恨，我不禁又放声痛哭了。

"天哪！这真是孤子的命运啊！"

"我的爸爸！我的妈妈！你俩可知你俩所遗留下来的一个苦儿今天受这般的羞辱么？"

"唉！人们的兽行……"

当时我真悲哀到不可言状！我觉着到处都是欺侮我的人，到处都是人面的禽兽……能照顾我的或者只有这中天无瑕疵的明月，能与我表同情的或者只有这道旁青草内藦藦的虫声，能与我为伴侣的或者只有这永不与我隔离的瘦影。

九

自从那一夜从客店跑出之后，孑然一身，无以为生；环顾四周，无所驻足。我虽几番欲行自杀的短见，但是求生之念终战胜了求死之心。既然生着，就要吃饭，我因此又过了几个月乞儿的生活。今日破庙藏身，明夜林中歇宿，受尽了风雨的欺凌，忍足了人们的讥笑。在这几个月中，从没吃过一顿热腾腾的白饭，喝过一碗干净净的清茶。衣服弄得七窟八眼，几几乎把屁股都掩盖不住。面貌弄得瘦黑已极，每一临水自照，喂，自己不禁疑惑自己已入鬼籍了。维嘉先生！我现在很奇怪我虽然没有被这种乞儿的生活糟蹋死！每一想起当年过乞儿生活的情形，不禁又要战栗起来。好在因为有了几个月乞儿的经验，我深知道乞儿的生活是如何的痛苦，乞儿的心灵是如何的悲哀，乞儿的命运是如何的不幸……

维嘉先生！人一到穷了，什么东西都要欺侮他。即如狗罢，它是被人家豢养的东西，照理是不应噬人的，但是它对于叫化子可以说种下了不世的深仇，它专门虐待叫化子。有一次我到一个村庄去讨饭，不料刚一到该村庄的大门口，轰隆一声，从门口跑出几只大狗来，把我团团地围住，恶狠狠地就同要吃我也似的，真是把我骇得魂不附体！我喊着喊着，忽然一条黑狗呼哧向我腿肚子就是一下，把我腿肚子咬得两个大洞，鲜血直流不止。幸亏这时从门内出来了一个十六七岁的小姑娘，她把一群恶兽叱开，我才能脱除危险，不然，我一定要被它们咬死了。小姑娘看着我很可怜的，就把我领到屋里，把母亲喊出来，用药把我的伤包好，并给了我一顿饭吃。

维嘉先生！到现在我这腿肚上被狗咬的伤痕还在呢。这是我永远的纪念，这是不幸者永远的纪念……

叫化子不做贼，也是没有的事情。维嘉先生！倘若你是叫化子，终日讨不到饭吃，同时肚子里饿得咕里咕里地响，你一定要发生偷的念头，那时你才晓得做贼是不得已的，是无可奈何的。但是没有饿过肚子的人，不知饿肚子的苦楚，一定要说做贼是违法的，做贼是不道德的——叫化子做贼，叫化子就是最讨厌的东西。

有一天，半天多没有讨到饭吃，肚子实在饿得难过；我恰好走到一块瓜田里，那西瓜和甜瓜一个一个的都成熟了，我的涎水不觉下滴，我的肚子一定要逼迫我的手摘一个来吃。当伸手摘瓜的时候，我心里的确是害怕：倘若被瓜主人看见了，我一定不免要受一顿好打。但是肚子的权威把害怕的心思压下去了，于是我就偷摘了一个甜瓜和一个西瓜。我刚刚将瓜摘到手里，瓜棚子里就跑出来了两个人，大声喊着："你还不把瓜放下！你这小子胆敢来偷我们的瓜呀！你大约不要命了，今天我们给你一个教训……"

他俩喊着喊着就来捉我，我丢了瓜就跑，可是因为肚子太空了，没有点儿力气跑，我终被捉住，挨了一次痛打。维嘉先生！偷两个瓜算什么，其罪就值得挨一次痛打么？为什么肚子饿了，没有吃瓜的权利？为什么瓜放在田里，而不让饿肚子的人吃？为什么瓜主人有打偷瓜人的权利？维嘉先生！你可以回答我的这些问题么？

我在乞儿生活上所受的痛苦太多了，现在我不愿一件一件地向你说，空费了你的时间。人世间不幸的真象，我算深深地感觉，深深地了解了。我现在坐在这旅舍的一间房里，回忆过去当乞儿的生活，想像现在一般乞儿的情况，我的心灵深处不禁起伏着无限的悲哀。维嘉先生！哪一个是与我这种悲哀共鸣的人呢？

请君一走到街里巷间，看一看那囚首丧面衣衫褴褛的乞儿——他们代表世界的悲哀，人间的不幸。你且莫以为这是不必注意的事，他们是人类遗弃的分子！

人总还是人啊！他们的悲哀与不幸，什么时候才能捐除呢？他们什么时候才能进入快乐和幸福的领域？倘若人间一日有它们的存在，我以为总不是光明的人世！或者有一些人们以为现在所存在的一切，是很可以令人满意的了，不必再求其他；我以为这些人们的生活状况，知识和经验，大约是不允许他们明白我所说的事情，或者他们永远不愿意明白……

维嘉先生！我写到这里，我又怕起来了，怕你厌烦我尽说这一类的话。但是，维嘉先生！请你原谅我，请你原谅我不是故意地向你这般说——我的心灵逼迫我要向你这样叨叨絮絮地说。或者你已经厌烦了，但是，我还请你忍耐一下，继续听我的诉说。

一〇

H 城为皖北一个大商埠，这地方虽没有 W 埠的繁盛，但在政治文化方面，或较 W 埠为重要。军阀，官僚，政客，为 H 城的特产，中国无论哪一处，差不多都没有此地产的多——这大约因为历史的关系。维嘉先生！你大约知道借外兵打平太平天国的李大将军，开鱼行的王老板，持斋念佛的段执政……这些有名人物罢？这些有名人物的生长地就是 H 城。

这是闲话，现在且向你说我的正事。

我过着讨饭的生活，不知不觉地飘流到 H 城里来。在城里乞讨总是给铜钱——光绪通宝——的多，而给饭的少。在乡间乞讨就不一样了，大概总是给米或剩饭，差不多没有给钱的。在城里乞讨有一种好处，就是没有狗的危险。城里的狗固然是有，但对于叫化子的注意，不如乡间狗对于叫化子注意的狠。这是我的经验。

一日，我讨到一家杂货店叫瑞福祥的，门口立着一个五十几岁的胡子老头儿，他对我仔细地看一看，问我说：

"你今年多大年纪了？年轻轻的什么事不能做，为什么一定要讨饭呢？你姓什么？是哪里人氏？"

我听了他的话，不禁悲从中来，潸潸地流下了泪。"年轻轻的什么事不能做，为什么一定要讨饭呢？"这句话真教我伤心极了！我是因为不愿意做事而讨饭么？我做什么事情？谁个给我事情做？谁个迫我过讨饭的生活？我愿意因讨饭而忍受人们的讥笑么？我年轻轻的愿意讨饭？我年轻轻的居然讨饭，居然受人们的讥笑……哎哟！我无涯际的悲哀向谁告诉呢？天哪！唉！……

老头儿见我哭起来了，就很惊异，便又问道：

"你哭什么呢？有什么伤心事？何妨向我说一说呢？"

我就一五一十地又向他述了我的身世及迫而讨饭的原因。我这样并不希望他能怜悯我，搭救我，不过因为心中悲哀极了，总是想吐露一下，无论他能了解和表同情与否，那都不是我所顾到的。并且我从来就深信，要想有钱的人怜悯穷人，表同情于穷人——这大半是幻想，是没有结果的幻想。也许世界上有几个大慈大悲的慈善家，但是，我对于他们是没有希望的。维嘉先生！这或者是我的偏见，但是，这偏见是有来由的。

老头儿听了我的话，知道我是一个学生，又见我很诚实，遂向我提议，教我在他柜上当学徒。他说，他柜上还可以用一个人，倘若我愿意，他可以把我留下学生意，免得受飘零的痛苦。他并说，除了吃穿而外，他还可以给我一点零用钱。他又说，倘若我能忠心地做事，诚实地学好，他一定要提拔我。他还说其他一些别的好话头……我本知道当学徒也不是容易的事情，或者竟没过乞儿生活的自由，但是因过乞儿生活所受的痛苦太多了，也只得决定听老头儿的话，尝一尝当学徒的滋味。于是我从乞儿一变而为学徒了。

这是八月间的事。

老头儿姓刘，名静斋，这家杂货店就是他开的。杂货店的生意，比较起来，在 H 城里可以算为中等，还很兴盛。柜上原有伙友两位，加上我一个，就成为三个人了。可是我是学徒，他俩比我高一级，有命令使唤我的权利。有一个姓王的，他为人很和善，待我还不错；可是有一个姓刘的——店主人的本家——坏极了！他的架子，或者可以说比省长总长的架子都要大，他对我的态度非常坏，我有点不好，他就说些讥笑话，或加以责骂——我与他共了两年事，忍受了他的欺侮可真不少！但是怎么办呢？他比我高一层，他是掌柜先生，我是学徒……

维嘉先生！学徒的生活，你大约是晓得的。学徒第一年的光阴差不多不在柜上做事情，尽消磨在拿烟倒茶和扫地下门的里面。学徒应比掌柜的起来要早，因为要下门扫地，整理一切程序。客人来了，学徒丝毫不敢怠慢，连忙同接到天神的样子，恭恭敬敬地拿烟倒茶，两只手儿小心了又小心，谨慎了又谨慎，生怕有什么疏忽的地方。掌柜先生对待学徒，就同学徒比他小几倍的样子。主人好的时候，那时还勉强可以；倘若主人的脾气也不好的时候，那时就叫着活要命，没有点儿舒服的机会。我的主人，说一句实在话，待我总算还不错，没有什么过于苛待的地方。

总共我在瑞福祥当了两年学徒，这两年学徒的生活，比较起来，当然比乞儿的生活好得多。第一，肚子不会忍饿；第二，不受狗的欺侮；第三，少受风雨的逼迫。有闲工夫时，我还可以看看书，写写字，学问上还有点长进。自然我当时所看的书，都只限于旧书，而没有得到新书的机会。

在两年学徒的生活中，我又感觉得商人的道德，无论如何，是不会好的——商业的本身不会使商人有好的道德。商人的目的当然是要赚钱，要在货物上得到利润，若不能得到利润，则商业就没有存在的可能。因为要赚钱，是凡可以赚钱的方法和手段，当然都是要尽量利用的；到要利用狡猾的方法和手段来赚钱，那还说到什么道德呢？

有一次，一个乡下人到我们店里来买布，大约是替姑娘办嫁妆。他向我们说，他要买最好的花洋标；我们的刘掌柜的拿这匹给他看，他说不合式；拿那匹给他看，他说也不好；结果，给他看完了，总没有一匹合他的意。我们的刘掌柜的急得没法，于是向他说，教他等一等；刘掌柜到后边将给他看过的一匹花洋标，好好用贵重的纸包将起来，郑重其事地拿出来给乡下人看，并对乡下人道：

"比这一匹再好的，无论你到什么地方去，你也找不出来。这种花洋标是美国货，我们亲自从上海运来的。不过价钱要贵得多，恐怕你不愿出这种高价钱……"

乡下人将这匹用好纸包着的花洋标看了又看，摸了又摸，似觉很喜欢的样子，连忙说道：

"这匹东西好，东西不错！为什么你早不拿出来呢？我既然来买货，难道我还怕价钱高么？现在就是这一匹罢，请先生替我好好地包起来，使我在路上不致弄皱了才好！"

我在旁边看看，几几乎要笑起来了。但是，我终把笑忍在肚子里，不敢笑将出来；倘若把这套把戏笑穿了，我可负不起责任。

维嘉先生！像这种事情多得很呢？我们把这种事情当做笑话看，未始不可；但是，从此我们可以看出商业是什么东西，商人的道德是如何了。

普通学徒都是三年毕业，或者说出师，为什么我上面说我只过两年学徒的生活呢？维嘉先生！你必定要发生这种疑问，现在请你听我道来。

——

维嘉先生！我此生只有一次的恋爱史，然就此一次恋爱史，已经将我的心灵深处，深深地刻下了一块伤痕。这一块伤痕到现在还未愈，就是到将来也不能愈。它恐怕将与吾生并没了！我不爱听人家谈论恋爱的事情，更不愿想到恋爱两个字上去。但是每遇明月深宵，我不禁要向嫦娥悲欷，对花影流泪；她——我的可爱的她，我的可怜的她，我的不幸的她，永远地，永远地辗转在我的心头，往来在我的脑里。她的貌，她的才，当然不能使我忘却她；但是，我所以永远地不能忘却她，还不是因为她貌的美丽和才的秀绝，而是因为她是我惟一的知己，惟一的了解我的人。自然，我此生能得着一个真正的女性的知己，固然可以自豪了，固然可以自慰了；但是我也就因此抱着无涯际的悲哀，海一般深的沉痛！维嘉先生！说至此，我的悲哀的热泪不禁涔涔地流，我的刻上伤痕的心灵不禁摇摇地颤动……

刘静斋——我的主人——有一子一女。当我离开 H 城那一年，子九岁，还在国民小学读书；女已十八岁了，在县立女校快要毕业。这个十八岁的女郎就是我的可爱的她，我的可怜的她，我的不幸的她。或者我辜负她了，或者我连累她了，或者她的死是我的罪过；但是，我想，她或者不至于怨我，她或者到最后的一刻还是爱我，还是悬念着这个飘泊的我。哎哟！我的妹妹！我的亲爱的妹妹！你虽然为我而死，但是，我记得，我永远地为你流泪，永远地为你悲哀……一直到我最后的一刻！

她是一个极庄重而又温和的女郎。当我初到她家的时候，她知道我是一个飘泊的孤子，心里就很怜悯我，间接地照顾我的地方很多——这件事情到后来我才知道。她虽在学校读书，但是在家中住宿的，因此她早晚都要经过店门。当时，我只暗地佩服她态度的从容和容貌的秀美，但绝没有过妄想——穷小子怎敢生什么妄想呢？我连恋爱的梦也没做过——穷小子当然不会做恋爱的梦。

渐渐地我与她当然是很熟悉了。我称呼她过几次"小姐"。

有一次我坐在柜台里边，没有事情做，忽然觉着有动于中，提笔写了一首旧诗：

此身飘泊竟何之？人世艰辛我尽知。闲对菊花流热泪，秋风吹向海天隅。

诗写好了，我自己念了几遍。恰好她这时从内庭出来，向柜上拿写字纸和墨水；我见她来了，连忙将诗掩住，问她要什么，我好替她拿。她看我把诗掩了，就追问我："汪中！你写的是什么？为什么这样怕人看？"

"小姐，没有什么；我随便顺口诌几句，小姐，没有什么……"我脸红着向她说。

"你顺口诌的什么？请拿给我看看，不要紧！"

"小姐！你真要看，我就给你看，不过请小姐莫要见笑！"

我于是就把我的诗给她看了。她重复地看了几遍，最后脸红了一下，说道："诗做的好！诗做的好！悲哀深矣！我不料你居然能——"

她说到此很注意地看我一下，又低下了头，似觉想什么也似的。最后，她教我此后别要再称呼她为小姐了；她说她的名字叫玉梅，此后我应称呼她的名字；她说她很爱做诗，希望我往后要多做些；她说我的诗格不俗；她又说一些别的话。维嘉先生！从这一次起，我对于她忽然起了很深的感觉——我感觉她是一个能了解我的人，是一个向我表示同情的人，是我将来的……

我与她虽然天天见面，但是谈话的机会少，谈深情话的机会更少。她父亲的家规极严，我到内庭的时候少；又更加之口目繁多，她固然不方便与我多说话，我又怎敢与她多亲近呢？最可恨是刘掌柜的，他似觉步步地监视我，似觉恐怕我与她发生什么关系。其实，这些事情与他什么相关呢？他偏偏要问，偏偏要干涉，这真是怪事了！

但是，倘若如此下去，我俩不说话，怎么能发生恋爱的关系呢？我俩虽然都感觉不能直接说话的痛苦，但是，我俩可以利用间接说话的方法——写信。她的一个九岁的小弟弟就是我俩的传书人，无异做我俩的红娘了。小孩子将信传来传去，并不自知是什么一回事，但是，我俩藉此可以交通自己的情怀，互告心中的衷曲——她居然成了我惟一的知己，穷途的安慰者。我俩私下写的信非常之多，做的诗也不少；我现在恨没有将这些东西留下——当时不敢留下，不然，我时常拿出看看，或者可以得到很多的安慰。我现在所有的，仅仅是她临死前的一封信——一封悲哀的信。维嘉先生！现在我将这一封信抄给你看看，但是，拿笔来抄时，我的泪，我的悲哀的泪，不禁如潮一般地流了。

亲爱的中哥!

我现在病了。病的原因你知道么？或者你知道，或者你也不知道。医生说我重伤风，我的父母以为我对于自己的身体太不谨慎，一般与我亲近的人们都替我焦急。但是，谁个知道我的病源呢？只有我自己知道，只有我自己知道我为什么病，但是，我没有勇气说，就是说出也要惹一般人的讥笑耻骂——因此，我绝对不说了，我绝对不愿意说了。

我真不明白，为什么人们爱做勉强的事情。我的父母并不是不知道我不愿意与王姓子订婚，但是，他俩居然与我代订了。现在听说王姓今天一封信，明天也是一封信，屡次催早日成结婚礼，这不是催早日成结婚礼，这是催我的命！我是一个弱者，我不敢逃跑，除了死，恐怕没有解救我的方法了!

中哥! 我对于你的态度，你当然是晓得的：我久已经定你是我的伴侣，你是惟一可以爱我的人。你当然没有那王姓子的尊贵，但是，你的人格比他高出万倍，你的风度为他十个王姓子的所不及……中哥! 我亲爱的中哥! 我爱你! 我爱你! ……

但是，我是一个弱者，我不能将我对于你的爱成全起来；你又是一个不幸者，你也没有成全我俩爱情的能力。同时，王姓总是催，催，催……我只得病，我只有走入死之一途。我床前的药——可惜你不能来看——一样一样地摆满了。但是它们能治好我的病么？我绝对不吃，吃徒以苦人耳!

中哥! 这一封信恐怕是最后的一封信了! 你本来是一个不幸者，请你切莫要为我多伤心，切莫要为我多流泪! 倘若我真死了，倘若我能埋在你可以到的地方，请你到我的墓前把我俩生前所唱和的诗多咏诵两首，请你将山花多采几朵插在我的坟顶上，请你抚着我的坟多接几个吻；但是，你本来是一个不幸者，请你切莫要为我多伤心，切莫要为我多流泪!

中哥! 我亲爱的中哥! 我本来想同你多说几句话，但是我的腕力已经不允许我多写了! 中哥! 我亲爱的中哥! ……

妹玉梅临死前的话

维嘉先生！这一封信的每一个字是一滴泪，一点血，含蓄着人生无涯际的悲哀！我不忍重读这一封信，但是，我又怎么能够不重读呢？重读时，我的心灵的伤处只是万次千番地破裂着……

一二

我接了玉梅诀别的信之后，不知道如何处置是好。难道我能看着我的爱人死么？难道只报之以哭么？

玉梅是为着我而病的，我一定要设法救她；我一定要使我的爱人能做如愿以偿的事情；我一定使她脱离王姓魔鬼的羁绊；啊，倘若我不能这样做，则枉为一个人了，则我成为一个负情的人了！我一定……

王氏子是一个什么东西？他配来占领我的爱人？他配享受这种样子的女子——我的玉梅？我哪一件事情不如他？我的人格，我的性情，我的知识，我的思想……比他差了一点么？为什么我没有权利来要求玉梅的父亲，使他们允许我同玉梅订婚？倘若我同玉梅订了婚，则玉梅的病岂不即刻就好了么？为父母的难道不愿意子女活着，而硬迫之走入死路么？倘若我去要求，或者，这件事——

喂！不成！我的家在什么地方？我的财产在什么地方？我现在所处的是什么地位？我是一个飘泊的孤子，一个寄人篱下的学徒，我哪有权利向玉梅的父母要求呢？听说王氏子的父亲做的是大官，有的是田地金钱，所以玉梅的父亲才将自己的女儿许他；而我是一个受人白眼的穷小子，怎能生这种妄想呢？况且婚约已经订了，解约是不容易的事，就是玉梅的父亲愿意将玉梅允许我，可是王姓如何会答应呢？不成！不成！

但是，玉梅是爱我的，玉梅是我的爱人！我能看着她死么？我能让她就活活地被牺牲了么？……

我想来想去，一夜没曾睡眠；只是翻来覆去，伏着枕哭。第二天清早起来，我大着胆子走向玉梅的父母的寝室门外，恰好刘静斋已经起床了。他向我惊异地看了一下，问我为什么这末样儿大清早起来找他；于是我也顾不得一切了，将我与玉梅的经过及她现在生病的原因，详详细细一五一十地告诉了他。他听了我的话后，颜色一变，又将我仔细浑身上下看了一下，只哼了一声，其外什么话也没说。我看着这种情形，知道十分有九分九不大妥当，于是不敢多说，回头出来，仍照常执行下门扫地的事情。

这一天晚上，刘静斋——玉梅的父亲——把我叫到面前，向我说了几句话：

"汪中，你在我这里已经两年了，生意的门道已经学得个大概；我以为你可以再往别处去，好发展发展。我这里现下用人太多，而生意又不大好，不能维持下去，因此我写了一封介绍信，将你介绍到 W 埠去，那里有我的一个朋友开洋货店，他可以收容你。你明天就可以动身；这里有大洋八元，你可以拿去做盘费。"

刘静斋向我说了这几句后，将八元大洋交给我，转身就走了。我此时的心情，维嘉先生，你说是如何的难受啊！我本知道这是什么一回事——刘静斋辞退我，并不是因为什么生意不好，并不是因为要我什么发展，乃是因为我与他的女儿有这末一层的关系。这也难怪他——他的地位，名誉，信用……比他女儿的性命更要紧些；他怎么能允许我的要求，成全女儿的愿望呢？

这区区的八元钱就能打发我离开此地么？玉梅的命，我对于玉梅的爱情，我与玉梅的一切，你这八元钱就能驱散而歼灭了么？喂！你这魔鬼，你这残忍的东西，你这世界上一切黑暗的造成者啊！你的罪恶比海还深，比山岳还高，比热火还烈！玉梅若不是你，她的父母为什么将她许与王姓子？我若不是你，我怎么会无权利要求刘静斋将自己的女儿允许我？玉梅何得至于病？我何得至于飘流？我又何得活活看着自己的爱人走入死路，而不能救呢？喂！你这魔鬼，你这残忍的东西，你这世界上一切黑暗的造成者啊！……

我将八元钱拿在手里，仔细地呆看了一忽，似乎要看出它的魔力到底在什么地方藏着。本欲把它摔去不要了，可是逐客令既下，势不得不走；走而无路费，又要不知将受如何的蹂躏和痛苦；没法，只得含着泪将它放在袋里，为到 W 埠的路费。

我走了倒无甚要紧，但是玉梅的病将如何呢？我要走的消息，她晓得了么？倘若她晓得，又是如何地伤心，怕不又增加了病势？我俩的关系就如此了结了么？

玉梅妹啊！倘若我能到你的床沿，看一看你的病状，握一握你那病而瘦削的手，吻一吻你那病而颤动的唇，并且向你大哭一场，然后才离开你，才离开此地，则我的憾恨也许可以减少万分之一！但是，我现在离开你，连你的面都不能一见，何况接吻，握手，大哭……唉！玉梅妹啊！你为着我病，我的心也为你碎了，我的肠也为你断了！倘若所谓阴间世界是有的，我大约也是不能长久于人世，到九泉下我俩才填一填今生的恨壑罢！

这一夜的时间，维嘉先生，纵我不向你说，你也知道是如何地难过。一夜过了，第二天清早我含着泪将行李打好，向众人辞一辞行，于是就走出 H 城，在郊外寻一棵树底下坐一忽儿。我决定暂时不离开 H 城，一定要暗地打听玉梅的消息：倘若她的病好了，则我可以放心离开 H 城；倘若她真有不幸，则我也可以到她的墓地痛哭一番，以报答她生前爱我的情意。于是我找了一座破庙，做为临时的驻足地。到晚上我略改一改装，走向瑞福祥附近，看看动静，打听玉梅的消息。维嘉先生！谁知玉梅就在此时死了！棺材刚从大门口抬进去，念经的道士也请到了，刘家甚为忙碌。我本欲跑将进去，抱着玉梅的尸痛哭一番，但是，这件事情刘家能允许么？社会能答应么？唉！我只有哭，我只有回到破庙里独自一个人哭！

第三日，我打听得玉梅埋在什么地方。日里我在野外采集了许多花草，将它们做成了一个花圈；晚上将花圈拿在手里，一个人孤悄悄地走向玉梅棺墓安置的地方来。明月已经升得很高了，它的柔光似觉故意照着伤心人抚着新坟哭。维嘉先生！我这一次的痛哭，与我从前在父母坟前的痛哭，对象虽然不一样，而悲哀的程度，则是一样的啊！我哭着哭着，不觉成了一首哀歌——这一首哀歌一直到现在，每当花晨月夕，孤寂无聊的时候，我还不断地歌着：

> 前年秋风起兮我来时，
> 今年黄花开兮聊死去。
> 鸳鸯有意成双飞，
> 风雨无情故折翼。
> 吁嗟乎！玉梅妹！
> 你今死，
> 为何死？
> 江河有尽恨无底。
>
> 天涯飘泊我是一孤子。
> 妆阁深沉你是一淑女。
> 只因柔意怜穷途，
> 遂把温情将我许。

吁嗟乎！玉梅妹！

你今死，

为何死？

自伤身世痛哭你！

谨将草花几朵供灵前。

谨将热泪三升酬知己。

此别萍踪无定处，

他年何时来哭你？

吁嗟乎！玉梅妹！

你今死，

为何死？

月照新坟倍惨凄！

一三

巢湖为安徽之一大湖，由 H 城乘小火轮可直达 W 埠，需时不过一日。自从出了玉梅的家之后，我又陷于无地可归的状况。刘静斋替我写了一封介绍信，教我到 W 埠去；若我不照他的话做罢，则势必又要过乞儿的生活。无奈何，少不得要拿着信到 W 埠去走一趟。此外实没有路可走。

我坐在三等舱位——所谓烟篷下。坐客们——老的，少的，男的，女的，甚为拥挤；有的坐着打瞌睡，一声儿不响；有的晕船，呕吐起来了；有的含着烟袋，相对着东西南北地谈天。他们各人有各人的心思，各人有各人的境遇，但总没有比我再苦的，再不幸的罢。人群中的我，也就如这湖水上被秋风吹落的一片飘浮的落叶；落叶飘浮到什么地方，就是什么地方，我难道与它有两样的么？

这一天的风特别大，波浪掀涌得很高，船乱摇着，我几乎也要呕吐起来。若是这一次的船被风浪打翻了，维嘉先生，则我现在可无机会来与你写这一封长信，我的飘泊的历史可要减少了一段；我也就要少尝些社会所赐给我的痛苦。但是，维嘉先生，这一次船终没被风浪所打翻，也就如我终未为恶社会所磨死；这是幸福呢，还是灾祸呢？维嘉先生！你将可以教我？

船抵岸了；时已万家灯火。W 埠是我的陌生地，而且又很大，在晚上的确很难将刘静斋所介绍的洋货店找着，不得已权找一家小旅馆住一夜，第二日再打算。一个人孤寂寂地住在一间小房间内，明月从窗外偷窥，似觉侦察飘泊的少年有何种的举动。我想想父母的惨死，乞讨生活的痛苦，玉梅待我的真情，玉梅的忧伤致死，我此后又不知将如何度过命运……我想起了一切，热泪又不禁从眼眶中涌出来了。我本不会饮酒，但此时没有解悲哀的方法，只有酒可以给我一时的慰藉；于是我叫茶房买半斤酒及一点饮酒的小菜——我就沉沉地走入醉乡里去。

第二日清早将房钱付了，手提着小包儿，顺着大街，按着介绍信封面上所写的地址找；好在 W 埠有一条十里大街，一切大生意，大洋货店，都在这一个长街上，比较很容易找着。没有两点钟，我即找到了我所要找到的洋货店——陶永泰祥字号。

这一家洋货店，在 W 埠算是很大的了；柜上所用的伙友很多。我也不知道哪一个是主人，将信呈交到柜上，也不说别的话。一个三十几岁的矮胖子，从椅子上站起来，将信拆开看了一遍。维嘉先生！你知道这个看信的是谁？他是我将来的东家，他是洋货店的主人，他是你当学生会长那一年，要雇流氓暗杀学生！尤其是暗杀你的陶永清。维嘉先生！你还记不记得你从前当学生会长时代的生活呢？你知不知道现在提笔写长信给你的人，就是当年报告陶永清及其他商人要暗杀你们学生的人呢？说起往事来，维嘉先生！你或者也发生兴趣听啊！

陶永清问明我的身世，就将我留在柜上当二等小伙友。从此，我又在 W 埠过了两年的生活。这两年小伙友的生活，维嘉先生，没有详细告诉你的必要。总之，反正没有好的幸福到我的命运上来：一切伙友总是欺压我，把我不放在眼里，有事总摊我多做些；我忍着气，不愿与他们计较，但是我心里却甚为骄傲，把他们当成一群无知识的猪羊看待，虽然表面上也恭敬他们。

当时你在《皖江新潮》几乎天天发表文章，专门提倡新文化，反对旧思想："我恰好爱看《皖江新潮》，尤其爱看你的文章，因之，你的名字就深印在我的脑际了。我总想找你谈话，但因为我们当伙友的一天忙到晚，简直没有点闲工夫；就是礼拜日，我们当伙友的也没有休息的机会；所以找你谈话一层，终成为不可能的妄想了。有几次我想写信请你到我们的店里来，可是也没有写；伙友伏在柜台上应注意买货的客人，招待照顾生意的顾主，哪里有与他人谈话的机会？况且你当时的事情很忙，又加之是一个素不知名的我写信给你，当然是不会到我的店里来的。

一日，我因为有点事情没有做得好，大受东家及伙友们的责备，说我如何如何地不行；到晚上临睡的时候，我越想越生气，我越想越悲哀，不禁伏枕痛哭了一场。自叹一个无家的孤子，不得已寄人篱下，动不动就要受他人的呵责和欺侮，想来是何等的委屈！一天到晚替东家忙，替东家赚钱，自己不过得一个温饱而已；东家连一点同情心都没有，无异将我如牛马一般的看待，这是何等的不平啊！尤可恨的，有几个同事的伙友，不知道为什么，故意帮助东家说我的坏话，而完全置同事间的情谊于不顾。喂！卑贱！狗肺！没有良心！想得着东家的欢心，而图顾全饭碗么？唉！无耻……你们也如我一样啊！空替东家拚命地赚钱，空牛马似的效忠于东家！你们不受东家的虐待么？你们不受东家的剥削么？何苦与我这弱者为难啊？何苦，何苦……

这时我的愤火如火山也似地爆裂着，我的冤屈真是如太平洋的波浪鼓荡着，而找不出一个发泄的地方！翻来覆去，无论如何，总是睡不着。阶前的秋虫只是唧唧地叫，一声一声地真叫得我的肠寸寸断了。人当悲哀的时候，几几乎无论什么声音，都足以增加他悲哀的程度，何况当万木寥落时之秋虫的声音？普通人闻着秋虫的叫鸣，都要不禁发生悲秋的心思，何况我是人世间的被欺侮者呢？此外又加着秋风时送落叶打着窗棂响；月光从窗棂射进来，一道一道地落在我的枕上；真是伤心的情景啊！反正是睡不着，我起来兀自一个人在阶前踱来踱去，心中的愁绪，就使你有锋利的宝剑也不能斩断。仰首看看明月，俯首顾顾自己的影子，觉着自己已经不立足在人间了，而被陷在万丈深的冰窟中。忽然一股秋风吹来，不禁打了一个寒战，又重行回到床上卧下。

这一夜受了寒，第二日即大病起来，一共病了五天。病时，东家只当没有什么事情的样子，除了恨少一个人做事外，其他什么请医生不请医生，不是他所愿注意的事情。可是我自己还知道点药方——我勉强自己熬点生姜水，蒙着头发发汗，病也就慢慢好了。我满腔的愤气无处出，一夜我当夜深人静的时候，提笔写了一封信给你，诉一诉我的痛苦。这一封信大约是我忘了写自己的通信地址，不然，我为什么没接到你的复信呢？维嘉先生！你到底接着了我的信没有？倘若你接到了我这一封信，你当时看过后就撕毁了，还是将它保存着呢？这件事情我倒很愿意知道。隔了这许多年，我自己也没曾料到我现在又写这一封长信给你；你当然是更不会料到的了。我现在提笔写这一封信时，又想起那一年写信给你的情形来：光阴迅速,人事变化无常,我又不禁发生无限的感慨了!

一四

维嘉先生!我想起那一年 W 埠学生抵制日货的时候,不禁有许多趣味的情形,重行回绕在我的脑际。你们当时真是热心啊!天天派人到江边去查货,天天派人到商店来劝告不要卖东洋货,可以说是为国奔波,不辞劳苦。有一次,我亲眼看见一个学生跪下来向我的东家陶永清磕头,并且磕得扑通扑通地响。当时我心中发生说不出的感想;可是我的东家只是似理不理的,似乎不表现一点儿同情。还有一次,一个学生——年纪不过十五六岁——来到我们的店里,要求东家不要再卖东洋货,说明东洋人如何如何地欺压中国人,中国人应当自己团结起来⋯⋯我的东家只是不允:

"倘若你们学生能赔偿我的损失,能顾全我的生意,那我倒可以不卖东洋货,否则,我还是要卖,我没有法子。"

"你不是中国人么?中国若亡了,中国人的性命都保不住,还说什么损失,生意不生意呢?我们的祖国快要亡了,我们大家都快要做亡国奴了,倘若我们再不起来,我们要受朝鲜人和安南人的痛苦了!先生!你也是中国人啊!⋯⋯"

他说着说着,不觉哭起来了;我的东家不但不为所动,倒有点不耐烦的样子。我在旁边看着,恨不得要把陶永清打死!但是,我的力量弱,我怎么能够⋯⋯

也难怪陶永清不能答应学生的要求。他开的是洋货店,店中的货物,日本货要占十分之六七;倘若不卖日本货,则岂不是要关门么?国总没有钱好,只要赚钱,那还问什么国不国,做亡国奴不做亡国奴?维嘉先生!有时我想商人为什么连点爱国心都没有,现在我才知道:因为爱钱,所以便没有爱国心了。

可是当时我的心境真是痛苦极了!天天在手中经过的差不多都是日本货,并且一定要卖日本货。既然做了洋货店的伙友,一切行动当然要受东家的支配,说不上什么意志自由。心里虽然恨东家之无爱国心,但是没有法子,只得厚着面皮卖东洋货;否则,饭碗就要发生问题了。或者当时你们学生骂我们当伙友的没有良心,不知爱国⋯⋯可是我敢向你说一句话,我当时的确是有良心,的确知道爱国,但是因为境遇的限制,我虽有良心，而表现不出来；虽知爱国，而不能做到，可是也就因此，我当时精神痛苦得很啊！

那一天，落着雨，街上泥浆甚深；不知为什么，你们学生决定此时游行示威。W埠的学生在这次大约都参加了，队伍拖延得甚长，队伍前头，有八个高大的学生，手里拿着斧头，见着东洋货的招牌就劈，我们店口的一块竖立的大招牌，上面写着"东西洋货零趸批发"，也就在这一次亡命了。劈招牌，对于商店是一件极不利的事情，可是我当时见着把招牌劈了，心中却暗暗地称快。我的东家脸只气得发紫，口中只是哼，但是因为学生人多势众，他也没有敢表示反抗，恐怕要吃眼前的亏。可是他恨学生可以说是到了极点了！

当晚他在我们店屋的楼上召集紧急会议，到者有几家洋货店的主人及商务会长。商务会长是广东人，听说从前他当过龟头，做过流氓；现在他却雄霸W埠，出入官场了。他穿着绿花缎的袍子，花边的裤子，就同戏台上唱小旦的差不多，我见着他就生气。可是因为他是商务会长，因为他是东家请来的，我是一个伙友，少不得也要拿烟倒茶给他吃。我担任了布置会场及侍候这一班混账东西的差使，因之，他们说些什么话，讨论些什么问题，我都听得清清楚楚地。首由陶永清起立，报告开会的宗旨：

"今天我把大家请来，也没有别的，就是我们现在要讨论一个对付学生的办法。学生欺压我们商人，真是到了极点！今天他们居然把我们的招牌也劈了；这还成个样子么？若长此下去，我们还做什么买卖？学生得寸进尺，将来恐怕要把我们制到死地呢！我们一定要讨论一个自救的方法——"

"一定！一定！"

"学生闹得太不成个样子了！一定要想方法对付！"

"我们卖东洋货与否，与他们什么相干？天天与我们捣乱，真是可恨已极！"

"依永清你的办法怎样呢？"

"大家真都是义（？）愤填胸，不可向迩！一个老头子只气得摸自己的胡子；小旦派头的商务会长也乱叫"了不得"。陶永清看着大家都与他同意，于是便又接着严重地说：

"量小非君子，无毒不丈夫！学生对待我们的手段既然很辣，那我们对于他们还有什么怜惜的必要？我们应采严厉的手段，给他们一个大亏吃，使他们敛一敛气——"

我听到这里，不禁打了一个寒战。心中想，怎么啦，这小子要取什么严厉的手段？莫不是要——不至于罢？难道这小子真能下这样惨无人道的毒手⋯⋯

"俗话说得好，蛇无头不行；我们要先把几个学生领袖制伏住，其余的就不成问题了。学生闹来闹去，都不过是因为有几个学生领袖撑着；倘若没有了领袖，则学生运动自然消灭，我们也就可以安安稳稳地做生意了。依我的意思，可以直接雇几个流氓，将几个学生领袖除去——"

我真是要胆战了！学生运动抵制日货，完全是为着爱国，其罪何至于死？陶永清丧尽了良心，居然要雇流氓暗杀爱国的学生，真是罪不容诛啊！我心里打算，倘若我不救你们学生，谁还能救你们学生呢？这饭碗不要也罢，倒是救你们学生的性命要紧。我是一个人，我绝对要做人的事情。饿死又算什么呢？我一定去报告！

"你们莫要害怕，我敢担包无事！现在官厅方面也是恨学生达了极点，决不至于与我们有什么为难的地方！会长先生！但不知你的意见如何？"

小旦派头的商务会长点头称是，众人见会长赞成这种意见，也就不发生异议。一忽儿大家就决定照着陶永清的主张办下去，并把这一件事情委托陶永清经理，而大家负责任。我的心里真是焦急得要命，只是为你们学生担心！等他们散会后，我即偷偷地叫了一辆人力车坐上，来到你的学校里找你；恰好你还未睡，我就把情事慌慌忙忙地告诉你；你听了我的话，大约是一惊非同小可，即刻去找人开会去了。话说完后，我也即时仍坐人力车回来，可是时候已晚，店门早开了；我叫了十几分钟才叫开。陶永清见了我，面色大变，严厉地问我到什么地方去了；我知道他已明白我干什么去了，就是瞒也瞒不住；但我还是随嘴说，我的表兄初从家乡来至 W 埠，我到旅馆看他，不料在他那儿多坐了一回，请东家原谅。他哼了几声，别的也没说什么话。第二天清早，陶永清即将我账算清，将我辞退了。

维嘉先生！我在 W 埠的生活史，又算告了一个终结。

一五

满天的乌云密布着，光明的太阳不知被遮蔽在什么地方，一点儿形迹也见不着。秋风在江边上吹，似觉更要寒些，一阵一阵地吹到飘泊人的身上，如同故意欺侮衣薄也似的。江中的波浪到秋天时，更掀涌得厉害，澎湃声直足使伤心人胆战。风声，波浪声，加着轮船不时放出的汽笛声，及如蚂蚁一般的搬运夫的哎哼声，凑成悲壮而沉痛的音乐；倘若你是被欺侮者，倘若你是满腔悲愤者，你一定又要将你的哭声渗入这种音乐了。

这时有一个少年，手里提着一个小包袱，倚着等船的栏杆，向那水天连接的远处怅望。那远处并不是他家乡的所在地，他久已失去了家乡的方向；那远处也不是他所要去的地方，他的行踪比浮萍还要不定，如何能说要到什么地方去呢？那漠漠不清的远处，那云雾迷漫中的远处，只是他前程生活的象征——谁能说那远处是些什么？谁能说他前程的生活是怎样呢？他想起自家的身世，不禁悲从中来，热泪又涔涔地流下，落在汹涌的波浪中，似觉也化了波浪，顺着大江东去。

这个少年是谁？这就是被陶永清辞退的我！

当陶永清将我辞退时，我连一句哀求话也没说，心中倒觉很畅快也似的，私自庆幸自己脱离了牢笼。可是将包袱拿在手里，出了陶永清的店门之后，我不知道向哪一方向走好。漫无目的地走向招商轮船码头来；在趸船上踱来踱去，不知如何是好。兀自一个人倚着等船的栏杆痴望，但是望什么呢？我自己也说不出来。维嘉先生！此时的我真是如失巢的小鸟一样，心中有说不尽的悲哀啊！

父母在时曾对我说过，有一位表叔——祖姑母的儿子——在汉城X街开旅馆，听说生意还不错，因之就在汉城落户了。我倚着趸船的栏杆，想来想去，只想不出到什么地方去是好；忽然这位在汉城开旅馆的表叔来到我的脑际。可是我只想起他的姓，至于他的名字叫什么，我就模糊地记不清楚了。

或者他现在还在汉城开旅馆，我不妨去找找他，或者能够把他找着。倘若他肯收留我，我或者替他管管账，唉，真不得已时，做一做茶房，也没什么要紧……茶房不是人做的么？人到穷途，只得要勉强些儿了！

于是我决定去到汉城找我的表叔王——

喂！维嘉先生！我这一封信写得未免太长了！你恐怕有点不耐烦读下去了罢？好！我现在放简单些，请你莫要着急！

我到了汉城，费了九牛二虎之力，才把我的表叔找着。当时我寻找他的方法，是每到一个旅馆问主人姓什么，及是什么地方人氏——这样，我也不知找了多少旅馆，结果，把我的表叔找着了。他听了我的诉告之后，似觉也很为我悲伤感叹，就将我收留下。可是账房先生已经是有的，不便因我而将他辞退，于是表叔就给我一个当茶房的差事。我本不愿意当茶房，但是，事到穷途，无路可走，也由不得我愿意不愿意了。

维嘉先生！倘若你住过旅馆，你就知道当茶房是一件如何下贱的勾当！当茶房就是当仆人！只要客人喊一声"茶房"，茶房就要恭恭敬敬地来到，小声低语地上问大人老爷或先生有什么吩咐。我做了两个月的茶房，想起来，真是羞辱得了不得！此后，我任着饿死，我也不干这下贱的勾当了！唉！简直是奴隶！……

一天，来了一个四十几岁的客人，态度像一个小官僚的样子，架子臭而不可闻。他把我喊到面前，叫我去替他叫条子——找一个姑娘来。这一回可把我难着了：我从没叫过条子，当然不知条子怎么叫法；要我去叫条子，岂不是一件难事么？

"先生！我不知条子怎样叫法，姑娘住在什么地方……"

"怎么！当茶房的不晓得条子怎样叫法，还当什么茶房呢！去！去！赶快去替我叫一个来！"

"先生！我着实不会叫。"

这一位混账的东西就拍桌骂起来了；我的表叔——东家——听着了，忙来问什么事情，为着顾全客人的面子，遂把我当茶房的指斥一顿。我心中真是气闷极了！倘若东家不是我的表叔，我一定忍不下去，决要与他理论一下。可是他是我的表叔，我又是处于被压迫的地位的，那有理是我可以讲的……

无论如何，我不愿意再当茶房了！还是去讨饭好！还是饿死也不要紧……这种下贱的勾当还是人干的么？我汪中虽穷，但我还有骨气，我还有人格，哪能长此做这种羞辱的事情！不干了！不干了！决意不干了！

我于是向我的表叔辞去茶房的职务；我的表叔见我这种乖僻而孤傲的性情，恐怕于自己的生意有碍，也就不十分强留。恰好这时期英国在汉城的 T 纱厂招工，我于是就应招而为纱厂的工人了。维嘉先生！你莫要以为我是一个知识阶级。是一个文弱的书生！不，我久已是一个工人了。维嘉先生！可惜你我现在不是对面谈话，不然，你倒可以看看我的手，看看我的衣服，看看我的态度，像一个工人还是像一个知识阶级中的人。我的一切，我所有的一切，都是工人的样儿……

T 纱厂是英国人办的，以资本家而又兼着民族的压迫者，其虐待我们中国工人之厉害，不言可知。我现在不愿意将洋资本家虐待工人的情形一一地告诉你，因为这非一两言所能尽；并且我的这一封信太长了，若多说，不知什么时候才能结束；所以我就把我当工人时代的生活简略了。将来我有工夫时，可以写一本"洋资本家虐待工人的记实"给你看看，现在我暂且不说罢。

一六

> 江水呜咽，
> 江风怒号；
> 可怜工人颈上血，
> 染红军阀手中刀！
> 我今徘徊死难地，
> 恨迢迢，
> 热泪涌波涛。

——"江岸"

　　喂！说起来去年江岸的事情，我到如今心犹发痛！

　　当吴大军伐掌权的时候，维嘉先生，你当然记得：他屠杀了多少无罪无辜的工人啊！险矣哉，我几乎也把命送了！本来我们工人的性命比起大人老爷先生的，当然要卑贱得多；但是，我们工人始终是属于人类罢，难道我们工人就可以随便乱杀得么？唉！还有什么理讲……从那一年残杀的事起后，我感觉得工人的生存权是没有保障的，说不定什么时候，要如鸡鸭牛豕一般地受宰割。

　　当时京汉全路的工人，因受军伐官僚的压迫，大罢工起来了。我这时刚好在 T 纱厂被开除出来。洋资本家虐待中国工人，维嘉先生，我已经说过，简直不堪言状！工资低得连生活都几几乎维持不住，工作的时间更长得厉害——超过十二点钟。我初进厂的时候，因为初赌气自旅馆出来，才找得一个饭碗，也还愿意忍耐些；可是过了些时日之后，我无论如何，是再不能忍耐下去了。我于是就想方法，暗地里在工人间鼓吹要求增加工资，减少工作时间……因为厂中监视得很厉害，我未敢急躁，只是慢慢地向每一个人单独鼓吹。有一些工人怕事，听我的说话，不敢加以可否，虽然他们心中是很赞成的；有一些工人的确是被我说动了。不知是为着何故，我的这种行动被厂主查觉了，于是就糊里糊涂地将我开除，并未说出什么原故。一般工友们没有什么知识，见着我被开除了，也不响一声，当时我真气得要命！我想运动他们罢工，但是没有机会；在厂外运动厂内工人罢工，是一件不容易的事情。

我与江岸铁路分工会的一个办事人认识。这时因在罢工期间，铁路工会的事务很忙，我于是因这位朋友的介绍，充当工会里的一个跑腿——送送信，办办杂务。我很高兴，一方面饭碗问题解决了，胜于那在旅馆里当茶房十倍；一方面同一些热心的工友们共事，大家都是赤裸裸的，没有什么权利的争夺，虽然事务忙些，但总觉得精神不受痛苦。不过我现在还有歉于心的，就是当时因为我的职务不重要，军阀没有把我枪毙，而活活地看着许多工友们殉难！想起他们那时殉难的情形，维嘉先生，我又不禁悲忿而战栗了！

我还记得罢工第三日，各工团派代表数百人，手中拿着旗帜，群来江岸慰问，于是在江岸举行慰问大会，我那时是布置会场的一个人。首由京汉铁路总工会会长报告招待慰问代表的盛意，并将此次大罢工的意义和希望述说一番。相继演说的有数十人，有痛哭者，有愤詈者，其激昂悲壮的态度，实可动天地而泣鬼神。维嘉先生！倘若你在场时，就使你不憎恶军阀，但至此时恐怕也要向被压迫的工人洒一掬同情之泪了。最后总工会秘书李振英一篇的演说，更深印在我的脑际，鼓荡着在我的耳膜里：

"亲爱的同志们！我们此次的大罢工，为我国劳动阶级命运之一大关键。我们不是争工资争时间，我们是争自由争人权！倘若我们再不起来奋斗，再不起来反抗，则我们将永远受不着人的待遇。我们是自由和中国人民利益的保护者，但是，我们连点儿集会的自由都没有……麻木不仁的社会早就需要我们的赤血来濡染子！工友们！在打倒军阀的火线上，我们应该去做勇敢的先锋队。只有前进啊！勿退却啊！"

李君演说了之后，大家高呼"京汉铁路总工会万岁！中国劳动阶级解放万岁！全世界劳动者联合起来啊！"一些口号，声如雷动，悲壮已极！维嘉先生！我在此时真是用尽吃奶的力气喊叫，连嗓子都喊叫得哑了。后来我们大队游行的时候，我只听着人家喊叫什么打倒军阀，劳动解放……而我自己喊叫不出来，真是有点发急。这一次的游行虽然经过租界，但总算是平安地过去了。

但又谁知我们群众游行的时候，即督军代表与洋资本家在租界大开会议，准备空前大屠杀的时候！

萧大军阀派他的参谋长（张什么东西，我记不清楚了）虚诈地来与我们工会接洽，意欲探得负责任人的真相，好施行一网打尽的毒手。二月七日，总工会代表正欲赴会与张某开谈判，时近五点多钟，中途忽闻枪声大作，于是江岸流血的惨剧开幕了！张某亲自戎装指挥，将会所包围，开枪环击。可怜数百工友此时正在会所门口等候消息，躲避不及；又都赤手空拳，无从抵御！于是被乱枪和马刀击死者有三四十人，残伤者二百馀人。呜呼，惨矣！

我闻着枪声，本欲躲避，不料未及躲避，就被一个凶狠的兵士把我捉住了。被捉的工友有六十人，江岸分会正执行委员长林祥谦君也在内。我们大家都被缚在电杆上，忍受一些狼心狗肺的兵士们的毒打——我身上有几处的伤痕至今还在！这时天已经很黑了。张某——萧大军伐的参谋长——亲自提灯寻找林祥谦君。张某将林君找着了，即命刽子手割去绳索，迫令林君下"上工"的命令，林君很严厉地不允。张乃命刽子手先砍一刀，然后再问道："上不上工？"

"不上！绝对不上！"

这时林君毫不现出一点惧色，反更觉得有一种坚决的反抗的精神。我在远处望着，我的牙只恨得咯咯地响，肺都气得炸了！唉！好狠心的野兽！……只见张某又命砍一刀，怒声喝道："到底下不下命令上工？"

这时张某的颜色——我实在也形容不出来——表现出世间最恶狠的结晶，最凶暴的一切！我这时神经已经失去知觉了，只觉得我们被围在一群恶兽里，任凭这一群恶兽乱吞胡咬，莫可如何。我也没有工夫怜惜林君的受砍，反觉得在恶兽的包围中，这受砍是避不了的命运。林君接着忍痛大呼道：

"上工要总工会下命令的！今天既是这样，我们的头可断，工是不可上的！不上工！不上……工！"

张某复命砍一刀，鲜血溅地，红光飞闪，林君遂晕倒了。移时醒来，张某复对之狞笑道："现在怎样？"

这时我想将刽子手的刀夺过来，把这一群无人性的恶兽，杀得一个不留，好为天地间吐一吐正气！但是，我身在缚着，我不能转动……又只见林君切齿，但声音已经很低了，骂道："现在还有什么可说！可怜一个好好的中国，就断送在你们这般混账王八蛋的军伐走狗手里！"

张某等听了大怒，未待林君话完，立命枭首示众。于是，于是一个轰轰烈烈的林祥谦君就此慷慨成仁了！这时我的灵魂似觉茫茫昏昏地也追随着林君而去。

林君死后，他的一个六十多岁的老父及他的妻子到车站来收殓，张某不许，并说了许多威吓话。林老头儿回家拿一把斧头跑来，对张某说道："如不许收尸，定以老命拚你！"

张某见如此情况，才不敢再行阻拦。这时天已夜半了，我因为受绳索的捆绑，满身痛得不堪言状，又加着又气又恨，神经已弄到毫无知觉的地步。

第二日醒来，我已被囚在牢狱里。两脚上了镣，两手还是用绳捆着。仔细一看，与我附近有几个被囚着的，是我工会中的同事；他们的状况同我一样，但静悄悄地低着头。

一七

牢狱中的光阴，真是容易过去。我初进牢狱的时候，脚镣，手铐，臭虫，虱子，污秽的空气，禁卒的打骂……一切行动的不自由，真是难受极了！可是慢慢地慢慢地也就成为习惯了，不觉着有什么大的苦楚。就如臭虫和虱子两件东西，我起初以为我从不被禁卒打死，也要被它们咬死；可是结果它们咬只管咬我，而我还是活着，还是不至于被咬死。我何尝不希望它们赶快地给我结果了性命，免得多受非人的痛苦？但是，这种希望可惜终没有实现啊！

工会中的同事李进才恰好与我囚在一起。我与他在工会时，因为事忙，并没有谈多少话，可是现在倒有多谈话的机会了。他是一个勇敢而忠实的铁路工人，据他说，他在铁路上工作已经有六七年了。我俩的脾气很合得来，天天谈东谈西——反正没有事情做——倒觉也没甚寂寞。我俩在牢狱中的确是互相慰藉的伴侣，我倘若没有他，维嘉先生，我或者久已寂寞死在牢狱中了。他时常说出一些很精辟的话来，我听了很起佩服他的心思。有一次他说：

"我们现在囚在牢狱里，有些人或者可怜我们；有些人或者说我们愚蠢自讨罪受；或者有些人更说些别的话……其实我们的可怜，并不自我们入了牢狱始。我们当未入牢狱的时候，天天如蚂蚁般地劳作，汗珠子如雨也似地淋，而所得的报酬，不过是些微的工资，有时更受辱骂，较之现在，可怜的程度又差在哪里呢？我想，一些与我们同一命运的人们，就假使他们现在不像你我一样坐在这污秽阴凄的牢狱里，而他们的生活又何尝不在黑暗的地狱中度过！汪中！反正我们穷人，在现代的社会里，没有快活的时候！在牢狱内也罢，在牢狱外也罢，我们的生活总是牢狱式的生活……"

"至于说我们是愚蠢，是自讨罪受，这简直是不明白我们！汪中！我不晓得你怎样想；但我想，我现在因反抗而被囚在牢狱内，的确是一件很光荣的事情！我现在虽然因在牢狱内，但我并不懊悔，并不承认自己和行动是愚蠢的。我想，一个人总要有点骨格，决不应如牛猪一般的驯服，随便受人家的鞭打驱使，而不敢说半句硬话。我李进才没有什么别的好处，惟我的浑身骨头是硬的，你越欺压我，我越反抗。我想，与其卑怯地受苦，不如轰烈地拚它一下，也落得一个痛快。你看，林祥谦真是汉子！他至死不屈。他到临死时，还要说几句硬话，还要骂张某几句，这真是够种！可惜我李进才没被砍死，而现在囚在这牢狱里，死不死，活不活，讨厌……"

李进才的话，真是有许多令我不能忘却的地方。他对我说，倘若他能出狱时，一定还要做从前的勾当，一定要革命，一定要把现社会打破出出气。我相信他的话是真的，他真有革命的精神！今年四月间我与他一同出了狱。出狱后，他向C城铁路工会找朋友去了，我就到上海来了。我俩本约定时常通信的，可是他现在还没有信给我。我很不放心，听说C城新近捕拿了许多鼓动罢工的过激派，并枪毙了六七个——这六七个之中，说不定有李进才在内。倘若他真被枪毙了，在他自己固然是没有什么，可是我这一个与他共患难的朋友，将何以为情呢！

李进才并不是一个无柔情的人。有一次，我俩谈到自身的家世，他不禁也哭了。

别的也没有什么可使我系念的，除开我的一个贫苦的家庭。我家里还有三口人——母亲，弟弟和我的女人。母亲今年已经七十二岁了。不久我接着我弟弟的信说，母亲天天要我回去，有时想我的很，便整天地哭，她说，她自己知道快不久于人世了，倘若我不早回去，恐怕连面也见不着了。汪中！我何尝不想回去见一见我那白发苍苍，老态龙钟的，可怜的母亲！但是，现在我因在牢狱里，能够回去么？幸亏我家离此有三百多里路之遥，不然，她听见我被捕在牢狱内，说不定要一气哭死了。

"弟弟年纪才二十多岁，我不在家，一家的生计都靠着他。他一个人耕着几亩地，天天水来泥去，我想起来，心真不安！去年因为天旱，收成不大好，缴不起课租，他被地主痛打了一顿，几几乎把腿都打断了！唉！

汪中！反正穷人的骨肉是不值钱的……

"说起我的女人，喂，她也实在可怜！她是一个极忠顺的女人。我与她结婚才满六个月，我就出门来了；我中间虽回去一两次，但在家总未住久。汪中！我何尝不想在家多住几天，享受点夫妻的乐趣？况且我又很爱我的女人，我女人爱我又更不待言呢！但是，汪中你要晓得，我不能在家长住，我要挣几个钱养家，帮助帮助我的弟弟。我们没有钱多租人家田地耕种，所以我在家没事做，只好出来做工——到现在做工的生活，算起来已经八九年了。这八九年的光阴，我的忠顺的女人只是在家空守着，劳苦着……汪中！人孰无情？想起来，我又不得不为我可怜的女人流泪了！"

李进才说着说着，只是流泪，这泪潮又涌动了无家室之累，一个孤零飘泊的我。我这时已无心再听李进才的诉说了，昏昏地忽然瞥见一座荒颓的野墓——这的确是我的惨死的父母之合葬的墓！荒草很乱杂地丛生着，墓前连点儿纸钱灰也没有，大约从未经人祭扫过。墓旁不远，静立着几株白杨，萧条的枝上，时有几声寒鸦的哀鸣。我不禁哭了！

我的可怜的爸爸，可怜的妈妈！你俩的一个飘泊的儿子，现在犯罪了，两腿钉着脚镣，两手圈着手铐，站立在你俩的墓前。实只望为你俩伸冤，为你俩报仇，又谁知到现在啊，空飘泊了许多年，空受了许多人世间的痛苦，空忍着社会的虐待！你俩看一看我现在的这般模样！你俩被恶社会虐待死了，你俩的儿子又说不定什么时候被虐待死呢！唉！爸爸！妈妈！你俩的墓草连天，你俩的儿子空有这慷慨的心愿……

一转眼，我父母的墓已经变了——这不是我父母的墓了；这是——啊！这是玉梅的墓。当年我亲手编成的花圈，还在墓前放着；当年我所痛流的血泪，似觉斑斑点点地，如露珠一般，还在这已经生出的草丛中闪亮着。

"哎哟！我的玉梅呀！……"

李进才见着我这般就同发疯的样子，连忙就问道："汪中！汪中！你，你怎么啦？"

李进才将我问醒了。

一八

时间真是快极了！出了狱来到上海，不觉又忽忽地过了五六个月。现在我又要到广东入黄埔军官学校去，预备在疆场上战死。我几经忧患馀生，死之于我，已经不算什么一回事了。倘若我能拿着枪将敌人打死几个，将人类中的蟊贼多铲除几个，倒也了却我平生的愿望。维嘉先生！我并不是故意地怀着一腔暴徒的思想，我并不是生来就这样的倔强；只因这恶社会逼得我没有法子，一定要我的命——我父母的命已经被恶社会要去了，我绝对不愿意再驯服地将自己的命献于恶社会！并且我还有一种痴想，就是：我的爱人刘玉梅为我而死了，实际上是恶社会害死了她；我承了她无限的恩情，而没有什么报答她；倘若我能努力在公道的战场上做一个武士，在与黑暗奋斗的场合中我能不怕死做一位好汉，这或者也是一个报答她的方法。她在阴灵中见着我是一个很强烈的英雄，或者要私自告慰，自以为没曾错爱了我……

今天下午就要开船了。我本想再将我在上海五六个月的经过向你说一说，不过现在因时间的限制，不能详细，只得简单地说几件事情罢：

到上海不久，我就到小沙渡 F 纱厂工会办事，适遇这时工人因忍受不了洋资本家的虐待，实行罢工；巡捕房派巡捕把工会封闭，将会长 C 君捉住，而我幸而只挨受红头阿三几下哭丧棒，没有被关到巡捕房里去。我在街上一见着红头阿三手里的哭丧棒，总感觉得上面萃集着印度的悲哀与中国的羞辱。

有一次我在大马路上电车，适遇一对衣服漂亮的年少的外国夫妇站在我的前面；我叫他俩让一让，可是那个外国男子回头竖着眼，不问原由就推我一下，我气得要命，于是我就对着他的胸口一拳，几几乎把他打倒了；他看着我很不像一个卑怯而好屈服的人，于是也就气忿忿地看我几眼算了。我这时也说了一句外国话 You are savage animal；这是一个朋友教给我的，对不对，我也不晓得。一些旁观的中国人，见着我这个模样，有的似觉很惊异，有的也表示出很同情的样子。

有一次，我想到先施公司去买点东西，可是进去走了几个来回，望一望价钱，没有一件东西是我穷小子可以买得起的。看店的巡捕看我穿得不像个样，老在走来走去，一点东西也不买，于是疑心我是扒手，把我赶出来了。我气得没法，只得出来。心里又转而一想，这里只合老爷，少爷，太太和小姐来，穷小子是没有分的，谁叫你来自讨没趣——

阿！维嘉先生！对不起，不能多写了——朋友来催我上船，我现在要整理行装了。我这一封信虽足足写了四五天，但还有许多意思没有说。维嘉先生！他日有机会时再谈罢。

再会！再会！

汪　中　十三年十月于沪上旅次。

维嘉的附语

去年十月间接着这封长信，读了之后，喜出望外！窃幸在现在这种萎靡不振的群众中，居然有这样一个百折不挠的青年。我尤以为幸的，这样一个勇敢的青年，居然注意到我这个不合时宜的诗人，居然给我写了这一封长信。我文学的才能虽薄弱，但有了这一封信为奖励品，我也不得不更发奋努力了。

自从接了这一封信之后，我的脑海中总盘旋着一个可歌可泣可佩可敬的汪中，因之天天盼望他再写信给我。可是总没有消息——这是一件使我最着急而引以为不安的事情！

今年八月里我从北京回上海来，在津浦车中认识了一位 L 君。L 君为陕西人，年方二十多岁，颇有军人的气概，但待人的态度却和蔼可亲，在说话中，我得知他是黄埔军官学校的学生，于是我就问他黄埔军官学校的情形及打倒陈炯明、刘震寰等的经过。他很乐意地前前后后向我述说，我听着很有趣。最后我问他，黄埔军官学校有没有汪中这个学生？他很惊异地反问我道："你怎么知道汪中呢？你与他认识么？"

"我虽然不认识他，但我与他是朋友，并且是交谊极深的朋友！"

我于是将汪中写信给我的事情向他说了一遍。L 君听了我的话后，叹了口气，说道："提起了汪中来，我心里有点发痛。他与我是极好的朋友，我俩是同阵入军官学校的——但是他现在已经死了！"

我听了"已经死了"几个字，悲哀忽然飞来，禁不住涔涔地流下了泪。唉！人间虽大，但何处招魂呢？我只盼望他写信给我，又谁知道，他已经死了……

"我想起来他临死的情状，我悲哀与敬佩的两种心不禁同时发作了。攻惠州城的时候，你先生在报纸上大约看见了罢，我们军官学校学生硬拚着命向前冲，而汪中就是不怕死的一个人。我与他离不多远，他打仗的情况我都看得清清楚楚地。他的确是英雄！在枪林弹雨之中，他丝毫没有一点惧色，并大声疾呼'杀贼呀！杀贼呀！前进呀！……'我向你说老实话，我真被他鼓励了不少！但是枪弹是无灵性的，汪中在呼喊'打倒军阀，打倒帝国主义'的声中，忽然被敌人的飞弹打倒了——于是汪中，汪中永远地离我们而去……"

L君说着说着，悲不可仰。我在这时也不知说什么话好。这时已至深夜，明月一轮高悬在天空，将它的洁白的光放射在车窗内来。火车的轮轴只是轰隆轰隆地响，好像在呼喊着：光荣！光荣！无上的光荣！……

野　祭

书　前

　　惯于流浪的我，今年又在武汉过了几个月。在这几个月之中，若问起我的成绩来，是一点也没有的。幸而我得遇着了一位朋友陈季侠君，在朝夕过从间，我得了他的益处不少。我们同是青年人，并且同是青年的文人，当然爱谈到许多许多恋爱的故事。陈君为我述了他自身所经历的一段恋爱的故事，我听了颇感兴味，遂劝他将这一段恋爱的故事写将出来，他也就慨然允诺，不数日而写成，我读了之后，觉得他的这本小书虽然不是什么伟大的著作，但在现在流行的恋爱小说中，可以说是别开生面。它所表现的，并不在于什么三角恋爱，四角恋爱，什么好哥哥，甜妹妹……而是在于现今的时代，在这个时代之中有两个不同的女性。也许它所表现的不深刻，但是……呵！我暂且不加以批评罢，读者诸君自然是会批评的。我的责任是在于将它印行以公之于世。我本不喜欢专门写恋爱小说的作家，但是现在恋爱小说这样地流行，又何妨将陈君的这本小书凑凑数呢？

一

　　"淑君呵！我真对不起你！我应当在你的魂灵前忏悔，请你宽恕我对于你的薄情，请你赦免我的罪过……我现在想恳切地在你的墓前痛哭一番，一则凭吊你的侠魂——你的魂真可称为侠魂呵！一则吐泄我的悲愤。但是你的葬地究在何处呢？你死了已经四个月了，但是一直到现在，你的尸身究竟埋在何处，不但我不知道，就是你的父母也不知道。也许你喂了鱼腹，或受了野兽们饱餍，现在连尸骨都没有了。你的死是极壮烈的，然而又是极悲惨的,我每一想像到你被难时的情形,不禁肝肠痛断,心胆皆裂。但是我的令人敬爱的淑君!我真是罪过,罪过,罪过呵!你生前的时候,我极力避免你施与我的爱,我从没曾起过爱你的念头,也许偶尔起过,但是总没爱过你。现在你死了,到你死后,我才追念你,我才哭你,这岂不是大大的罪过么?,唉,罪过!大大的罪过!你恐怕要怨我罢?是的,我对于你是太薄情了,你应当怨我,深深地怨我。我现在只有怀着无涯的悲痛,我只有深切的忏悔……

想起来,我真是有点辜负淑君子。但是现在她死了,我将如何对她呢?让我永远忆念着她罢!让我永远将我的心房当她的坟墓罢!让我永远将她的芳名——淑君,刻在我的脑膜上罢!如果淑君死而有知,她也许会宽恕我的罪过于万一的。但是我真是太薄情了,我还有求宽恕的资格么?唉!我真是罪过,罪过!……

二

去年夏天,上海的炎热,据说为数十年来所没有过。温度高的时候,达到一百零几度,弄得庞大烦杂的上海,变成了热气蒸人焦烁不堪的火炉。富有的人们有的是避热的工具——电扇,冰,兜风的汽车,深厚而阴凉的洋房……可是穷人呢,这些东西是没有的,并且要从事不息的操作,除非热死才有停止的时候。机器房里因受热而死的工人,如蚂蚁一样,没有人计及有若干数。马路上,那热焰蒸腾的马路上,黄包车夫时常拖着,忽地伏倒在地上,很迅速地断了气。这种因受热而致命的惨象,我们不断地听着见着,虽然也有些上等人因受了所谓暑疫而死的,但这是例外,可以说是凤毛麟角罢。

不是资产阶级,然而又不能算为穷苦阶级的我,这时正住在 M 里的一间前楼上。这间前楼,比较起来,虽然不算十分好,然而房子是新建筑的,倒也十分干净。可是这间前楼是坐东朝西的,炎热的日光实在把它熏蒸得不可向迩——这时这间房子简直不可住人。我日里总是不落家,到处寻找纳凉的地方,到了深夜才静悄悄地回来。

我本没有搬家的念头。我的二房东夫妻两个每日在黑籍国里过生活,吞云吐雾,不干外事,倒也十分寂静。不料后来我的隔壁——后楼里搬来了两个唱戏的,大约是夫妻两个罢,破坏了我们寂静的生活:他们嬉笑歌唱，吵嘴打骂，闹得不安之至。我因为我住的房子太热了，现在又加之这两个"宝货"的扰乱，就是到深夜的时候，他们也不知遵守肃静的规则，于是不得不做搬家的打算了。半无产阶级的我在上海一年搬几次家，本是很寻常的事，因为我所有的不过是几本破书，搬动起来是很容易的。

C路与A路转角的T里内，我租定了一间比较招风而没有西晒的统楼面。房金是比较贵些，然而因为地方好，又加之房主人老夫妻两个，看来不象狡诈的人，所以我也就决定了。等我搬进了之后，我才发现我的房东一家共有七口人——老夫妻两人，少夫妻两人及他俩的两个小孩，另外一个就是我所忆念的淑君了；她是这两个老夫妻的女儿。

淑君的父亲是一个很忠实模样的商人，在某洋行做事；她的哥哥是一个打字生（在某一个电车站里罢?），年约二十几岁，是一个谨慎的而无大企业的少年，在上海这一种少年人是很多的，他们每天除了自己的职务而外，什么都不愿意过问。淑君的嫂嫂，呵，我说一句实话，我对她比较多注意些，因为她虽然是一个普通家庭的妇女，可是她的温柔和顺的态度，及她向人说话时候的自然的微笑，实在表现出她是一个可爱的女性，虽然她的面貌并不十分美丽。

我与淑君初见面的时候，我只感觉得她是一个忠厚朴素的女子。她的一双浓眉，两只大眼，一个圆而大的，虽白净而不秀丽的面庞，以及她的说话的声音和动作，都不能引人起一种特殊的，愉快的感觉。看来，淑君简直是一个很普通而无一点儿特出的女子。呵！现在我不应当说这一种话了：我的这种对于淑君的评判是错误的！"人不可以貌相，海水不可以斗量"，真正的令人敬爱的女子，恐怕都不在于她的外表，而在于她的内心罢！呵，我错了！我对于淑君的评判，最不公道的评判，使我陷入了很深的罪过，而这种罪过成为了我的心灵上永远的创伤。

我搬进了淑君家之后，倒也觉得十分安静：淑君的父亲和哥哥，白天自有他们的职务，清早出门，到晚上才能回来；两个小孩虽不过四五岁，然并不十分哭闹，有时被他俩的祖母，淑君的母亲，引到别处去玩耍，家中见不着他们的影子。淑君的嫂嫂，这一个温柔和顺的妇人，整日地不声不响做她的家务事。淑君也老不在家里，她是一个小学教员，当然在学校的时候多。在这种不烦噪的环境之中，从事脑力工作的我，觉得十分满意。暑热的炎威渐渐地消退下去了，又加之我的一间房子本来是很风凉的，我也就很少到外边流浪了。

在初搬进的几天，我们都是很陌生的，他们对我尤其客气，出入都向我打招呼——这或者是因为他们以为我是大学教授的缘故罢？在市侩的上海，当大学教授的虽然并不见得有什么尊荣的名誉，然总是所谓"教书先生""文明人"，比普通人总觉得要被尊敬些。淑君对于我并不过于客气，她很少同我说话，有时羞答答地向我说了几句话，就很难为情地避过脸去停止了，在这个当儿完全表现出她的一副朴真的处女的神情。当她向我说话的时候，总是含羞带笑地先喊我一声"陈先生！"，这一声"陈先生！"的确是温柔而婉丽。她有一副白净如玉一般的牙齿，我对于她这一副可爱的牙齿，曾有几番的注视，倘若我们在她的身上寻不出别的美点来，那么她的牙齿的确是可以使她生色的了。

我住在楼上，淑君住在楼下，当她星期日或有时不到学校而在家里的时候，她总是弹着她的一架小风琴，有时一边弹一边唱。她的琴声比她的歌声要悠扬动听些。她的音调及她的音调的含蓄的情绪，常令我听到发生悲壮苍凉的感觉；在很少的时候她也发着哀感婉艳刺人心灵的音调。她会的歌曲儿很多，她最爱常弹常唱的，而令我听得都记着了的，是下列几句：

> 世界上没有人知道我；
> 世界上没有人怜爱我；
> 我也不要人知道我；
> 我也不要人怜爱我；
> 我愿抛却这个恶浊的世界，
> 到那人迹不到的地方生活。

这几句歌词是原来就有的呢，抑是她自己做的？关于这件事情，一直到现在我还不知道。当她唱这曲歌的时候，我只感觉得她的音调是激亢而颤动的，就同她的全身，全血管，全心灵都颤动一样，的确是一种最能感人的颤动。她的情绪为悲愤所激荡着了，她的满腔似乎充满了悲愤的浪潮。我也说不清楚我听了她这曲歌的时候，我是对于她表同情的，还是对于她生讨厌心的，因为我听的时候，我一方面为她的悲愤所感动，而一方面我又觉得这种悲愤是不应当的。我虽然是一个穷苦的流浪的文人，对于这个世界，所谓恶浊的世界，十分憎恨，然而我却不想离开它，我对于它有相当的光明的希望。……

我起初是在外面包饭吃的，这种包饭不但价钱大，而且并不清洁，我甚感觉得这一种不方便。后来过了一些时，我在淑君的家里混熟了，先前客气的现象渐渐没有了，我与淑君也多有了接近和谈话的机会。有一天，淑君的母亲向我说道：

"陈先生！我看你在外边包饭吃太不方便了，价钱又高又不好。我久想向你说，就是如果你不嫌弃我们家的饭菜不好，请你就搭在我们一块儿吃，你看好不好呢？"

"呵，这样很好，很好，正合我的意思！从明天起，我就搭在你们一块儿吃罢。多少钱一月随便你们算。"我听了淑君的母亲的提议，就满口带笑地答应了。这时淑君也在旁边，向我微笑着说道："恐怕陈先生吃不来我们家里的饭菜呢。"

"说哪里话！你们能够吃，我也就能够吃。我什么饭菜都吃得来。……"

淑君听了我的话，表示一种很满意的神情，在她的这一种满意的神情下，她比普通的时候要妩媚些。我不知道淑君的母亲的这种提议，是不是经过淑君的同谋，不过我敢断定淑君对于这种提议是十分赞成的。也许多情的淑君体谅我在外包饭吃是不方便的事情，也许她要与我更接近些，每天与她共桌子吃饭，而遂怂恿她的母亲向我提议。……到了第二天我就开始与淑君的家人们一块儿共桌吃饭了。每当吃饭的时候，如果她在家，她一定先将我的饭盛好，亲自喊我下楼吃饭。我的衣服破了，或是什么东西需要缝补的时候，她总为我缝补得好好地。她待我如家人一样，这不得不令我深深地感激她，然而我也只限于感激她，并没曾起过一点爱她的心理。唉！这是我的罪过，现在忏悔已经迟了！天呵！如果淑君现在可以复生，我将拚命地爱她，以补偿我过去对于她的薄情。……

我与淑君渐渐成为很亲近的人了。她时常向我借书看，并问我关于国家，政府，社会种种问题。可是她对于我总还有一种隔膜—她不轻易进我的房子，有时她进我的房子，总抱着她的小侄儿一块，略微瞭看一下，就下楼去了。我本想留她多坐一忽儿，可是她不愿意，也许是因为要避嫌疑罢。我说一句实在话，我对于她，也是时常在谨慎地避嫌疑：一因为我是一个单身的少年。二也因为我怕同她的关系太弄得密切了，恐怕要发生纠缠不可开交——最近淑君的母亲对我似乎很留意，屡屡探问我为什么不娶亲……她莫非要我当她的女婿么？如果我爱淑君，那我当她的女婿也未始不可，可是我不爱淑君，这倒怎么办呢？是的，我应当不与淑君太过于亲近了，我应当淡淡地对待淑君。

一天下午，我从外边回来，适值淑君孤自一个人在楼底下坐着做针线。她见着我，也不立起来，只带着笑向我问道："陈先生！从什么地方回来呀？"

"我到四马路买书去了，看看书店里有没有新书。你一个人在家里吗？他们都出去了？"

"是的，陈先生，他们都出去了，只留下我一个人看家。"

"那吗，你是很孤寂的了。"

"还好。陈先生！我问你一个人，"她的脸色有点泛红了，似乎有点不好意思的样子。"你可知道吗？"

"你问的是哪一个人，密斯章？也许我会知道的。"

"我问的是一个著名的文学家，他的名字叫做陈季侠。"她说这话的时候，脸更觉得红起来了。她的两只大眼带着审问的神气，只笔直地望着我。我听到陈季侠三个字，不禁吃了一惊，又加之她望我的这种神情，我也就不自觉地两耳发起烧来了。我搬进淑君家里来的时候，我只对他们说我姓陈，我的名字叫做陈雨春，现在她从哪里晓得我是陈季侠呢？奇怪！奇怪！……我正在惊异未及回答的当儿，她又加大她的笑声问我说道：

'"哈哈！陈先生！你真厉害，你真瞒得紧呵！同住了一个多月，我还不知道你就是大名鼎鼎的文学家陈季侠！我今天才知道了你是什么人，你，你难道不承认吗？"

"密斯章，你别要弄错了！我是陈雨春，并不知道陈季侠是什么人，是文学家还是武学家。我很奇怪你今天……"

"这又有什么奇怪！"她说着说着从怀里掏出一封信来给我看。"我有凭据在此，你还抵赖吗？哈哈！……陈先生！你为什么要瞒着我呢？……其实，我老早就怀疑你的行动……"

我看看抵赖不过，于是我也就承认了。这是我的朋友H君写给我的信，信面上是书着"陈季侠先生收"，在淑君面前，我就是抵赖，也是不发生效力的了。淑君见我承认了，脸上不禁涌现出一种表示胜利而愉快的神情。她这时只痴呆地，得意地向我笑，在她的笑口之中，我即时又注意到她的一副白玉般的牙齿了。

"你怎么知道陈季侠是一个文学家呢？"过了半晌，我又向她微笑地问道："难道你读过我的书吗？"

"自然彫！我读过了你的大作，我不但知道你是一个文学家，并且知道你是一个革——命——党——人！是不是？"

"不，密斯章！我不配做一个革命党人，象我这么样的一个人也配做革命党人吗？不，不，密斯章！……呵！对不起！到现在我还不知道你的芳名呢。今天你能够告诉我吗？"

"什么芳名不芳名！"她的脸又红起来了。"象我这样人的名字，只可称之为贱名罢了。我的贱名是章淑君。"

"呵，好得很！淑君这个名字雅而正得很，实在与你的人相配呢！……"

我还未将我的话说完，淑君的嫂嫂抱着小孩进来了。她看见我俩这时说话的神情，不禁用很猜疑的眼光，带着微笑，向我俩瞟了几眼，这逼得我与淑君都觉得难为情起来。我只得勉强地同她——淑君的嫂嫂——搭讪几句，又同她怀里的小孩逗了一逗之后，就上楼来了。

在这一天晚上，一点儿看书做文的心事都没有，满脑子涌起了胡思乱想的波浪：糟糕！不料这一封信使她知道了我就是陈季侠。……她知道我是革命党人，这会有不有危险呢？不至于罢，她决不会有不利于我的行为。……她对于我似乎很表示好感，为我盛饭，为我补衣服，处处体谅我……她真是对我好，我应当好好地感激她，但是，但是……我不爱她，我不觉得她可爱。……浓眉，大眼，粗而不秀……我不爱她……但是她对我的态度真好！……

一轮皎洁晶莹的明月高悬在天空，烦噪庞大的上海渐渐入于夜的沉静，濛濛地浸浴于明月的光海里。时候已是十一点多钟了，我还是伏在窗口，静悄悄地对着明月痴想。秋风一阵一阵地拂面，使我感到凉意，更引起了我无涯际的遐思。我思想到我的身世，我思想到我要创造的女性，我思想最多的是关于淑君那一首常唱的歌，及她现在待我的深情。我也莫名其妙，为什么我这时是万感交集的样子。不料淑君这时也同我一样，还未就寝，在楼底下弹起琴来了。在寂静的月夜，她的琴音比较清澈悠扬些，不似白日的高亢了。本来对月遐思，万感交集的我，已经有了一种不可言喻的情绪，现在这种情绪又被淑君的琴弦牵荡着，真是更加难以形容了。

我凝神静听她弹的是什么曲子，不料她今夜所弹的，为我往日所从未听见过的。由音调内所表现的情绪与往日颇不相同。最后我听她一边慢弹一边低声地唱道：

> 一轮明月好似我的心，
> 我的心儿赛过月明；

> 我的心，我的心呵！
> 我将你送与我的知音。

呵，我真惭愧！淑君的心真是皎洁得如同明月似的，而我竟无幸福来接受它。淑君错把我当成她的知音了！我不是她的知音，我不曾接受她那一颗如同明月似的心，这是她的不幸，这是我的愚蠢！我现在觉悟到我的愚蠢，但是过去的事情是已经不可挽回的了！我只有悲痛，我只有忏悔！……

夜深了，淑君的歌声和琴声也就寂然了。她这一夜入了梦没有？在梦中她所见到的是些什么？她知不知道当她弹唱的时候，我在楼上伏着窗口听着？……关于这些我都不知道。至于我呢，我这一夜几乎没有合眼，总是翻来覆去地睡不着。这并不是完全由于淑君给了我以很深的刺激，而半是由于多感的我，在华晨月夕的时候，总是这样地弄得神思不定。

三

从这天以后，淑君对我的态度更加亲热了，她到我楼上借书和谈话的次数也多起来了。有一次她在我的书架上翻书，我在旁边靠近她的身子，指点她哪一本书可看，哪一本书无大意思等等，在我是很自然的，丝毫没有别的念头，但是我觉得她愈与我靠近些，她的气息愈加紧张起来，她的血流在发热，她的一颗心在跳动，她的说话的声音很明显地渐渐由于不平静而紧促了。我从未看见过她有今天的这般的神情，这弄得我也觉得不自安了——我渐渐离开她，而在我的书桌子旁边坐下，故意地拿起笔来写字，想借此使她恢复平静的状态，缓和她所感到的性的刺激。不料我这么一做，她的脸上的红潮更加紧张起来了。她张着那两只此时充满着热情的大眼，很热挚地注视了我几次，这使得我不敢抬头回望她；她的两唇似乎颤动了几次，然终于未张开说出话来。我看见了她这种样子，不知做何种表示才好，只得低着头写字，忽然我听到她叹了一声长气——这一声长气是埋怨我的表示呢，还是由于别的？这我可不晓得了。

她还是继续地在我的书架上翻书，我佯做只顾写字，毫不注意她的样子。但是我的一颗心只是上下跳个不住，弄得我没有力量把它平静起来。这种心的跳动，不是由于我对于淑君起了性的冲动，而是由于惧怕。我生怕我因为一时的不谨慎，同淑君发生了什么关系，以至于将来弄得无好结果。倘若我是爱淑君的，我或者久已向她作爱情的表示了，但是我从没有丝毫要爱她的感觉。我虽然不爱她，但我很尊重她，我不愿意，而且不忍因一时性欲的冲动，遂犯了玷污淑君处女的纯洁的行为。

"陈先生！我拿两本书下去看了……"她忽然急促地说了这一句话，就转过身子跑下楼去了，连头也不回一下。她下楼去了之后，我的一颗跳动的心渐渐地平静下来了，如同卸了一副重担。但是我又想道：我对她的态度这样冷淡，她恐怕要怨我薄情罢？但是这又有什么办法呢？我怎么能够勉强地爱她？……淑君呵！请你原谅我！

时间虽过得迅速，而我对于淑君始终没有变更我原有的态度。淑君时常故意引起我谈到恋爱问题，而我总是敷衍，说一些我要守独身主义，及一个人过生活比较自由些……一些混话。我想借此隐隐地杜绝她对于我的念头。她又时常同我谈到一些政治的问题上来，她问我国民党为什么要分左右派，女子应否参加革命，……我也不过向她略为混说几句，因为我不愿意露出我的真的政治面孔来。唉！我欺骗她了！我日夜梦想着过满意的恋爱的生活，说什么守独身主义，这岂不是活见鬼吗？我虽然是一个流浪的文人，很少实际地参加过革命的工作，但我究竟自命是一个革命党人呵，我为什么不向淑君宣传我的主义呢？……唉！我欺骗淑君了！

我的窗口的对面，是一座医院的洋房，它的周围有很阔的空场，空场内有许多株高大的树木。当我初搬进我现在住的这间房子时，医院周围的树木的绿叶森森，几将医院的房子都掩蔽住了。可是现在我坐在书桌子旁边，眼睁睁地看见这些树木的枝叶由青郁而变为萎黄，由萎黄而凋零了。时间真是快的很，转眼间我已搬进淑君的家里三四个月了。在这几个月之中，我的孤独的生活很平静地过着，同时，我考察淑君的生活，也没有什么大的变更。我们是很亲热的，然而我们又是很疏远的——每日里除了共桌吃饭，随便谈几句而外，她做她的事，我做我的事。她有时向我说一些悲观的话，说人生没有意思，不如死去干净……我知道她是在为着我而痛苦着，但我没有方法来安慰她。

这是一天晚上的事情。淑君的嫂嫂和母亲到亲戚家里去了，到了六点多钟还未回来，弄得晚饭没有人烧煮。我躺在楼上看书，肚子饿得咕里咕鲁地响，不得已走下楼来想到街上买一点东西充饥。当我走到厨房时，淑君正在那儿弯着腰吹火烧锅呢。平素的每日三餐，都是由淑君的嫂嫂烧的，今天淑君亲自动手烧饭，她的不熟练的样儿，令我一看就看出来了。

"密斯章，你在烧饭吗？"

"是的，陈先生！嫂嫂不知为什么现在还没有回来。你恐怕要饿煞了罢？"她立起身笑着这样问我。我看她累得可怜，便也就笑着向她说道："太劳苦你了！我来帮助你一下好不好？"

"喂！烧一点饭就劳苦了，那一天到晚拖黄包车的怎么办呢？那在工厂里每天不息地做十几个钟头工的怎么办呢？陈先生！说一句良心话，我们都太舒服了。……"

"喂！密斯章！听你的口气，你简直是一个很激烈的革命党人了……我们放舒服些还不好吗？……"

"陈先生！我现在以为这种舒服的生活，真是太没有味道了！陈先生！你晓得吗？我要去……去……，"她的脸红起来了。我听了她的话，不禁异常惊异，她简直变了，我不等她说完，便向她问道："你要去，去干什么呢？"

"我，我，"她表现出很羞涩的态度。"我要去革命去，……陈先生你赞成吗？……我想这样地平淡地活着，不如轰轰烈烈地死去倒有味道些。陈先生！你看看怎样呢？你赞成吗？"

"喂！密斯章！当小姐不好，要去革命干什么呢？我不敢说我赞成你，倘若你的父母晓得了，他们说你受了我的宣传，那可是不好办了。密斯章！我劝你还是当小姐好呵！"

"什么小姐不小姐！"她有点微怒了。"陈先生！请你别要向我说这些混话了。人家向你规规矩矩地说正经话，你却向人家说混话，打闹……"

"呵！请你别生气！我再不说混话就是了。"我向她道歉地这样说道："那么，你真要去革命吗？"

"不是真的，还是假的吗？"她回头望望灶口内的火，用手架一架柴火之后，又转过脸向我说道："再同你说话，火快要灭了呢。你看晚饭将要吃不成了。"

"去革命也不错。"我低微地这样笑着说了一句。

"陈先生！你能够介绍我入党吗？我要入党……"

"你要入什么党？"

"革命的党……"

"我自己不属于任何党，为什么能介绍你入党呢？"

"你别要骗我了！我知道你是的……你莫不是以为我不能革命吗？"

"密斯章！不是这样说法。我真是一个没有党的人！"

"哎！我晓得！我晓得！你不愿意介绍我算了，自然有人介绍我。我有一个同学的，她是的，她一定可以介绍我！"她说这话时，一面带着生气，一面又表示一种高傲的神气。

"那么，好极了……"

我刚说了这一句，忽听后门"砰！砰！……"有人敲门，我遂走出厨房来开后门，却是淑君的母亲回来了。她看见是我开的门，连忙问我淑君在不在家，我说淑君在厨房里烧饭。

"呵，她在烧饭吗？好，请你告诉她，叫她赶快将饭烧好，我到隔壁打个转就回来。"淑君的母亲说着说着，又掉转头带着笑走出去了。我看见她这种神情，不禁暗地想道："也不知这个老太婆现在想着什么心事呢。她或者以为我是与她的女儿说情话罢？她为什么回来又出去了？让机会吗？……"我不觉好笑。

我重新走进厨房，将老太婆的话报告淑君，淑君这时坐在小凳子上，两眼望着灶口内的火，没有则声。我这时想起老太婆的神情，反觉得不好意思起来，随便含混说几句话，就走上楼来了。我上了楼之后，一下倒在床上躺着，两眼望着黑影迷蒙中的天花板，脑海里鼓荡着一个疑问："为什么淑君的思想现在变到了这般地步呢？……"

从这一次谈话之后，我对于淑君更加敬佩了，她原来是一个有志气的，有革命思想的女子！我本想照实地告诉她我到底是一个什么人，可是我怕她的父母和兄嫂知道了，将有不便。他们听见革命党人人就头痛，时常在我的面前咒骂革命党人是如何如何地不好，我也跟着她们附和，表示我也是一个老成持重的人。淑君有时看着我附和他们，颇露出不满的神情，可是有时她就同很明白我的用意似的，一听着我说些反革命话时，便对我默默地暗笑。

现在淑君是我的同志了，然而我还是不爱她。有时我在淑君看我的眼光中，我觉察出她是深深地在爱我，而同时又在无可如何地怨我。我觉察出来这个，但是我有什么方法来避免呢？我只得佯做不知道，使她无从向我公开地表示。我到底为什么不会起爱淑君的心呢？她有什么不好的地方？我到现在也还说不清楚，也许是因为她不美的缘故罢？也许是的。如果单单是因为这个，唉！那我不爱她简直是罪过呀！

我渐渐留心淑君的行动了。往时逢星期日和每天晚上，她总是在家的，现在却不然了：星期日下午大半不在家；晚上呢，有时到十一二点钟才回来。她向家里说，这是因为在朋友家里玩，被大家攀住了，是不得已的。因为她素来的行为很端正，性情很和顺忠实，她的家里人也就不十分怀疑她。可是我看着淑君的神情——照着她近来所看的关于主义的书报，及她对我所说的一些话，我就知道她近来是在做所谓秘密的革命的工作，我暗暗地对她惭愧，因为我虽然是自命为一个革命党人，但是我浪漫成性，不惯于有秩序的工作，对于革命并不十分努力。唉！说起来，我真是好生惭愧呵！也许淑君看着我这种不努力的行为，要暗暗地鄙视我呢。

一个人的思想和行为之变迁，真是难以预定。当我初见着淑君的时候，她的那种极普通的，朴实而谨慎的性格，令我绝对料不到她会有今日。但是今日，今日她已经成为一个所谓"危险的人物"了。

四

转眼间已是北风瑟瑟，落叶萧萧，寒冬的天气了。近来飘泊海上的我，越发没有事做，因为 S 大学犯了赤化的嫌疑被封闭了，我的教职也就因之停止了。我是具有孤僻性的一个人，在茫茫的上海，我所交接的，来往的朋友并不多，而在这不多的朋友之中，大半都是所谓危险的分子，他们的工作忙碌，并没有许多闲工夫同我这种闲荡的人周旋。除了极无聊，极烦闷，或是我对于政局有不了解的时候，我去找他们谈谈话，其余的时候，我大半一个人孤独地闲荡，或在屋里过着枯寂的读书做文的生活。淑君是我的一个谈话的朋友，但不是一个很深切的谈话的朋友，这一是因为我不愿意多接近她，免得多引起她对于我的爱念，二也是因为她并不能满足我谈话的欲望。她近来也是一个忙人了，很少有在家的时候，就是在家，也是手里拿着书努力地读，我当然不便多烦扰她。她近来对于琴也少弹了，歌也少唱了；有时，我真感谢她，偶尔所着她那悠扬而不哀婉的琴声和歌声，我竟为之破除了我的枯寂的心境。

淑君近来对我的态度似乎恬静了些。我有时偷眼瞟看她的神情，动作，想探透她的心灵。但是当她的那一双大眼闪灼着向我望时，我即时避开她的眼光，——唉！我真怕看她的闪灼的眼光！她的这种闪灼的眼光一射到我的身上时，我似乎就感觉到："你说！你说！你这薄情的人！你为什么不爱我呢？……"这简直是对我的一种处罚，令我不得不避免它。但是迄今我回想起来，在她的那看我的闪灼的眼光中，她该给了我多少诚挚的爱呵！领受到女子的这种诚挚的爱的人，应当是觉得很幸福的，但是我当时极力避免它……唉！我，我这蠢材！在今日隐忍苟活的时候，在这一间如监狱似的，鸟笼子似的小房子里，有谁个再用诚挚的爱的眼光来看你呢？唉！我，我这蠢材！……

在汽车驰驱，人迹纷乱的上海的各马路中，A马路要算是很清净的了。路两旁有高耸的，整列的白杨树；所有的建筑物，大半都是稀疏的，各自独立的，专门住家的，高大的洋房，它们在春夏的时候，都为丛丛的绿荫所包围，充满了城市中别墅的风味。在这些洋房内居住的人们，当然可以想象得到，不是我们本国的资本家和官僚，即是在中国享福的洋大人。至于飘零流浪的我，虽然也想象到这些洋房内布置的精致，装潢的富丽，以及内里的人们是如何地快乐适意……但是我就是做梦，也没曾想到能够在里边住一日。我只有在外边观览的幸福。

一日午后，觉得在屋内坐着无聊已极，便走出来沿着A路散步。迎面的刺人的西北风吹得我抬不起头来，幸而我身上着了一件很破的，不值钱的羊皮袍，还可以抵当寒气。我正在俯首思量"洋房与茅棚"，"穿狐皮裘的资本家与衣不蔽体的乞丐"……这一类的问题的当儿，忽然我听得我的后边有人喊我："季侠！"

我回头一看，原来是半年不见的俞君同他的一位女友，俞君还是与从前落拓的神情一样，没曾稍改，他这时身穿着蓝布面的黑羊皮袍，头上戴一顶俄国式的绒帽，看来好象是一位商人。他的女友，呵！他的女友实令我惊奇！这是一位异常华丽丰艳的女子：高高的身材，丰腴白净的面庞，朱红似的嘴唇，一双秋水盈盈，秀丽逼人的眼睛，——就是这一双眼睛就可以令人一见消魂！她身穿着一件墨绿色的花缎旗袍，颈项上围着一条玫瑰色的绒巾，种种衬托起来，她好象是一株绿叶丰饶，花容焕发的牡丹。我注视了她一下，不禁暗暗地奇怪俞君，落拓的俞君，居然交接了这么样一个女友……

"这就是我向你说过的陈季侠先生，"俞君把我介绍与她的女友后，又转而向我说道："这是密斯黄，是我的同乡。"

"呵呵！……"我又注视了她一下，她也向我打量一番。

"季侠！这样冷的天气，你一个人在这儿走着干什么呢？"

"没有什么，闲走着，你几时从C地回上海的？"

"回来一个多礼拜了。我一到上海就想看你，可是不知你到底住在什么地方。你住在什么地方？"

"离此地不远。可以到我的屋里坐一坐吗？"

"不，季侠，天气怪冷的，我想我们不如同去吃一点酒，吃了酒再说，好不好？"俞君向我说了之后，又转过脸知吟吟地向他的女友问道："密斯黄！你赞成吗？"

"赞成，"密斯黄带笑地点一点头。

于是我们三人一同坐黄包车来到大世界隔壁的一家天津酒馆。这一家酒馆是我同俞君半年前时常照顾的，虽不大，然而却不烦杂，菜的味道也颇合口。矮而胖的老板见着我们老主顾到了，额外地献殷勤，也许是因为密斯黄的力量值得他这样的罢？

我们随便点了几碗菜，就饮起酒来。肺痨症的俞君还是如从前一样地豪饮，很坦然地毫不顾到自身的健康。丰腴华丽的密斯黄饮起酒来，倒令我吃惊，她居然能同我两个酒鬼比赛。她饮了几杯酒之后，她的两颊泛起桃色的红晕，更显得娇艳动人。我暗暗地为俞君高兴，"好了！好了！你现在居然得到这么样的一个美人……幸福得很！……"但我同时又替他担忧："呵！你这个落拓的文人，你要小心些！你怎么能享受这么样的带有富贵性的女子呢？……"

但是当我一想到我的自身时，不禁深深地长叹了一口气：流浪的我到现在还没有遇到一个爱我的，如意的女子，说起来，真是令我好生惭愧！象俞君这样落拓的人，也居然得到了这么样的一个美人；而我……唉！我连俞君都不如！……如果淑君是一个美丽的女子，那我将多么荣幸呵！但是她，她引不起我的爱情来……唉！让我孤独这一生罢！……我越想越牢骚，我的脸上的血液不禁更为酒力激刺得发热，而剧烈地泛起红潮来了。

在谈话中，我起初问起 C 地的情形，俞君表示深切的不满意，他说，什么革命不革命，简直是胡闹，革命这样革将下去，简直一千年也没有革好的希望！他说，什么左右派，统统都是投机，都是假的……我听了俞君的这些话，一方面惊佩他的思想激烈，一方面又想象到那所谓革命的根据地之真实的情形。关于 C 地的情形，我是老早就知道的，今天听到这位无党派的俞君的话，我更加确信了。我对于革命是抱乐观的人，现在听了俞君的这种失意的，悲观的叙述，我也不禁与他同感了。

我们谈到中国文坛的现状，又互相询问各人近来有没有什么创作。我们越饮兴致越浓，兴致越浓，越谈到许多杂乱无章的事情。我是正苦于过着枯寂生活的人，今天忽遇着这个好机会，不禁饮得忘形了。更加在座的密斯黄的秀色为助饮的好资料，令我暗暗地多饮了几杯，视酒如命的俞君，当然兴致更浓了。

"今天可惜密斯郑不在座，"俞君忽然向密斯黄说道："不然的话，我们今天倒更有趣些呢！"

"君实，你说的哪一个密斯郑？"我插着问。

"是密斯黄的好朋友，人是非常好的一个人。"愈君说到此地，又转过脸向着密斯黄说道："密斯黄！我看密斯郑与陈先生很相配，我想把他们介绍做朋友，你看怎么样？我看的确很相配……"

"难道说陈先生还没有……？"密斯黄用她的秀眼瞟一瞟我，带着笑向俞君这样很含蓄地说道："若是陈先生愿意，这件事情我倒很愿意帮忙的。"

我觉得我的面色更加红起来了。好凑趣的俞君，听了密斯黄的话，便高兴得鼓起掌来，连声说道："好极了！好极了！……"在这一种情景之下，我不知向他们说什么话是好。我有点难为情，只是红着脸微笑。但是我心里却暗暗地想道："也许我这一次要遇着一个满意的女子了！也许我的幸运来了，……照着他俩的语气，这位密斯郑大约是不错的。……"我暗暗地为我自己欢喜，为我自己庆祝。在这时我不愿想起淑君来，但是不知为着什么，淑君的影子忽然闪到我的脑海里：她睁着两只大眼，放出闪灼的光，只向我发怒地望着，隐约地似乎在骂我："你这蠢材！你这不分皂白，不知好歹的人，放着我这样纯洁地爱你的人不爱，而去乱爱别人，你真是在制造罪过呵！……"我觉得我的精神上无形地受了一层严厉的处罚。

"那吗，密斯黄！"俞君最后提议道："我们明天晚上在东亚旅馆开一间房间，把密斯郑请到，好使陈先生先与她认识一下。"

密斯黄点点头表示同意，我当然是不反抗的。到这时，我们大家都饮得差不多了，于是会了账，我们彼此就分手——俞君同他的女友去寻人，我还是孤独地一个人回到自己的屋里，静等着践明天晚上的约会。我进门的时候，已经是六点多钟了，淑君同他的家人正在吃晚饭呢。淑君见着我进门，便立起身来问我是否吃过饭，我含混地答应一句吃过了，但是不知怎的，这时我怕抬起头来看她。我的一颗心只是跳动，似乎做了一件很对不起她的事。

"陈先生！你又吃酒了罢？"淑君很唐突地问我这一句。

"没……没有……"

我听了淑君的话，我的内心更加羞愧起来，即刻慌忙地跑上楼来了。平素我吃多了酒的时候，倒在床上即刻就会睡着的，但是今晚却两样了：

我虽然觉得醉意甚深，周身疲倦得很，但总是辗转地睡不着。"密斯黄真是漂亮，然而带有富贵性，不是我这流浪人所能享受的。……密斯郑不知到底怎样？……也许是不错的罢？呵！反正明天晚上就可以会见她了。……淑君？唉！可怜的淑君！……"我总是这样地乱想着，一直到十二点多钟还没有合眼。寒冷的月光放射到我的枕边来，我紧裹着被盖，侧着头向月光凝视着……

<h1 style="text-align:center">五</h1>

在上海，近来在旅馆内开房间的风气，算是很盛行的了。未到过上海的人们，总都以为旅馆是专为着招待旅客而设的，也只是旅客才进旅馆住宿。可是上海的旅馆，尤其是几个著名的西式旅馆，却不合乎这个原则了：它们近来大部分的营业是专靠本住在上海的人们的照顾。他们以旅馆为娱乐场，为交际所，为轧姘头的阳台……因为这里有精致的钢丝床，有柔软的沙发，有漂亮的桌椅，有清洁的浴室，及招待周到的仆役。在一个中产家庭所不能设备的，在这里都应有尽有，可以说是无所不备，因之几个朋友开一间房间，而借以为谈心聚会的地方，这种事情是近来很普通的现象了。

不过穷苦的我，却不能而且不愿意多进入这种场所。手中宽裕些而好挥霍的俞君，却时常干这种事情。他为着要介绍密斯郑同我认识，不惜在东亚旅馆开了一间价钱很贵的房间，这使我一方面很乐意，很感谢他的诚心，但我一方面又感觉着在这类奢华的环境中有点不舒服。这也许是因为我还是一个乡下人罢，……我很奇怪，当我每进入到装璜精致，布置华丽的楼房里，我的脑子一定要想到黄包车夫所居住的不蔽风雨的草棚及污秽不堪的贫民窟来。在这时我不但不感觉到畅快，而且因之感觉到一种惩罚。我知道我的这种习惯是要被人讥笑的，但是我没有方法把它免除掉。……

我们的房间是开在三层楼上。当我走进房间时，俞君和两位女友——一个是密斯黄，其他一个是密斯郑无疑。已经先到了。他们正围着一张被白布铺着的圆桌子谈话，见我进来了，便都立起身来。俞君先说话，他责我来迟来，随后他便为我们彼此介绍了一下。介绍了之后，我们就了座，也就在我就座的当儿，我用力地向密斯郑瞟了一眼，不料我俩的目光恰相接触，不禁两下即刻低了头，觉着有点难为情起来。

这是一个很朴素的二十左右的女子。她的服装——黑缎子的旗袍——没有密斯黄的那般鲜艳；她的头发蓬松着，不似密斯黄的那般光润；她的两眼放着很温静的光，不似密斯黄的那般清俐动人；她的面色是带有点微微的紫黑色的，若与密斯黄的那般白净面红润的比较起来，那简直不能引人注目了。她的鼻梁是高高的，嘴唇是厚的，牙齿是不洁白的，若与淑君的那副洁白而整饬的牙齿比较起来，那就要显得很不美丽了。总而言之：这是一个很朴素的女子，初见时，她显现不出她有什么动人的特色来。但是你越看她久时，你就慢慢地觉得她可爱了：她有一种自然的朴素的美：她的面部虽然分开来没有动人的处所，但是整个的却很端整，配置合宜；她的两颊是很丰满的，这表现她不是一个薄情相；她的态度是很自然而温厚的，没有浮躁的表现；她的微笑，以及她说话的神情，都能显露出她的天真的处女美来。

俞君在谈话中极力称誉我，有时我觉着他称誉太过度了，但是我感激他，因为他的称誉，我可以多博得密斯郑的同情。我觉着她不断地在瞟看我，我觉得她对我已经发动了爱的情苗了。这令我感觉得异常的愉快和幸福，因为我在继续的打量之中，已经决定她是一个很可爱的姑娘，并以为她对于我，比密斯黄还可爱些。在我的眼光中，密斯黄虽然是一个很美丽的女子，然太过于丰艳，带有富贵性，不如密斯郑的朴素的美之中，含有很深厚的平民的风味。所以我初见密斯黄的时候，我只惊异她的美丽，但不曾起爱的念头，但今日一见着密斯郑的时候，我即觉得她有一种吸引我的力量。我爱上她了！……

"密斯郑是很革命的，而陈先生又是一个革命的文学家，我想你们两个人一定是很可以做朋友的。"俞君说。

"陈先生！玉弦很佩服你，你知道吗？我把你的作品介绍给她读了之后，她很赞叹你的志气大，有作为……"密斯黄面对着我这样说，我听了她的话，心中想着："原来她现在才知道我的……"

"我与玉弦是老同学，"密斯黄又继续说道："多年的朋友，我知道她的为人非常好。我很希望你们两个人，陈先生，做一对很好的朋友，并且你可以指导她。"

"呵呵……，"我不好意思多说话。我想同密斯郑多谈一些话，可是她总是带笑地，或者也可以说是痴愚地缄默着，不十分多开口。我当然不好意思硬逼着同她多谈话，因为第一次见面，大家还是陌生，还是很隔膜的。我只觉得她偷眼瞟看我，而我呢，除开偷眼瞟看她而外，不能多有所亲近。在明亮的灯光底下，我可以说我把她细看得很清楚了。我越看她，越觉得她的朴素的美正合我的心意。我总以为外貌的神情是内蕴的表现，因之我就断定了密斯郑的外貌是如此，她的内心也应当如此。我不知不觉地把她理想化了，我以为她的确是一个值得为我所爱的姑娘，但是，我现在才知道：若仅以外貌判断人的内心，必有不可挽回的错误，尤其是对于女子……

我们轮流地洗了澡之后——俞君最喜欢是旅馆里洗澡，他常说几个朋友合起股来开一个房间洗澡，实比到浴室里方便得多。又是俞君提议叫茶房送几个菜来大家饮酒，我很高兴地附议，两位女友没有什么表示。我暗暗地想道，是的，今天正是我痛饮的时候，我此时痛饮一番，不表示表示我的愉快，还待何时呢？……我想到此处，又不禁两只眼瞟看我的将来的爱人。

密斯郑简直不能饮酒，这有点令我微微地扫兴，密斯黄的酒量是很大，一杯一杯地毫不相让。在饮酒的时候，我借着酒兴，乱谈到一些东西南北的问题，最后我故意提起文学家的命运来。我说，东西文学家，尤其是负有伟大的天才者，大半都是终身过着潦倒的生活，遭逢世俗的毁谤和嫉妒；我说，我们从事文学的，简直不能生做官发财的幻想，因为做官发财是要妨碍创作的，古人说"诗穷而后工"是一句至理名言；我说，伟大的文学家应具有伟大的反抗精神……我所以要说起这些话的，是因为我要探听密斯郑的意见。但她虽然也表示静听我的话的样子，我却觉得她没曾有深切的注意。我每次笑吟吟地征询她的意见，但她总笑而不答，倒不如密斯黄还有点主张。这真有点令我失望，但我转而一想，也许因为她含羞带怯的缘故罢？……初次见而，这是当然的事情。……于是我原谅她，只怪自己对于她的希望太大了，终把我对于她的失望遮掩下去。

等我们饮完酒的时候，已经是十一点多钟了。俞君留在旅馆住夜，他已是半醉了；我送两位女友回到 S 路女学——密斯郑是 S 路女学的教员，密斯黄暂住在她的寓所——之后，还是回到自己的家里来。这时夜已深了，马路上的寒风吹到脸上，就同被小刀刺着似的，令人耐受不得，幸而我刚饮过酒，酒的热力能鼓舞着我徒步回来。

我的房东全家都已睡熟了。我用力地敲了几下门，才听得屋里面有一个人问道："哪一个？"我答应道："是我。"接着便听到客堂里有替塔替塔的脚步声。门缝里闪出电灯的光了。

"是哪一个呀？"这是淑君的声音。

"是我。"

"是陈先生吗？"

"是的，是的。真对不起得很……"

我未将话说完，门已经呀的一声开了。

"真正地对不起的很，密斯章；这样冷的天气，劳你起来开门，真是活有罪！……"我进门时这样很道歉地向她说，她睡态惺忪地用左手揉眼，右手关门，懒洋洋地向我说道："没有什么，陈先生。"

我走进客堂的中间，借着灯光向她仔细一看：（这时她已立在我的面前），她下身穿着单薄的花裤，上身穿一件红绒的短衫；她的胸前的两个圆圆的乳峰跃跃地突出，这令我在一瞬间起了用手摸摸的念头。说一句老实话，这时我已经动了肉感了。又加之灯光射在她的红绒衫上而反映到她的脸上，弄得她的脸上荡漾着桃色的波纹，加了她平时所没有的美丽。她这时真有妩媚可人的姿态了。我为之神驰了一忽儿：我想向前拥抱她，我想与她接吻……但是我终于止住我一时的感觉的冲动，没有放荡起来。

"陈先生！你又从什么地方吃酒回来，是不是？"淑君很妩媚动人地微笑着向我问道："满口都是酒气，怪难闻的，你也不觉得难过吗？"

"是的，我今晚又吃酒了。"我很羞惭地回答她。

"陈先生！你为什么这样爱吃酒呢？你上一次不是对我说过，你不再吃酒了么？现在为什么又……？"她两眼盯着我，带着审问我的神气。我这时真是十分羞愧，不知如何回答她是好。

"我也不知道我为什么这样好吃酒……唉！说起来，真是岂有此理呢！……"

"酒吃多了是很伤人的，陈先生！……"

她说这一句话时，内心也不知包藏着好多层厚的深情！我深深地感激她：除开我的母亲而外，到如今从没曾有这样关注我的人。过惯流浪生活的我，很少能够领受到诚挚的劝告，但是淑君却能够这样关注我，能够给我以深厚的温情，我就是铁石心肠，也是要感激她的。但是我这浑蛋，我这薄情的人，我虽然感激她，但不曾爱她。今日以前我不曾爱她，今日以后我当然更不会爱她的了，因为密斯郑已经把我的一颗心拿去了，我已决定把我的爱交与密期郑了。

"密斯章，我真感激你！从今后我总要努力听你的劝告了。酒真是害人的东西！"我很坚决地这样说。

"我很希望你能听我的话……"

"呵！时候已经不早了，"我看一看表就惊异地说，"已经十二点多了。天气这样的冷，密斯章，你不要冻凉了才好呢。我们明天会罢！"我说了这几句话，就转过脸来预备走上楼去，走了两步，忽又听得淑君在颤动地叫我："陈先生！"

"什么，密斯章？"我反过脸来问她。

淑君低着头沉吟了一下，不作声，后来抬起头来很羞涩地说道："没有什么，有话我们明天再说罢……"

我不晓得淑君想向我说的是一些什么，但我这时感觉得她是很兴奋的，她的一颗心是在跳动。也或者她喊我一声，想向我说道："陈先生！我……我……我爱你……你晓得吗？……"如果她向我这样表示，面对面公开地表示时，那我将怎么样回答她呢？我的天王爷！我真不知我将如何回答她！我如何回答她呢？爱她？或是说不爱她？或是说一些别的理由不充足的拒绝的话？……还好！幸而她终于停住了她要向我说的话。

"我祝你晚安！"说了这一句话，我就很快地走上楼来了。在我初踏楼梯的时候，我还听到淑君长叹了一口气。

六

窗外的冷雨凄凄，尖削的寒风从窗缝中吹进，浸得人毛骨耸然。举目看看窗外，只见一片烟雾迷濛，整个的上海城沉沦于灰白色的死的空气里，这真是令人易感多愁，好生寂寞的天气。我最怕的是这种天气；一遇到这种天气时，我总是要感到无端的烦闷，什么事都做不得，曾记得在中学读书的时候，那时对这种天气，常喜拿起笔来写几首触景感怀的牢骚诗词，但是现在，现在却没有往昔那般的兴致了。

清早起来，两眼向窗外一望，即感觉得异常的不舒服。昨晚在东亚旅馆会聚的情形尚萦回于脑际，心中想道，今天若不是天阴下雨，我倒可以去看看密斯郑……但是这样天阴，下雨，真是讨厌极了！……我越想越恨天公的不做美，致我今天不能会着昨晚所会着的那个可爱的人儿。

吃过早餐后，我即在楼下客堂与淑君的两个小侄儿斗着玩。淑君的母亲到隔壁人家打麻将去了，与淑君同留在家中的只有她的嫂嫂。淑君躺在藤椅子上，手里拿着一本《将来之妇女》，在那里很沉静地看；她的嫂嫂低着头为着她的小孩子缝衣服。我不预备扰乱她们，倘若她们不先同我说话，那我将不开口。我感觉得淑君近来越发用功起来了，只要她有一点闲空，她总是把这一点闲空用在读书上。几月前她很喜欢绣花缝衣等等的女工，现在却不大做这些了。她近来的态度很显然地变为很沉默的了，——从前在吃饭的时候，她总喜欢与她的家人做无意识的辩论，说一些琐屑而无味的话，但是现在她却很少有发言的时候。有时偶尔说几句话，可是在这几句话之中，也就可以见得现在的她与以前的不同了。

"陈先生！"淑君直坐起来，先开口向我说道："你喜欢研究妇女问题吗？有什么好的关于妇女问题的书，请介绍几本给我看看。"

"我对于妇女问题实在没有多大研究。"我微笑着这样地回答她。"我以为你关于这个问题比我要多知道一些呢。密斯章！你现在研究妇女问题吗？"

"说不上什么研究不研究，不过想看看几本书罢了。明天有个会……"她看看她的嫂嫂，又掉转话头说道："呵，不是，明天有几个朋友，她们要求我做一篇'女子如何才能解放'的报告，我没有办法……"她的脸微微地红起来了。

"女子到底如何才能解放呢？我很想听听你的意见。"

"我的意见是，如果现在的经济制度不推翻，不根本改造一下，女子永远没有解放的希望……陈先生！你说是吗？我以为妇女问题与劳动问题是分不开的。……"

"密斯章！我听你的话，你的学问近来真是很进步呢！你的意见完全是对的，现在的经济制度不推翻，不但你们女子不能解放，就是我们男子又何尝能得解放呢？"

淑君听了我的话，表现一种很满意的神情，她的嫂嫂听到我们说什么"女子……""男子……"抬起头来，很犹疑地看看我们，但觉得不大明白似的，又低下头继续她的工作了。今天的谈话，真令我惊异淑君的进步——她的思想很显然地是很清楚的了。

"现在的时局很紧急，"她沉吟半晌，又转变了说话的对象。"听说国民军快要到上海了，你的意思是……？"

"听说是这样的，"我很迟慢地回答她。"不过国民军就是到了，情形会变好与否，还很难说呢……"

"不过我以为，无论如何，总比现在要好些！现在的时局简直要人的命，活活地要闷死人！……这几天听说又在杀人罢？"

"哼！……"我叹了一口长气。

天井内的雨越下越大了。我走到客尝门前，向天空一望，不禁很苦闷地叹着说道：

"唉！雨又下得大了！这样的天气真是令人难受呵！坐在屋里，实在讨厌！没有办法！"

"陈先生！"淑君的嫂嫂忽然叫我一声。

"什么？……"我转过脸来莫名其妙地望着她。她抬起头来，暂时搁置她的工作，笑嘻嘻地向我说道：

"陈先生！你看你一个人怪不方便的，怪寂寞的，你为什么不讨一个大娘子呢？讨一个大娘子，有人侍候你，也有人谈心了，那时多么好呢！一个人多难熬呵！……"

这时淑君听见她嫂嫂说这些话，又向椅子上躺下，把脸侧向墙壁，重新看起书来。我简直不知如何答复这个问题为好，及见到淑君的神情，我不觉更陷到很困难的境地。我正在为难的当儿，恰好听见有人敲门，我于是冒着雨跳到天井内开门。我将门开开一看时，不禁令我惊喜交集，呵，原来是密斯郑！这真是我所料不到的事情呵！我虽然一边同她们谈话，一边心里想着密斯郑的身上，但总未想到她恰于这大雨淋漓的时候会来看我。她的出现真令我又惊，又喜，又感激；在这一瞬间，我简直把淑君忘却了。唉！可怜的淑君！……

"呵呵！原来是你！这样大的雨……"我惊讶地这样说。我只见得她双手撑着雨伞，裙子被雨打湿了一半，一双脚穿着的皮鞋和袜子，可以说是完全湿透了。她见我开了门，连忙走进客堂，将伞收起，跺一跺脚上的水，上气接不到下气，很急喘地向我说道：

"我，我出门的时候，雨是很小的，谁知刚走到你们这个弄堂的转角，雨忽然大起来了。唉！真是糟糕得很！你看，我浑身简直淋漓得不象个样子！"

"呵呵！让我来介绍一下："——这时淑君站起来了，两眼只注视来人，面上显然露出犹疑而失望的神情。"这是密斯章。这是密斯章的嫂嫂，这位是密斯郑。"

"呵呵！密斯郑……"淑君勉强带着笑容地这样说。我这时也顾不得淑君和她的嫂嫂是如何地想法，便一把将密斯郑的雨伞接在手里，向她说道："我住在楼上，请到我的房里去罢！"

这是密斯郑第一次到我的房里。她进我的房门的时候，向房内上下四周瞟看了一下，我也不知道她是否满意于我房内的布置，我没有问她的意见。我请她坐在我的书桌旁边的一张木椅子上，我自己面对着她，坐在我自己读书写字的椅子上。她今天又穿了一身黑色的服装，姿态同昨天差不多，不过两颊为风吹得红如两朵芍药一样。

"今天我上半天没有功课，"她开始说道，"特为来看看陈先生。出学校门的时候，雨是下得很小的，不料现在下得这样大。"她低头看看自己的脚——浑身湿得不成样子。

"呵，这样大的雨，劳你来看我，真是有罪得很！……密斯黄还在学校里吗？"

"她去找俞先生去了。"

我们于是开始谈起话来了。我先问起她的学校的情形，她同密斯黄的关系等等，她为我述说了之后，又问起我的生活情形，我告诉她，我是一个穷苦的，流浪的文人，生活是不大安定的。她听了似乎很漠然，无所注意。我很希望她对于我的作品，我的思想，我的生活情形，有所评判，但她对于我所说的一些话，只令我感觉得她的思想很蒙混，而且对于时事也很少知道。论她的常识，那她不如淑君远甚了。她的谈话只表明她是一个很不大有学识的，蒙混的，不关心外事的小学教师，一个普通的姑娘。但是这时我为所谓朴素的美所吸引住了，并不十分注意她的这些内在质量，我还以为我俩初次在一块儿谈话，两下都是很局促的，当然有许多言不尽意的地方。因为我爱上她了，所以我原谅她一切……

"下这样大的雨，她今天倒先来看我，可见得她对我是很有意思了。也好，我就在她的身上，解决我的恋爱问题罢，不解决真是有点讨厌呵！……她似乎也很聪明的样子，我可以好好地教导她。……"我这样暗暗地默想着，她今天这次冒雨的来访，实在增加了我对于她的爱恋。我越看她越可爱，我觉得她是一个很忠实的女子，倘若她爱上我，她将来不至于有什么变动。我所需要的就是忠实，倘若她能忠实地爱我，那我也就很满足了，决不再起别的念头。……如此，我似乎觉得我真正地爱上她了。

我俩谈了两个多钟头的话。楼下的挂钟已敲了十一下，她要回校去了；我邀她去到馆子吃饭，可是她说下午一点钟有课，恐怕耽误了，不能去。我当然不好过于勉强她。当她临行的时候，她说我不方便到她的学校里去看她，因为同事们要说闲话，如果她有空时，她就到我住的地方来看我……我听了她的话，不禁暗暗地有点奇怪："她是当先生的，有什么不方便的地方？同事们说闲话？有什么闲话可说？……呵！也罢，也许是这样的。只要她能常常到我这儿来就好了。……"

我送她下楼，当我们经过淑君的身旁时，淑君还是斜躺在藤椅子上面，面向着墙壁看书，毫不理会我们，似乎完全不觉察到的样子。这时她的嫂嫂在厨房里烧饭，当我将密斯郑送出门外，回转头来走到客尝时，淑君的嫂嫂连忙由厨房跑出来向我问道："她是什么人？是你的学生还是你的……？"

"不，不是，她不是我的学生，是我认识的一个朋友。"我很羞怯地这样回答她。我暗暗斜眼瞟看淑君的动静，他似乎没有听到我们说话的样子。她连看我们也不看一下，这时我心中觉着有点难过，似乎有人在暗暗地责罚我。我想向淑君说几句话，但是我说什么话好呢？她这时似乎在沉静地看书，但是她真是在看书吗？……接着淑君的嫂嫂带着审问的口气又问我道："你的女朋友很多吗？"

"不，不，我没有几个女朋友……"

"我告诉你，陈先生！女朋友多不是好事情，上海的女拆白党多得很，你要当心些啊！……"说至此，她向淑君看一看，显然露出为淑君抱不平的神情，我不禁也随着她的眼光向淑君溜一下，看着她仍是不作声地看书，连动都不动一动。

"交女朋友，或是娶大娘子，"她又继续地说道："都是要挑有良心的，靠得住的，陈先生，你晓得吗？漂亮的女子大半都是靠不住的呵！……"说完话，她即掉转头走向厨房去了。

她简直是在教训我，不，她简直是在发牢骚，为淑君抱不平。我听了她的话，不禁微微地有点生气，但是没有表示出来。

我两眼笔直地看着她走向厨房去了。我这时的情绪简直形容不出，是发怒？是惭愧？是羞赧？是……？我简直一瞬间陷于木偶般的状态，瞪目不知所言。过了半晌，我又掉转头来看看淑君，但是淑君还是继续地在看书，一点儿也不理会我。我偶然间觉着难过极了！我想向她说几句话，但是我找不出话来说，并且我不敢开口，我似乎觉着我是一个犯了罪过的罪犯，现在正领受着淑君的处罚，虽然这种处罚是沉默的，无形的，但是这比打骂还严厉些。我最后无精打采地跑上楼来了。半点钟以前，密斯郑所给予我的愉快，安慰和幻想，到这时完全消沉下去，一缕思想的线只绕在淑君的身上，我也不明白这是因为什么，我自己觉得很奇怪：我对于淑君并没有爱的关系，因之，对于她并不负什么责任，为什么今天淑君的冷淡态度，能令我这样地怅惘呢？……

一上了楼，我即直躺在床上，满脑子乱想，不觉已到了吃中饭的时候。往时到了吃饭的时候，如果淑君在家，大半都由淑君叫我下楼吃饭，但是今天却不然了。"饭好了，下来吃饭呀，陈先生！"这不是淑君的声音了，这是淑君嫂嫂的声音！为什么淑君今天不叫我了？奇怪！……我听见不是淑君叫我吃饭的声音，我的一颗心简直跳动起来了。"我今天还是下去吃饭呢，还是不下去？……"我这样地犹豫着，也可以说是我有点害怕了。结果，我的肚子命令我下去吃饭，因为我已经饿得难受了。

我们还是如往时地共桌吃饭。淑君的母亲坐在上横头，今天也似乎有点不高兴的神气，这是因为输了钱，还是因为……？淑君的嫂嫂坐在下横头，默默地喂她的小孩子。淑君坐在我的对面，她的神气，呵，她的神气简直给我以无限的难过。她这时的脸色是灰白的，一双大眼充满了失望的光，露出可怜的而抱怨的神情。我不敢正眼看她；我想说些话来安慰她，但是我能说些什么话呢？我们三人这样地沉默着，若除了碗筷的声音，那么全室的空气将异常地寂静，如同无人在内似的。这种现象在往时是没有的。

这种寂静的空气将我窒压得极了，我不能再忍受，就先勉强地开口说道："老太太！今天打牌运气好吗？赢了多少钱哪？"

"没有赢多少钱，"她很冷淡地回答我。"没有事情，打着玩玩。"大家又重复沉默下来了。

"陈先生！"淑君忽然发出很颤动的声音，似平经了许多周折，踌躇，忍耐，才用力地这样开口说道："你今天出去吗？"

"不出去，密斯章。"我很猜疑地望着她，这时她的脸略起了一层红晕，两眼又想看我，又不敢看我似的，接着又很颤动地问道："今天来看你的这个女朋友，她姓什么呀？"

"她姓郑。"

"她现在做什么事情呀？"

"现在一个女子小学里当教员。"

"呵呵！……"她又不说话了。

"现在的女学生真是不得了，"淑君的母亲这样感慨地说道："居然自己到处找男朋友，轧姘头："唉！不成个样子！……"

淑君望了她母亲一眼。我听了她的话，一方面觉得她的话没有道理，一方面却觉得没有话好驳斥她。我以为我今天还是以不做声为妙，同这些老太婆们总是说不出道理来。

"妈，你这话也说得太不对了！哪能个个女学生都乱轧姘头呢？当然有好的，也有坏的，不可一概而论。"淑君表示不赞成她的母亲的意见。淑君的嫂嫂插口说道：

"现在男女学生实行自由恋爱，这不是乱轧姘头是什么？去年我们楼上住的李先生，起初本没有老婆，后来也不知从什么地方弄来了一个剪了头发的女子，糊里糊涂地就在一块住起来了。他们向我们说是夫妻，其实没有经过什么手续，不过是轧姘头罢了。后来不知为什么吵了一场架，女子又跑掉了。"

"自由恋爱本来是可以的，"淑君说着这一句话时，将饭碗放下，似乎不再继续吃的样子，呵，她今天只吃了一碗饭！"不过现在有些人胡闹罢了。女子只要面孔生得漂亮，想恋爱是极容易的事情；而男子呢，也只要女子的面孔生得漂亮，其他什么都可以不问。男子所要求于女子的，是女子生得漂亮，女子所要求于男子的，是男子要有金钱势力……唉！什么自由恋爱?！还不是如旧式婚姻一样地胡闹么？……"

淑君说完这些话，就离开桌子，向藤椅子坐下。她又拿起一本书看。我听了她的话之后，我简直说不出我的感想来：她是在骂我呢？还是在教训我呢？还是就是这样无成见地发发牢骚呢？……

我想在她的面前辩白一下，但我终于止住了口。也好，权把这些话语，当作淑君对于我的教训罢！

七

光阴如白驹似的，不断地前驰；我与密斯郑的感情也日渐地浓厚起来。相识以来，不觉已过了两个多月了，在这两个多月之中，我俩虽然不是每日见面，然至久也不过三四日。我俩有时到公园中散步，有时到影戏院看影戏，有时同俞君和密斯黄一块儿饮酒谈心……总而言之，我的生活由枯燥的变为润泽的，由孤寂的变为愉快的了。虽然密斯郑在我面前总是持着缄默的态度，不肯多说话，——据密斯黄说，这是她生来的性格——从未曾真切地将她的思想，目的，愿望，及对于生活的态度……说给我听过，可是我始终原谅她，以为她是一个很忠实的姑娘，倘若我能好好地引导她，那她一定可以满足我的愿望。我觉着她是很诚挚地爱我的，若我要求与她结婚，那她决不会表示拒绝的。若她不是诚挚地爱我的，那她为什么要同我这样地接近？为什么她在俞君和密斯黄面前，极力地表示对于我有好感？是的，她一定很爱我，而且很了解我……。

同时，我觉得淑君对我的态度日渐疏淡了，不，这说不上是疏淡，其实她还勉强着维持她原来对于我的态度，不过时常露出失望和怨望的神情来罢了。我对于她很表同情，我想尽我所有的力量来安慰她，但是我，我不能爱她，我的一颗心不能交给她，这倒如何是好呢？唉！我对不起她，我辜负她对于我的真情了。我应当受严厉的惩罚呵！

时局日渐紧张起来了。上海的革命民众酝酿着对于当地军阀做武装的暴动。可敬佩的淑君现在为着秘密的反抗的工作而劳瘁，很少有在家的时候。她是在做工会的工作？女工的工作？党的内部的工作？公开的社会的工作？……关于这些我没有问她，我以为我没有问她的必要。有一次我偶然在她的书中，不注意地翻出一张油印的女工运动大纲，我才敢断定她近来做的是什么工作。我想象她努力的情形，不禁暗暗惭愧起来！也许当她在群众中声嘶力竭的时候，就是我陪着密斯郑或散步，或在戏院寻乐的时候……唉！我这空口说革命的人呵，我这连一个女子都不如的人呵，我真应当愧死！

密斯郑，呵，现在让我简称她为玉弦罢，对于革命这回事情，并不表示十分热心，虽然她从没表示反对过，在我的理性上说，我知道俞君所说的"密斯郑是很革命的……"是错了，但是在我的感情上，我总以为玉弦不会不是革命的，因为她了解我，爱我，凡爱我和了解我的女子，绝对不会是不革命的。如此，我以为玉弦的思想同我一样，至少也可以被我引到我所要走的路上来。是的，我真是这样地想着！但是天下的事情真正不可拿感情来做判断！玉弦是不是真爱上了我？是不是因为真正了解了我才爱我？这真是一个问题罢？这个问题一直到现在我还不敢下一坚决的判断。……

光阴真是快得很，转眼间又是仲春的天气了。F公园内充满了浓厚的春意：草木着了青绿的衣裳；各种花有的已经展开了笑靥，有的还在发育着它们的蓓蕾。游人也渐渐多起来了，男男女女穿着花红柳绿的衣裳，来来往往好似飞舞的蝴蝶。他们都好似欣幸地摆脱冬季的严枯，乍领受春色的温柔。是的，这正是恋爱的时候，这正是乾刊调协，万物向荣的时候。

一天下午五点多钟的光景，F公园内的游人已渐渐地稀少了，我与玉弦坐在临近池边的椅子上。我俩面对着温和的，金黄色的夕阳，时而看看夕阳所映射的波影；在谈一些普通的话后，我俩很寂静地沉默着。她慢慢地把她的身子挨近我一点，我也把我的身子挨近她一点，如此，我俩的身子在最后成为互相倚靠着的形势。我的心开始跳动起来。我将她的右手紧紧地握着，她并不表示拒绝；我先不敢看她的面目，后来我举起头来，我俩的四目恰恰相对，这时她的目光显然是很热情而兴奋的，她的嘴唇也微微地颤动起来。我觉着我再不能保持平静的，沉默的态度了，于是我就先开口说道："玉弦！你爱我吗？"

"我，我爱你，陈先生！"她很颤动地说。

"不，你莫要再叫我陈先生了。你叫我一声季侠，亲爱的季侠……这样地叫一声……"

"亲爱的季侠！"

"呵，我的亲爱的玉弦！我的亲爱的妹妹！……"

"……"

"你真正地爱我吗？"

"我真正地爱你。"

"我是一个穷文人，一个穷革命党人，你不怕我连累你吗？"

"不，不怕……"她停顿了一下才这样说。

"呵！我的亲爱的玉弦！"

"我的亲爱的季侠！"

我一把将她抱到我的怀里，和她接了很多的甜蜜的吻。这时我愉快，兴奋，欢喜到了极度，仿佛进入了仙境的乐园似的。……在热烈的接吻和拥抱之后，我的一颗为情爱的火所烧动的心，渐渐地平静下去，因为我已决定了她是我的，她是真正爱我的人了。

夕阳的金影从大地消逝下去，园内树丛中间的几盏稀疏的电灯，渐次地亮将起来——夜幕已完全展开了。我与玉弦走出园来，到一家小饭馆吃了饭之后，我即将她送回学校去。她的学校离我的住处并不甚远，她进了学校门之后，我即徒步归来这时我的满身心充满了愉快，希望和幻想，我幻想我俩结婚采取何种的形式，将来的小家庭如何过法，我如何教导她做文读书，恋爱的生活如何才能维持得永久不变……总之，我觉得我是一个很幸福的人，我的将来生活有无限的光明。我断定玉弦真是爱我的人，她将给我很多的帮助，将能永远使我生活在幸福的怀抱里。我并且想到我这一夜将做一个很甜蜜的很甜蜜的梦，一个流浪的文人，四处飘泊的我，现在居然确定地得到了一个可以安慰我的女子，我的心境是如何地愉快呢？我从没有这般愉快过！

幸福的幻想不知不觉地把我送到自家的门口来。我刚要举手摇动门上的铜环时，忽然听见里边客堂内有争吵的声音，于是我就停止扣门，静悄悄地立着，侧耳听里面到底发生了什么事情。

"你已经这样大了，替你说婆家，你总是不愿意，你说，你到底想怎么样呢？难道说在家里过一辈子吗？"老太婆的声音。

"难道说一个女子一定要嫁人吗？嫁人不嫁人，这是我自己的事情……"

"哼！哼！……"这似乎是淑君的父亲在叹气。

"现在的时局很不好，你天天不落家，到底干一些什么事？"你这一包东西从什么地方拿来的，你说！一个姑娘家怎么能做这些事，你也不想想吗？你难道说真个同他们什么革命党胡闹吗？……哼！……你就是不替自己想想，你也应当替我们想想！如果闹出什么乱子来，你叫我们怎么得了！……唉！想不到你近来变到这个样子！……你嫁人不嫁人，我以为倒没什么要紧，可是你什么革命革命地，那可是不行！……"

我听到此地，不禁暗自想道："糟了！淑君的事情被她的父亲觉察了，这样怎么办呢？……"

"请你们不要大惊小怪的！谁个要去革什么命来？这一包东西是一个同事交给我的，明天我还是要带给她的，有什么大了不得的事情呢？……哼！真是……"

"你这话是骗谁的呵！……我看你将来怎么得……得了……万想不到你会变成这……这……这个样……样子……"老太婆哭起来了。

"好，书也不要教了，我们也不缺少这个钱用。你可以在家里做点事情，不要出去……"

"那可不行！坐在家里不会闷死掉了吗？什么都可以，可是闲坐在家里是不行的；我也不是一个囚犯！……我任着在大马路被外国人打死都可以，被兵警捉去枪毙也可以，可是要我在家里坐着象囚犯一伴，那可不行……"

"……"

听到此地，我也没有心思再往下去听了。我暗自佩服淑君的不屈的精神，我想进去为她辩白，解一解她的围困，但是我转而一想："不妥当！我自身是一个唆使的嫌疑犯。我老早就被他们疑惑到什么革命党人身上去，为着方便起见，我还是暂且不进去罢。……"于是我走出弄口，顺着 A 路闲踱了一回。后来觉着无趣，便跳上电车去 S 路找朋友。幸而 C 君在家里，从他的口里我得知戒严司令部昨天枪毙了几个煽动罢工的学生，今天又逮捕了许多谋乱的工人 C 君为我述说了许多关于近来政局的消息。我听了他的话之后，一时惭愧和愤激的情绪鼓荡起来；我的一颗心只悬在淑君的身上；一两点钟以前，我与玉弦在 F 公园的情景，几乎完全被我忘却了。

八

说起来，真也惭愧！我也曾流浪过许多有名的地方，但从未曾去过西湖一次。在上海住了很多年，而上海又是离西湖很近的地方，不过是一夜的火车路程，而我总没有……唉！说起来，真是惭愧！"到西湖去呵！到西湖去呵！"我也不知道我曾起过多少次的念头，但每当决定往西湖游览的时候，总是临时遇着了什么纠葛的事情发生，绊住我不能如愿。我梦想的西湖是多么美丽，风雅和有趣：湖水的清滢，风月的清幽，英雄美人的遗迹，山邱峰岚的别致……所谓明媚善笑的西子。也不知要怎样地迷恋住游客的心魂！"西湖不可不到！我一定要领受一下西子怀里的温柔！我一定要与美丽的湖山做一亲切的接吻！……"我老是这样地梦想着，但是至今，至今我还未与西子有一握手的姻缘。

在车马轰动，煤灰蔽目的上海，真住得我不耐烦了。我老早就想到一个比较空气新鲜，人踪寂静些的地方，舒一舒疲倦的心怀。自从与玉弦决定了恋爱的关系之后，我就常常想与她一块儿到西湖去旅行。我与她商量了几次，她甚表同意。她本是先在杭州读过书的，屡屡为我述及西湖的令人流连不置，我更为之神魂向往。于是我俩决定利用春假的机会，往西湖去旅行几天。

但是，我已经说过，我是一个穷苦的文人，到什么地方去弄到这一笔旅行费呢？第一次去游西湖，总要多预备一点钱，游一个痛快才好，况且又与玉弦一块儿……？我算来算去，至少需要一百元，可是筹得这一百元却非易事。我是以卖文为生的，没有办法筹款，我当然又只得要拿起笔来绞弄心血了。我于是竭力做文章，预备将一篇小说的代价做游西湖的旅费。我预先已经与一个出版家约好了，他说，若我将这一篇小说完成，我可以预支一百元的版税。做文章本来是很苦的事情，为着急忙卖钱而做文章，则更觉得痛苦异常。不过这一次我的希望把我的痛苦压迫下去了。我

77

想象到有了一百元之后，我可以与玉弦在西湖的怀抱里领受无限的温柔：那时我俩或静坐湖边，默视湖水的巧笑；或荡舟湖中，领受风月的清幽；或凭吊古迹，交谈英雄美人的往事：……呵！那时我将如何愉快呵！我将愉快到不可言状罢！是的，那时我将成为世界上一个最幸福的人……

我的一篇长篇小说终于完成了。当我的小说完成的时候，中国的时局却陡然一变：农工的蜂起驱走了军阀的残孽，到处招展着青天白日满地红的旗帜。革命军快到了，整个的上海好象改变了面目。完全被革命的空气所笼罩着了。我一方面欣幸我的小说终于完成了，我快要与玉弦往西湖做幸福的旅行，一方面又为整个的上海庆祝，因为上海从今后或可以稍得着一点自由了。

"陈先生！从今后你可以不必怕了，上海将要成为革命党人的天下了！哈哈哈！"淑君很高兴地这样对我说。

"密斯章，你现在的工作很忙罢？"我问。

"是的，工作忙得很：开会哪，游行哪，散传单哪，演讲哪……真是忙得很！不过虽是忙也是高兴的！"

是的，我高兴，淑君高兴，我们大家都高兴，庞大的上海要高兴得飞起来了。不过我的高兴有两种：一种高兴是与淑君的高兴相同的，一种高兴却为淑君所没料到了，我要与玉弦一块儿往西湖旅行，我要温一温西子的嘴唇……但这一种高兴，我却不愿向淑君表示出来。

"不料我们也有今日呵！"淑君趾高飞扬地这样说，仿佛她就是胜利的主人。我也跟着她说道："不料我们也有今日呵！"

淑君这几天的确是很忙，很少有在家的时候，她的父母也无可奈何，只得听她。我还是如政局未变以前的闲散，没什么正式的政治的工作。有时想起，我好生惭愧：淑君居然比我努力得多了！呵！我这不努力的人呵！……

我一心一意只希望春假的到来，玉弦好伴我去游西湖，那美丽的，温柔的，令我久生梦想的西湖。

我一天一天地等着，但是时间这件东西非常奇怪，若你不等它时，那它走得非常之快，若你需要它走快些时，那它就摆起一步三停的架子，迟缓得令人难耐，"你快些过罢，我的时间之神！你将春假快些送到罢，我的时间之神！呵！美丽的西湖！甜蜜的旅行！……"我真焦急得要命！我只觉着时间之神好象与我捣乱似的，同时我又担心我没长久保持这百元钞票的耐性，因为我没有把钱放在箱内，而不去动它的习惯。

最后，春假是盼望到了，但是，唉！但是不幸又发生了不幸的事变，报纸上刊登以下的消息：

"H地发生事变……敌军反攻过来……流氓捣毁工会……逮捕暴徒分子……全城秩序紊乱……铁路工人罢工……"

糟糕，西湖又去不成了！唉！西湖之梦又打断了！

我真是异常地失望！我真未料到我这一次不能圆满我游西湖的美梦。钱也预备好了，同伴的又有一个亲爱的玉弦，而且政治环境也不如从前的危险了……有什么可以阻拦我呢？但是现在，唉！现在又发生了这种不幸的事情——天下的事情真有许多难以预料的，唉！我的美丽的西湖，我的不幸的中国！……

清早起来，洗了脸之后，连点心都没有吃，先拿起报纸来看，不幸竟看到了这种失望的消息。我将这一则消息翻来复去地看了三四遍，我的神经刺激得要麻木了。我的西湖的美梦消逝了；这时我并未想到玉弦的身上。我好似感觉得一场大的悲剧快要到来，这一则消息不过是大的悲剧的开始。因此，我的满身心颤动起来。

"扑通，扑通……"有人走上楼来了。

惨白的，颤动的淑君立在我的面前。她发出急促的声音来：

"陈先生！你看见了H地的事情吗？这真是从何说起呀！"

我痴呆地两眼瞪着她，向她点一点头。

"这是为着何来？这革命革得好呀！"

"哼！"我半晌这样地叹道："密斯章！你以这件事情为奇怪吗？S地也要快了罢。……不信，你看着……"

淑君两眼这时红起来，闪着愤激的光。她愤激得似乎要哭起来了。我低下头来，不愿再看她的神情。我想说几句话来安慰她一下，但是我自己这时也愤激得难以言状，实在寻不出什么可以安慰她的话。

"哼！……哼！"她叹着气走下楼去了。

淑君走后，我即向床上躺下，连点心都忘却吃。我又想起西湖和玉弦了：西湖的旅行又不成事实了，唉！这真是所谓好事多磨！……玉弦今天看了报没有？她看见了这一则消息，是不是要同我一样地失望？……她今天上午是没有课的，她大概要到我这儿来的罢……亲爱的玉弦……美丽的西湖……悲哀的中国……可怜的淑君……

我真是异常地愤激和失望。我希望玉弦快些来安慰我，在与玉弦拥抱和接吻中，或者可以消灭我暂时的烦忧。我希望她来，我渴望着她的安慰，拥抱和接吻，但是奇怪，她终于没有来，也许她今天是很不爽快的罢？也许她今天在忙着罢？不，她今天一定要来！她今天应当来！时间是一秒一分一点地过去了，快到吃午饭的时候了，奇怪，她终于没有来。

第二天上午玉弦来了。她依然是穿着黑素色的衣服，不过她的面色不似往日来时那般地愉快了，显然是很失望的，忧郁的，或者还可以说，也有几分是惊慌的。我当然还是如从前一样地欢迎她，一见她走进我的屋时，我即连忙上前握她的手，抱她吻她，……但她这一次对我的表示却非常冷淡。我虽然感觉得不快，但我却原谅她：也许她身体不舒服罢？也许因为杭州发生事变，我们不能做西湖之游了，她因之失望，弄得精神不能振作罢？也许她因为别的事故，弄得心境不快罢？……总而言之，我为她设想一切，我原谅她一切。

我俩并排地坐在床沿，我将她的双手握着。我还想继续地吻她，但她似乎故意地将面孔掉过去背着我。

"你昨天上午为什么不来呢？"我问她。

"……"

她没有回答我。我接着又问她道："你今天似乎很不高兴的样子，难道有什么心事吗？请你告诉我，玉弦！"

"没有什么心事。"她又沉默下去了。

"那么，你为什么不高兴呢？是不是因为 H 地发生了事情，我们西湖去不成了？"

"西湖去不去，倒没什么要紧。"

"你到底因为什么不高兴呢？"

玉弦沉吟了半晌，后来很颤动地说道："你难道还不晓得吗？近来，这两天……"

"近来什么呀？"

"近来风声紧得很，他们说要屠杀，时局危险得很……"

"这又有什么要紧呢？"

"难道说你……你……不怕吗？……"

"我怕什么！我也没有担任什么工作，难道说还能临到我的头上来吗？请你放心！"

她不做声，我用手想将她背着我的脸搬过来，但搬过来她又转将过去了。我这时真猜不透她是什么意思。若说是她怕我有危险，为我担心，那她就应当很焦心地为我筹划才对，决不会这样就同生气的样子。若说是因为愤激所致，但她却没有一点愤激的表示。……这真教我难猜难量了！沉默了一忽儿，她先开口说道："我要回家去……"

"现在回家去做什么呢？"

"我的母亲要我回家去。"

"你的母亲要你回家去？你回家去了，把我丢下怎么办呢？我现在的生活是这样地烦闷，时局又是这样地不好，你回去了，岂不是更弄得我难受吗？"

"……"

"你能忍心吗？我的玉弦！……"

"我没有法子想，我一定要回去。"

"那么你什么时候才能回上海呢？"

"说不定，也许要两个礼拜。"

我到这时再没有什么话可说了。生活是这样地烦闷，时局是这样地不好，而她又要回家去……唉！我没有话可说了。我没有再说挽留她的话，因为我看她的意思是很坚决的，就是挽留也是不发生效力的呵！爱人！……安慰！……甜蜜的幻想！……这时对于我所遗留的，只是无涯的怅惘，说不出的失望。

"天不早了，我要回去了，下午还有课……"

她立起身，我也随着立起身来，但没说一句话，似乎失落了一件什么要用的东西，而又说不出什么名字来。我送她下楼，送她走出门外，如往时一样，但是往时当她临行时，我一定要吻她一下，问她什么时候再来，今天却把这些忘却了。当我回转头来经过客堂时，淑君含笑地问我道："陈先生！密斯郑的学堂还在上课吗？"

"大约还在上罢。"我无精打采地回了一句。

"近来风声很紧，有很多的人都跑到乡下去了。"

"是的，密斯郑说，她也要回家去。"

"她也怕吗？哈哈！这又有什么怕的呢？"

"我不知道她怕不怕，也许是因为怕的缘故罢？"

"陈先生！只有我们才不怕……"

淑君说这句话时，显现出一种矜持的神气。她的面孔荡漾着得意的波纹，不禁令我感觉得她比往日可爱些。

九

过了三天，我接到了玉弦一封简单的信，信上说，她不得已因事回家，上车匆匆，未及辞行，殊深抱歉，请我原谅……呵！就是这样简单的几句话！我真没有料得到。这封信所给我的，也只是无涯的惆怅，与说不出的失望。

玉弦走了的第二天，空前的大屠杀即开始了。……

我是一个流浪的文人，平素从未曾做过实际的革命的运动。照理讲，我没有畏避的必要。我不过是说几句闲话，做几篇小说和诗歌，难道这也犯法吗？但是中国没有法律，大人先生们的意志就是法律，当你被捕或被枪毙时，你还不知道你犯的是哪一条法律，但是你已经是犯法了。做中国人真是困难得很，即如我们这样的文人，本来在各国是受特别待遇的，但在中国，也许因为说一句闲话，就会招致死刑的。唉！无法的中国！残酷的中国人！……但既然是这样，那我就不得不小心一点，不得不防备一下。我是一个主张公道的文人，然而我不能存在无公道的中国。偶一念及我的残酷的祖国来，我不禁为之痛哭。中国人真是爱和平的吗？喂！杀人如割草一般，还说什么仁慈，博爱，王道，和平！如果我不是中国人，如果我不同情于被压迫的中国群众，那我将……唉！我将永远不踏中国的土地。

我不得不隐避一下。我的住址知道的人很多，这对于我的确是一件危险的事情，我不得不做搬家的打算。是的，我要搬家，我要搬到一个安全的，人所不知的地方。但是我将如何对淑君的家人，尤其是对淑君，怎样说法呢？我住在她的家里已经很久了，两下的感情弄得很浓厚，就同在自己的家里一样，今一旦无缘无故地要搬家，这却是从何说来？得罪了我吗？我住着不舒服吗？若不是因为这些，那么为什么要搬家？将我要搬家的原因说与他们听，这又怎么能够呢？我想来想去，于是我就编就了一套谎语，不但骗淑君的家人，而且要骗淑君。呵！倘若淑君得知道了这个，那她不但要骂我为怯懦者，而且要骂我为骗子了。

日里我在S路租定了一间前楼，这个新住所，我以为是比较安全的地方；当晚我即向淑君的家人说，——淑君不在家，我要离开上海到西湖去，在西湖或要住半年之久，因此，不得不将我的书籍及一切东西寄存到友人的家里。等到回上海时，倘若他们的这一间楼面到那时没有人住，我还是仍旧搬来住的，因为我觉得我们房东和房客之间的感情很好，我并且以为除了他们这样的房东而外，没有再好的房东了。

"到西湖去住家？为什么要到西湖去住家？在上海住不好吗？我们已经住得很熟了，不料你忽然要搬家……"

淑君的嫂嫂听了我要搬家的活，很惊异地，而且失望地向我这样说，我的回答是：学校关门了，薪水领不到，现在上海又是百物昂贵，我一个人的生活非百元不可，现在不能维持下去了。所以不得不离开上海。西湖的生活程度比较低些。每月只要三四十元足矣，所以我要到西湖住半年，等到上海平静了，学校开门的时候，我还是要回上海的。

我这一篇话说得他们没有留我的余地。淑君的母亲不做声，表示着很不高兴的样子，淑君的父亲听了我的话之后，竭力称赞我的打算是很对的。淑君这时还没有回来，也许在那里工作罢；如果她听了我要离开她的话，那她将做什么表示呢？我想她一定很不愿意罢？……好，这时她不在家里，对于我是很方便的事情——我不愿意看见她脸上有挽留我的表情。她的家人无论那一个，要说挽留的话，我都易于拒绝，但是淑君有什么挽留我的表示，那我就有点为难了。

第二天清早我即把东西检点好了。淑君平素起身是很晚的，不料今天她却起来得很早。我本想于临行时，避免与她见面，因为我想到，倘若我与她见面，两下将有说不出的难过。但是今天她却有意地起来早些，是因为要送我的行呢？还是因为有别的事情？我欲避免她，但她却不欲避免我，唉！我的多情的淑君，我感激你，永远地感激你！

淑君的父亲和哥哥很早地就到公司里去上工了。老太婆还没有起来。当我临行时，只有淑君和她的嫂嫂送我。她俩的脸上满露着失望的神情。淑君似乎有多少话要向我说的样子，但是终于缄默住了。只有当我临走出大门的一刻儿，淑君依依不舍地向我问道："陈先生！你现在就走了吗？"

"……"

我只点一点头，说不出什么话来。

"到西湖后还常来上海吗？"

"我至少一个月要来上海一次，来上海时一定要来看你们的。"

"那可是不敢当了。不过到上海时，请到我们家里来玩玩。"

"一定的……"

"陈先生！你该不至于忘记我们罢？……"

淑君说这话时，她的声音显然有点哽咽了，她的面色更加灰白起来。我见着她这种情形，不禁觉得无限的难过，恨不得把她的头抱起，诚诚恳恳地吻她一下，安慰她几句。她的嫂嫂立在旁边不做声，似乎怀着无涯的怨望，这种怨望或者是为着淑君而怀着的罢？……我很难过地回答她一句，同时望着她的嫂嫂："绝对地不会！密斯章！嫂嫂！好，时间不早了，我要走了，再会罢！……"

我走了。我走到弄堂口回头望时，淑君和她的嫂嫂，还在那里痴立着目送我。我想回头再向她们说几句安慰话，但挑东西的人已经走得很远了，我不得不跟着他。

我对于淑君，本没有恋爱的关系，但是当我现在离开她时，我多走一步，我的心即深一层的难过，我的鼻子也酸了起来，似乎要哭的样子。我也不知道这是因为什么，难道说不自觉地，隐隐地，我的一颗心已经为她所束住了不成？我并没曾起过爱她的念头，但是这时，在要离开她的当儿，我却觉得我与她的关系非常之深，我竟生了舍不得她的情绪。我觉着我离开她以后，我将感受到无限的孤寂，更深的烦恼。呵！也许无形中，在我不自觉地，我的一颗心已经被她拿去了。

我搬到新的住处了。

新的房子新的房东，我都没感觉到有什么不好的地方，但我感觉得如失了一件什么东西似的。我感觉得有点不满足，但是什么东西我不满足呢？具体地我实在说不出来。淑君在精神上实给予了我很多的鼓励和安慰，而现在她不能时常在我的面前了，我离开她了。……

我搬进新的寓所以来，很少有出门的时候，光阴一天一天地过去了，我的烦恼也就一天一天地增加。本想在这种寂静的环境中，趁着这少出门的机会，多写一点文章，但是无论如何，提不起拿笔的兴趣。日里的工作：看书、睡觉，闲踱，幻想；晚上的工作也不外这几项，并且孤灯映着孤影，情况更觉得寂寥难耐。"呵！倘若有一个爱人能够安慰我，能够陪伴着我，那我或者也略为可以减少点苦闷罢？……唉！这样简直是在坐牢！……倘若玉弦不回家，倘若她能天天来望望我，谈谈，吻吻，那我也好一点，但是她回家去了……不在此地……"我时常这样地想念着。我一心一意地希望玉弦能够快些来上海，至少她能够多寄几封安慰我的信。光阴一天一天地过去，我的烦恼也就一天一天地增加，我的希望也就一天一天地殷切，但是老是接不着玉弦的来信。玉弦不但不快些来上海，而且连信都不写给我，不但不写信给我，而且使我不能写信给她，因为我虽告诉了她我转信的地方，而她并没有留下通信地址给我。

"难道是她变了心吗？……"我偶尔也想到此，但即时我又转过念头，责备自己的多疑："不会！不会！绝对不会的！我俩的关系这样深，我又没有对不起她的地方，她哪能就会变了心呢？……大约是因为病了罢？也许是因为邮政不通的缘故。……她是个很忠实的女子，绝对不会这样地薄情！……"当我想到"也许是因为病了罢？……"我不禁把自身的苦闷忘却了，反转为玉弦焦急起来。

已经过了两礼拜了，而我还未得到玉弦的消息。我真忍耐不下去了，于是决意到她的学校去探问，不意刚走进学校的门，即同她打个照面。她一见到我时，有点局促不安的样子，面色顿时红将起来。我这时真是陷于五里雾中，不知她究竟是怎么一回事：难道说没有回家去？回家去了之后，为什么不写信给我？既然回到上海了，为什么不通知我一声？为什么今天见着我不现着欢欣的颜色，反而这样局促不安？奇怪！真正地奇怪！……我心里虽然这样怀疑，但是我外貌还是很镇定地不变。我还是带着笑向她说道："呵呵！我特为来探听你的消息，却不料恰好遇着你了。你什么时候回到上海的？"

"我是昨……昨天回到上海的。"她脸红着很迟钝地这样说了一句，便请我到会客室去，我跟着她走进会客室，心中不禁更怀疑起来：大约她是没有回去罢？

"一路上很平安吗？"

"还好。"

"你走后，我从未接到你的一封信，真是想念得很；你没有留给我你的通信处，所以我就想写信给你，也无从写起"。

"呵呵！真是对不起你得很！"

"你没到我的原住处去罢？我搬了家了。"

"呵呵！你已经搬了家了！"

"今天你能跟我一块儿到我的新住处坐一下吗？"

她低下头去，半晌抬起头来说道：

"今天我没有工夫，改一天罢……"

"你什么时候有工夫？"

"后天下午我到你那儿去。"

"好，后天我在家里等你。"

我将我的住处告诉了她之后，见着她似乎是很忙的样子，不愿意耽误她的事情，于是就告辞走回家来。

照理讲，爱人见面，两下应当得着无限的愉快和安慰，但是我今天所带回家来的，是满腹的怀疑，一些不是好征兆的感觉。"无论好坏，她变了心没有，等到她后天来时，便见分晓了。唉！现在且不要乱想罢！……"于是我安心地等着，等着，等着玉弦的到来。

过了一天了。

到了约期了。

在约会的一天，我起来非常早，先将房内整理一下，后来出去买一点果品等类，预备招待我的贵重的客人，可是我两眼瞪着表，一分过去了，……一点过去了……直到了要吃中饭的时候，而玉弦的影子还没有出现。"是的，她上午无空，下午才会来的，好，且看她下午来不来……"我无可奈何地这样设想着。我两眼瞪着表，一分过去了，一点又过去了……天快黑了……天已经黑了……玉弦还是没有来。到这时我已决定玉弦是不会来的了，于是也就决定打断盼望她来的念头。我这时的情绪谁能想象到是什么样子么？我说不出它是什么样子，因为我找不出什么适当的形容词来形容它。

我几乎一夜都没曾睡着。这一夜完全是消磨在无涯的失望和怅惘里。虽然我还不能断定玉弦的不来，是因为她已经变了心的缘故，但是我已经感觉到我与她的关系已经不是和从前一样固结的了。

第二天上午我接到了玉弦的一封信：季侠：今日因事，不能践约，实深抱歉。他日有暇，请再函约可也。时局如斯，请勿外出，免招祸患……"这一封信将我对于她的希望，完全打消了，我觉得她已经不是我的了。我只有失望，只有悲哀。但我不再希望了。到现在我才觉悟我对于玉弦没有认识清楚，我看错人了。我从前总以为她是一个很忠实的女子，既经爱上了我，绝对不会有什么变更的，但是现在？唉！现在的她不是我理想中的她了！

我不怨她，我只怨我自己看错人了。我不恨她，我反以为她的为人是可怜的。……她的心灵太微小了！她是一个心灵微小的女子……

我看了她的信，沉思了一忽儿，即写一封信给她，做最后一次的试探。我问她：我们长此做朋友呢，还是将来要发生夫妇的关系？……我不得不如此问她，并要求她给一个坚决的回答，因为我们有约，我已经允许过她，倘若如此含混地下去，在我以为是没有意义的。在写这一封信的时候，我已料到她给我的回答，是我们只能维持朋友的关系，但我要求她给我这样一个正式的回答，因为我借此可以完全决定我对于她的态度。

结果，她的回答与我的预料相符合。她说，我俩的情性不合，所以说不到结成夫妇的关系……呵！是的！我俩的情性的确是不合呵！这不但她现在向我这样说，我自己也是这般承认的。如果两人的情性不合，那么怎么能维持恋爱的关系呢？情性不合，就是朋友的关系都难保存，何况恋爱？是的，我承认玉弦的话是对的。不过我很奇怪：相交了几个月，为什么到现在她才发见我俩的情性不合？为什么我到现在也才感觉到我俩没有结合的可能？我俩不是有过盟约么？不是什么话都谈过？不是互相拥抱过，接吻过么？……但是现在却发见了"情性不合"！这是谁个的错误呢？

我读了她的回信后，即提起笔来很坚决地写了几句答复她："你所说的话我完全表示同意。恋爱本要建筑在互相了解和情性相投的基础上面，不应有丝毫的勉强。我俩既情性不投，那么我们当然没有结合的可能。呵！再会！祝你永远地幸福罢！我俩过去的美梦，让我们坚决地忘却它罢！……"

我每读小说的时候，常常见着一个人被她或他的情人所拒绝时，那他或她总是要悲哀，苦闷，有时或陷于自杀，有时或终于疯狂……但我接着玉弦拒绝我的信的时候，我的心非常地平静，平静得比未接着她的信的时候还要平静些。这是我的薄情的表现吗？这是因为我没曾真心地爱过她吗？呵，不是！这是因为她把我所爱的东西从她自己的身上取消了。我对于过去的玉弦，说一句良心话，曾热烈地爱过，因为我把我理想的玉弦与事实的玉弦混合了；现在呢？她将我理想中的玉弦打死了，我看出了事实的玉弦的真面目，所以我不能再向她求爱了，所以当她拒绝我的时候，我的心异常地平静。

F公园初次的蜜吻，春风沉醉的拥抱，美丽的西湖的甜梦，一切，一切，一切的幻想，都很羞辱地，无意味地，就这样地消逝了！……

十

与淑君别后，已有两个礼拜了，她的消息我是完全不知道。有时我想到她的家里看看她，但当我向她辞行时，我不是说过么？我说我到西湖去，一个月或能到上海一次，现在还未到一个月，我如何能去看她呢？如果被她看出破绽来，那我将如何对她说话呢？说也奇怪，当我与她同屋住的时候，我并不时常想到她的身上，但是现在与她分离了，我反而不断地想念她，她的影子时常萦回于我的脑际。自从玉弦与我决裂后，——呵，其实也说不上什么决裂不决裂，我与她的关系不过就是这样很莫明其妙地中断罢了。——我更时常地念及淑君，虽然这种念及并没含有什么恋爱的意味，但我觉得我与她的关系，倒比与她同屋住的时候的关系为深了。我觉得我的一颗心被她拿去了，我就是想忘却她，也忘却不掉，我没有力量能够忘却她。

如果淑君知道我的这种心情，要向我骂道："你这个薄情的人！你这不辨好坏的人！当人家将你抛弃的时候，你才知道念我，唉！谁要你念我？你还配念我吗？……"我也只得恭顺地承受着，因为我以为我应当受她的惩罚。她不惩罚我，我对于她的罪过，将永远消除不掉，我的心灵上的痛苦将永无穷尽。现在我情愿时常立在她的面前，受她的徒罚，但是好生悲痛呵，这已经是不可能的了！我的一颗心将永远地负着巨大的创伤。

报纸上天天登载着逮捕和枪毙暴徒分子的消息。为避免意外的灾祸计，我总以不出门为宜。一天下午我实在闷不过了，无论如何想到大马路逛一逛，带买一点东西。我刚走到新世界转角的当儿，在我的前面有三个女学生散传单，我连忙上前接一张，这时我并没注意到散者的面目，忽然一个女学生笑着说道："原来是陈先生！……"

"呵呵，密斯章，很久不见了。"

"什么时候从西湖来的？"

"昨天，密斯章！"我四外望一望，很惊心地向她们说道："散传单，事情是很危险的，你们要小心些才是！"

"没有什么，"她也四外地望一望，笑着说道："捉去顶多不过是枪毙罢……陈先生，我问你，密斯郑现在好吗？"

"她，她……"我的脸有点发烧了。"我很久不见她了。她现在如何，我不知道。"

"难道说……？"她很惊异地，这样吞吐地问我。

"我已与她没有什么关系了！"

"淑君！淑君！我们快走，巡捕来了。……"淑君的两个女同伴这样惊惶地催促她，她不得不离开我。我似乎有很多的话想向她说，但是已无说的机会了。我痴呆地站着看她们走去，我想赶上她们，与她们一块儿……我想与淑君一块儿被捕，一块儿枪毙，但我终于没有挪步。呵！我这个无勇的人！我这个怯懦者！我将永远在淑君的灵魂前羞愧！……

不料这次匆促的会面，即成为了永远的诀别！天哪！事情是这样地难测，人们是这样地残酷！一个活泼泼的淑君，一个天使似的女战士，不料在与我会面的后几日，竟被捉去秘密枪毙了！唉！这是从何说起呢？难道说世界上公道是没有的么？难道说真是长此不见正义和人道么？唉！我的心痛。我若早知道这一次的会面即为永别的时候，那我将跟着她，与她并死在一块儿，虽死也是荣耀的。现在的世界还有什么生趣呢？真的，对于有良心的和有胆量的人们，只有奋斗和死的两条路，不自由毋宁死呵！

在与淑君会面的这一天晚上，我的神魂觉得异常地不定；我竭力想将淑君忘却，但结果是枉然。我已发生了就同有什么灾祸要临头的感觉……"现在杀人如麻，到处都是恐怖……每一个有良心的人都有被杀头的危险……淑君？淑君也许不免呵！……唉！简直是虎狼的世界……"我总是这样地凝想着，淑君的影子隐现在我的面前，她就同缠住了我似的，我无论如何摆脱她不掉。

这究竟是怎么一回事呢？连我自己也解释不出来。

在第四天的上午，我决定到淑君的家里去看看。我走进门的时候，淑君的母亲坐在客堂左边的椅子上，她的两眼红肿得如桃子一般，面色异常地灰白。淑君的嫂嫂坐在她的旁边，低着头做女工。她们见着我进门的时候，并不站立起来迎我，只是痴呆地缄默地向我望着。我见着她婆媳俩这般的模样，不知她们家中发生了什么不幸的事情，一时摸不着头绪。我向右边的一张椅子坐下后，两眼望着她们，不知如何开口。

大家这样地沉默了几分钟。

"陈先生，你来了吗？"淑君的嫂嫂先开口问我。

"我来了，来看你们。"

"你是来看淑君的吗？"

淑君的嫂嫂刚说完这一句话，淑君的母亲就放声哭了起来。我不知道这是因为什么，但我已感觉到是因为什么了。我一时心里难过得不堪，也似乎想哭的样子。沉吟了半晌，我很颤动地问道："老太太为什么这样伤心呢？"

"你，你……你难道还不晓得她？……"淑君的嫂嫂也哭起来了。

"嫂嫂，我不晓得……"

"淑君已经死了，并且死得很……很惨……"

"什么时候死……死的……？"我无论如何也忍不住不哭了。

"听说是前天晚上枪毙的……秘密地枪毙的……可怜尸首我们都看不见……"

淑君的嫂嫂和她的母亲越加痛哭起来了。这时的我，唉！我的心境是怎样的难过！唉！我也同她们一样，我只有哭！说不出的悲痛。

天哪！这是什么世界！我，我简直要发疯了！……

最后，我勉强忍住哭，向她们说了几句话，即告辞走出门来。我走到弄堂口时，见着街上如平素一样地平静，人们还是来来往往，并没有什么异样，我的心茫然了。我向什么地方去呢？回家去？回家去干什么呢？我应当去找淑君，追寻淑君的魂灵！

天哪！这是什么世界！我，我简直要发疯了！……

我买了一瓶红玫瑰酒和一束鲜花，乘车至吴淞口的野外。我寻得一块干净的草地，面对着汪洋的大海，将酒瓶打开，将一束鲜花放好，即开始向空致祭，我放声痛哭，从来没有这样痛哭过，我越哭越伤心，越伤心越痛哭，一直哭到夕阳西坠。

她生前我既辜负了她，她死后我应以哭相报。我哭到不能再哭的时候，心内成了一首哀诗，就把我这首哀诗当我永远的痛哭罢！

> 到处都是黑暗与横驰的虎狼，
> 在黑暗里有一只探找光明的小羊；
> 不幸虎狼的魔力太大了，
> 小羊竟为着反抗而把命丧。
> 唉！我的姑娘！
> 我怀着无涯的怅惘。
>
> 回忆起往事我好不羞惭！
> 我辜负了你的情爱绵绵。
> 如今我就是悔恨也来不及了，
> 我就是为你心痛也是枉然。
> 唉！我的姑娘！
> 我只有对你永远地纪念。
>
> 我想到你的灵前虔诚地奠祭，
> 但谁知道你的尸身葬在何地？

在荒丘野冢间被禽兽们吞食，
抑饱了鱼腹连骨骼都不留痕迹？
唉！我的姑娘！
且让我将你葬在我的心房里。
归来罢，你的侠魂！
归来罢，你的精灵！
这里是你所爱的人儿在祭你，
请你宽恕我往日对你的薄情。
唉！我的姑娘！
拿去罢，我的这一颗心！

这一瓶酒当作我的血泪；
这一束花当作我的誓语：
你是为探求光明而被牺牲了，
我将永远与黑暗为仇敌。
唉！我的姑娘！
我望你的魂灵儿与我以助力……

丽莎的哀怨

一

医生说我病了，我有了很深的梅毒……

上帝呵，丽莎的结局是这样！丽莎已经到了末路，没有再生活下去的可能了。还有什么再生活下去的趣味呢？就让这样结局了罢！就让这样……我没有再挣扎于人世的必要了。

曾记得十年以前，不，当我在上海还没有沦落到这种下贱的地位的时候，我是如何鄙弃那些不贞洁的女人，那些把自己的宝重的，神圣的，纯洁的肉体，让任何一个男子去玷污的卖淫妇。她们为着一点儿金钱，一点儿不足轻重的面包，就毫无羞耻地将自己的肉体卖了，那是何等下贱，何等卑鄙的事情！

曾记得那时我也就很少听见关于这种罪恶的病的事情，我从没想及这方面来，我更没想及我将来会得着这种最羞辱的病。那时如果我晓得哪一个人有了这种罪恶的病，那我将要如何地鄙弃他，如何地憎恨他，以他为罪恶的结晶。我将不愿正视他一眼，不愿提到他的那会玷污了人的口舌的名字。

但是，现在我病了，医生说我有了很深的梅毒……上帝呵，这就是丽莎的结局吗？丽莎不是一个曾被人尊敬过的贵重的女子吗？丽莎不是一个团长的夫人吗？丽莎不是曾做过俄罗斯的贵族妇女中一朵娇艳的白花吗？那令人欣羡的白花吗？但是现在丽莎是一个卖淫妇了，而且现在有了很深的梅毒……丽莎的结局如那千百个被人鄙弃的卖淫妇的结局一样。世界上的事情，真是如白云苍狗一般，谁个也不能预料。当我还没失去贵族的尊严的时候，当我奢华地，矜持地，过着团长夫人的生活的时候，我决没料到会有今日这种不幸的羞辱的结局。真的，我绝对没有涉想到这一层的机会，我只把我当做天生的骄子，只以为美妙的，富丽的，平静的生活是有永远性的，是不会变更的。但是俄罗斯起了革命，野蛮的波尔雪委克得了政权，打破了我的美梦，把一切养尊处优的贵族们都驱逐到国外来，过着流浪的生活……

现在我明白了。生活是会变动的，世界上没有一成不变的真理。我自身就是一个最确当的例证：昔日的贵重的丽莎，而今是被人鄙弃的舞女，而且害了最罪恶的，最羞辱的病。这是谁个的过错呀？是玷污了我的那些男人的过错吗？是因为我的命运的乖舛吗？是野蛮的波尔雪委克的过错吗？唉，波尔雪委克！可恶的波尔雪委克！若不是你们捣乱，贵重的丽莎是永远不会沦落到这种不幸的地步的啊。

我们，我同我的丈夫白根，离开俄罗斯已经十年了。在这些年头之中，我们，全俄罗斯的外侨，从祖国逃亡出来的人们，总都是希望着神圣的俄罗斯能从野蛮的波尔雪委克的手里解放出来。我们总是期待着那美妙的一天，那我们能回转俄罗斯去的一天。我们总以为波尔雪委克的政权是不会在神圣的俄罗斯保持下去的，因为聪明的然而又是很浑厚的俄罗斯人民不需要它。它不过是历史的偶然，不过是一时的现象，绝对没永久存在的根据。难道说这些野蛮的波尔雪委克，无知识的黑虫，能有统治伟大的俄罗斯的能力吗？俄罗斯应当光荣起来，应当进展起来，然而这是优秀的俄罗斯的爱好者的事业，不应当落在无理性的黑虫的手里。

我也是这样想着，期待着，期待着终于能回到俄罗斯去，重新过着那美妙的生活。我曾相信俄罗斯的波尔雪委克终有失败的一天……

但是我们离开俄罗斯已经十年了。我们时时期待着波尔雪委克的失败，然而波尔雪委克的政权却日见巩固起来。我们时时希望着重新回到俄罗斯去，温着那过去的俄罗斯的美梦，然而那美梦却愈离开我们愈远，或许永无复现的时候。我们眼看着波尔雪委克的俄罗斯日见生长起来，似乎野蛮的波尔雪委克不但能统治伟大的俄罗斯，而且能为俄罗斯创造出历史上的光荣，那不为我们所需要的光荣。

这是什么一回事呢？这难道说是历史的错误吗？难道说俄罗斯除开我们这些优秀分子，能够进展下去吗？这是历史的奇迹罢？……

我们，这些爱护神圣的俄罗斯的人们，自从波尔雪委克取得了俄罗斯的统治权以后，以为俄罗斯是灭亡了，我们应当将祖国从野蛮人的手里拯救出来。波尔雪委克是俄罗斯的敌人，波尔雪委克是破坏俄罗斯文化的剑子手。谁个能在俄罗斯的国土内将波尔雪委克消灭掉，那他就是俄罗斯人民的福星。

于是我们对于任何一个与波尔雪委克为敌的人，都抱着热烈的希望。我们爱护俄罗斯，我们应当为我们的伟大的亲爱的祖国而战。但是我们的希望结果都沉没在失望的海里，幻成一现的波花，接着便消逝了，不可挽回地消逝了。我们希望田尼庚将军，但是他被波尔雪委克歼灭了。我们希望哥恰克将军，但是他的结局如田尼庚的一样。我们并且希望过土匪头儿谢米诺夫，但是他也同我们其他的侨民一样，过着逃亡的生活。我们也希望过协约国的武力干涉，但是十四国的军队，终没将野蛮的波尔雪委克扑灭。这是天命吗？这是上帝的意旨吗？上帝的意旨令那不信神的邪徒波尔雪委克得到胜利吗？……思想起来，真是令人难以索解呵。就是到现在，就是到现在我对于一切都绝望了的时候，我还是不明白这是一回什么事。也许我明白了……但是上帝呵，我不愿意明白！我不愿意明白！明白那波尔雪委克，将我们驱逐出俄罗斯来的恶徒，是新俄罗斯的创造主，是新生活的建设者，那真是很痛苦的事情呵。如果我们明白了波尔雪委克胜利的原因，那我们就不能再诅咒波尔雪委克了……但是我沦落到这样不幸的，下贱的，羞辱的地步，这都是波尔雪委克赐给我的，我怎么能够不诅咒他们呢。

但是徒诅咒是没有益处的。我们，俄罗斯的逃亡在外的侨民，诅咒尽管诅咒，波尔雪委克还是逐日地强盛着。似乎我们对于他们的诅咒，反成了对于他们的祝词。我们愈希望将俄罗斯拯救出来，而俄罗斯愈离开我们愈远，愈不需要我们，我们的死亡痛苦于俄罗斯没有什么关系，俄罗斯简直不理我们了。天哪，我们还能名自己为俄罗斯的爱护者吗？俄罗斯已经不需要我们了，我们还有爱护她的资格吗？

现在我确确实实地明白了。俄罗斯并没有灭亡，灭亡的是我们这些自称为俄罗斯的爱护者。如果说俄罗斯是灭亡了，那只是帝制的俄罗斯灭亡了，那只是地主的，贵族的，特权阶级的俄罗斯灭亡了，新的，苏维埃的，波尔雪委克的俄罗斯在生长着，违反我们的意志在生长着。我们爱护的是旧的俄罗斯，但是它已经死去了，永远地死去了。我们真正地爱护它？不，我们爱护的并不是什么祖国，而是在旧俄罗斯的制度下，那一些我们的福利，那一些白的花，温柔的暖室，丰盛的筵席，贵重的财物……是的，我们爱护的是这些东西。但是旧的俄罗斯已经灭亡了，新的俄罗斯大概是不会被我们推翻的，我们还爱护什么呢？我们同旧的俄罗斯一块儿死去，新的俄罗斯是不需要我们的了，我们没有被它需要的资格……

现在我确确实实地明白了一切。我的明白就是我的绝望。我已经不能再回到俄罗斯去了。十数年来流浪的生活，颠连困苦，还没有把我的生命葬送掉，那只是因为我还存着一线的希望，希望着波尔雪委克失败，我们重新回到俄罗斯去，过着那旧时的美妙的生活。呵，我的祖国，我的伏尔加河，我的美丽的高加索，我的庄严的彼得格勒，我的……我是如何地想念它们！我是如何地渴望着再扑倒在它们的怀抱里！但是现在一切都完结了，永远地完结了。我既不能回到俄罗斯去，而这上海，这给了我无限羞辱和无限痛苦的上海，我实在不能再忍受下去了，我一定要离开它，迅速地离开它……唉，完结了，一切都完结了。

据医生说，我的病并不是不可以医治的，而且他可以把它医治好，他劝我不必害怕……天哪！我现在害怕什么呢？当我对于一切都绝望了的时候，我还害怕什么呢？不，多谢你医生的好意！我的病不必医治了，我不如趁此机会静悄悄地死去。我已经生活够了。我知道生活不能再给我一些什么幸福，所以我也就不再希望，不再要求什么了。那在万人面前赤身露体的跳舞，那英国水兵的野蛮的拥抱……以及我天天看见我的丈夫的那种又可怜，又可耻，又可笑，又可恨的面貌，这一切都把我作贱够了，我还有什么生活下去的兴趣呢？如果一个人还抱着希望，还知道或者还相信自己有光明的将来，那他就是忍受灾难折磨，都是无妨的。但是我现在是绝望了，我的将来只是黑暗，只是空虚。只是羞辱，只是痛苦。我知道这个，我相信这个，我还有力量生活下去吗？我没有生活下去的勇气了。

别了，我的祖国，我的俄罗斯！别了，我的美丽的伏尔加的景物！别了，我的金色的充满着罗曼谛克的高加索！别了，我的亲爱的彼得格勒！别了，一切都永别了……

二

革命如六月里的暴风雨一般，来的时候是那样地迅速，那样地突然，那样地震动。那时我仿佛正在温和的暖室里，为美妙的梦所陶醉，为温柔的幻想所浸润，心神是异常地平静……忽然乌云布满了天空，咯咯嚓嚓轰轰洞洞响动了令人震聩的霹雳，接着便起了狂风暴雨，掀动了屋宇，屋宇终于倒坍了。我眼看着我的暖室被暴风雨推毁了，所有暖室中美丽的装置：娇艳的白花，精致的梳妆台，雪白的床铺，以及我爱读的有趣的小金色书，天鹅绒封面的美丽的画册……一切，一切都被卷入到黑黯黯的，不可知的黑海里去了。我的神经失了作用，我陷入于昏聩迷茫的状态。我简直不明白发生了什么事情，我一点儿都不明白。后来等到我明白了之后，我想极力抵抗这残酷的暴风雨，想极力挽回我所失去的一切，但是已经迟了，迟了，永远不可挽回了。

当革命未发生以前，我也曾读过关于革命的书，也曾听过许多关于革命的故事。虽然我不能想象到革命的面目到底象一个什么样子，但我也时常想道：革命也许是很可怕的东西，革命也许就是把皇帝推倒……也许革命是美妙的东西，也许革命的时候是很有趣味，是很热闹……但是我从未想到革命原来是这样残酷，会推毁了我的暖室，打折了我的心爱的娇艳的白花。革命破灭了我的一切的美梦，革命葬送了我的金色的幸福。天哪！我是如何地惊愕，如何地恐惧，如何地战栗。当那革命在彼得格勒爆发的时候……

那时我与白根结婚刚刚过了一个月。前敌虽然同德国人打仗，虽然时闻着不利的恐怖的消息，但是我那时是过着蜜月的生活，我每天只是陶醉在温柔的幸福的梦里，没有闲心问及这些政治上和军事上的事情。我只感谢上帝的保佑，白根还留在彼得格勒的军官团里服务，没有被派到前线去。那时白根是那样地英俊，是那样地可爱，是那样地充满了我的灵魂。上帝给了我这样大的，令我十分满足的，神圣的幸福。我真是再幸福没有的人了。

真的，我那时是终日地浸润在幸福的海里。白根是那样英俊的，风采奕奕的少年军官，他的形象就证明他有无限的光荣的将来。又加之我的父亲是个有名的，为皇帝所信用的将军，他一定是可以将白根提拔起来的。也许皇帝一见了白根的风采，就会特加宠爱的。我那时想道，俄罗斯有了这样的少年军官，这简直是俄罗斯的光荣呵。我那时是何等地满足，何等地骄傲！我想在全世界的女人们面前，至少在彼得格勒所有的女人们面前，高声地喊道："你们看看我的白根罢，我的亲爱的白根罢。他是俄罗斯的光荣，他是我的丈夫呵！……"

我总是这样地幻想着：如果白根将来做了外交官，——他真是一个有威仪的，漂亮的外交官呵！——或者简直就做了俄罗斯帝国驻巴黎的公使，那时我将是如何地荣耀！在那繁华的整个的巴黎面前，我将显出我的尊贵，我的不可比拟的富丽。若在夏天的时候，我穿着精致的白衣，我要使得那些巴黎人把我当做白衣的仙女。如果我同亲爱的白根，我的这样令人注目的漂亮的外交官，坐着光彩夺目的汽车，在巴黎城中兜风，我要令那些巴黎的女人们羡瞎了眼睛。

我们于假期可以到清雅的瑞士，优美的意大利等等有诗趣的国度里去漫游。我不想到伦敦去，也不想到纽约去，听说那里有的只是喧嚷和煤气而已，令人发生俗恶的不愉快的感觉。我最倾心于那金色的意大利，听说那里的景物是异常地优美，娟秀，令人神往。

在俄罗斯的国境内，我们将在高加索和伏尔加的河岸上，建筑两所清雅的别墅。在秋冬的时候，我们可以住在高加索，在那里玩山弄水，听那土人的朴直的音乐，看那土人的原始的然而又美丽的舞蹈。那该多么是富于诗趣的生活呵！在春夏的时候，我们可以住在伏尔加的河岸上，听那舟子的歌声，看那冰清玉澈的夜月。那里的景物是如何地荡人心魂，如何地温柔曼妙。河冰潺潺而不急流，风帆往来如画。呵，好美妙的天然！……

我同白根是世界上最幸福的人。我曾相信白根永远地爱着我，我也永远地爱着白根。如果世界上有圆满的生活，那我同白根所过的生活，恐怕要算是最圆满的了。呵，想起来我在那与白根初结婚的蜜月里，我的生活是如何地甜蜜，我的心神是如何地愉快，我的幻想是如何地令我感觉着幸福的温柔！如果我此生有过过最幸福的日子的时候，那恐怕就是这个简短的时期了。

不料好梦难常，风波易起！忽然……暖室的好梦打破了，娇艳的白花被摧折了……随着便消灭了巴黎的风光，高加索和伏尔加的别墅，以及对于漫游意大利的诗意。忽然一切都消灭了，消灭了帝国的俄罗斯，消灭了我的尊优的生活，消灭了一切对于美妙的幻想。是的，一切都消灭了……

有一天……那是春阳初露的一天。从我们的崇高的楼窗看去，温暖而慈和的阳光抚慰着整个的洁白的雪城。初春的阳光并不严厉，放射在洁白的雪上，那只是一种抚慰而已，并不足以融解它。大地满布着新鲜的春意，若将窗扉展开，那料峭的，然而又并不十分刺骨的风，会从那城外的郊野里，送来一种能令人感觉着愉快的，轻松的，新鲜的春的气味。

午后无事，我拿起一本金色的诗集，躺在柔软的沙发上翻读。这诗集里所选的是普希金，列尔茫托夫，歌德，海涅……等等的情诗，一些令人心神迷醉的情诗。读着这些情诗，我更会感觉到我与白根的相爱，是如何地美妙，是如何地神秘而不可思议。在蜜月的生活中，我是应当读这些情诗的呵。我一边读着，一边幻想着。虽然白根不在我的面前，但是我感觉到他是如何热烈地吻我，如何紧紧地拥抱我……他的爱情的热火把我的全身的血液都烧得沸腾起来了。我的一颗心很愉快地微微地跳动起来了。我的神魂荡漾在无涯际的幸福的海里。

忽然……

白根喘着气跑进来了。他惨白着面孔，惊慌地，上气接不着下气地，继续地说道：

"丽莎……不好了……完了！前线的兵士叛变了。革命党在彼得格勒造了反……圣上逃跑了……工人们已经把彼得格勒拿到手里……完了，完了！……"

好一个巨大的晴天的霹雳！一霎时欢欣变成了恐惧。我的一颗心要炸开起来了。我觉得巨大的灾祸，那可怕的，不可阻止的灾祸，已经临到头上来了。这时我当然还不明白革命到底是一回什么事，但是我在白根的神情上，我明白了最可怕的事情。

"他们只是要把圣上推翻罢？……"我惊颤地说了这末一句。

"不，他们不但要把圣上推翻，而且还要求别的东西，他们要求面包，要求土地……要求把我们这些贵族统统都推翻掉……"

"天哪！他们疯了吗？……现在怎么办呢？待死吗？"

我一下扑到白根的怀里，战栗着哭泣起来了。我紧紧地将白根抱着，似乎我抱着的不是白根，而是那一种什么已经没落了的，永远不可挽回的东西。接着我们便听见街上的轰动，稀疏的枪声……完了，一切都完了！

父亲在前线上，不知道是死还是活，后来当然被乱兵打死了。母亲住在家乡里，住在伏尔加的河畔，从她那里也得不到什么消息。我只得和白根商量逃跑的计策，逃跑到亚洲的西伯利亚去，那里有我们的亲戚。好在这第一次革命，野蛮的波尔雪委克还未得着政权，我们终于能从恐怖的包围里逃跑出来。这时当权的是社会革命党，门雪委克……

两礼拜之后，我们终于跑到此时还平静的伊尔库次克来了。从此后，我们永别了彼得格勒，永别了欧洲的俄罗斯……上帝呵！这事情是如何地突然，是如何地急剧，是如何地残酷！我的幸福的命运从此开始完结了。温和的暖室，娇艳的白花，金色的诗集……一切，一切，一切都变成了云烟，无影无踪地消散了。

我们在伊尔库次克平安地过了几个月。我们住在我们的姑母家里。表兄米海尔在伊尔库次克的省政府里办事。他是一个神经冷静，心境宽和的人。他时常向我们说来：

"等着罢！俄罗斯是伟大的帝国，那她将来也是不会没有皇帝的。俄罗斯的生命在我们这些优秀的贵族的手里。俄罗斯除开我们还能存在吗？这些无知识的，胡闹的，野蛮的社会党人，他们能统治俄罗斯吗？笑话！绝对不会的！等着罢！你看这些克伦斯基，雀而诺夫……不久自然是会坍台的，他们若能维持下去，那真是没有上帝了。"

白根也如米海尔一般地相信着：俄罗斯永远是我们贵族的，她绝对不会屈服于黑虫们的手里。

"丽莎！我的爱！别要丧气呵，我们总有回到彼得格勒的日子，你看这些浑蛋的社会党人能够维持下去吗？等着罢！……"

白根此时还不失去英俊的气概呵。他总是这样地安慰我。我也就真相信米海尔和他的话，以为不是今天，就是明天，一定会回到彼得格勒去的。但是时局越过越糟，我们的希望越过越不能实现；克伦斯基是失败了，社会党人是坍台了，但是波尔雪委克跑上了舞台，黑虫们真正地得起势来……而我们呢？我们永没有回转彼得格勒的日子，永远与贵族的俄罗斯辞了别，不，与其说与它辞了别，不如说与它一道儿灭亡了，永远地灭亡了。

十月革命爆发了……命运注定要灭亡的旧俄罗斯，不得不做一次最后的挣扎。哥恰克将军在西伯利亚组织了军事政府，白根乘此机会便投了军。为着俄罗斯而战，为着祖国而战，为着神圣的文明而战……在这些光荣的名义之下，白根终于充当扑灭波尔雪委克的战士了。

"丽莎！亲爱的丽莎！听说波尔雪委克的军队已经越过乌拉岭了，快要占住托木斯克城了。今天我要到前线上去……杀波尔雪委克，杀那祖国的敌人呵！丽莎！当我在前线杀敌的时候，请你为我祷告罢，为神圣的俄罗斯祷告罢，上帝一定予我们以最后的胜利！"

有一天白根向我辞别的时候，这样向我颤动地说。我忽然在他的面孔上，找不到先前的那般温柔的神情了。我觉得他这时是异常地凶残，面孔充满了令人害怕的杀气。我觉得我爱他的热情有点低落了。我当时答应为他祷告，为祖国的胜利祷告。但是当我祷告的时候，我的心并不诚恳，我有点疑虑：这祷告真正有用处吗？上帝真正能保佑我们吗？当我们自己不能将波尔雪委克剿灭的时候，上帝能有力量令他们失败吗？……

哥恰克将军将白根升为团长，嘉奖他的英勇。我不禁暗自庆幸，庆幸我有这样一个光荣的丈夫，为祖国而战的英雄。但是同时，我感觉到他的心性越过越残酷，这实在是令我不愉快的事情。有一次他从乡间捉来许多老实的，衣衫褴褛的乡下人，有的是胡须的老头子，有的是少年人。他们被绳索缚着，就如一队猪牛也似的，一队被牵入屠场的猪牛……

"你把这些可怜的乡下人捉来干什么呢？"我问。

白根很得意地，眼中冒着凶光地笑着；"可怜的乡下人？他们都是可恶的波尔雪委克呵。他们捣乱我们的后方呢，你晓得吗？现在我要教训教训他们……"

"你将怎样教训他们呢？"

"枪毙！"

"白根！你疯了吗？这些可怜的乡下人，你把他们枪毙了干什么呢？你千万别要这样做罢！我的亲爱的，我请求你！"

"亲爱的，你完全不懂得呵！现在是这样的时候，怜悯是不应当存在的了。我们不应当怜悯他们，他们要推翻我们，他们要夺我们的幸福，要夺我们所有的一切，我们还能怜悯他们吗？不是他们把我们消灭，就是我们把他们消灭，怜悯是用不着的……"

我听了白根的话，沉默着低下头来。我没有再说什么话，回到自己的房里。我的心神一面是很恍惚的，迷茫地摇荡着，一面又是很清晰的，从前从没有这样清晰过。我明白了白根的话，我明白了残酷的历史的必然性……我明白了白根的话是对的。我再没有什么话可说了。因此，我的心神也就迷茫地摇荡起来……如果我坚定地不以白根的话为然，那结果只有加入那些乡下人的队里，投入波尔雪委克的营垒。但是我不能离开白根……

后来白根终于毫无怜悯地将那些老实的乡下人一个一个地枪毙了……

上帝呵，这是如何地残酷！难道说这是不可挽回的历史的命运吗？

三

但是旧俄罗斯要灭亡的命运已经注定了，注定了……任你有什么伟大的力量也不能改变。黑虫们的数量比我们多，多得千万倍，白根就是屠杀他们的一小部分，但是不能将他们全部都消灭呵。已经沉睡了无数年代的他们，现在忽然苏醒了。其势就如万丈的瀑布自天而降，谁也不能阻止它；就如广大的燃烧着了的森林，谁也不能扑灭它。于是白根……于是哥恰克将军……于是整个的旧俄罗斯，终于被这烈火与狂澜所葬送了。

前线的消息日见不利……我终日坐在房里，不走出城中一步。我就如待死的囚徒一般，我所能做得到的，只是无力的啜泣。伊尔库次克的全城就如沉落在惊慌的海里，生活充满了苦愁与恐惧。不断地听着：来了，来了，波尔雪委克来了……天哪！这是如何可怕的生活！可怕的生活！……

米海尔表兄已经不如先前的心平气静了。他日见急躁起来，哭丧着面孔。他现在的话已经与先前所说的不同了：

"上帝啊！难道说我们的命运就算完了吗？难道说这神圣的俄罗斯就会落到黑虫们的手里吗？上帝呵！这是怎样地可怕！……"

姑母所做得到的，只是面着神像祷告。她已经是五十多岁的老太婆了，她经过许多世事，她也曾亲眼看过许多惊心动魄的现象，但是她却不明白现在发生了什么事情，这种为她梦想也不能梦想得到的事情。她的面孔已经布满了老的皱纹，现在在终日泪水不干的情状中，更显得老相了许多。她终日虔诚地祷告着，为着她儿子，为着神圣的俄罗斯……但是一个与上帝相反对的巨神，已经将我的命运抓住了，紧紧地抓住了，就是祷告也不能为力了。

可怜的姑母，她终于为苦愁和恐惧所压死了！她是在我的面前死去的……天哪！我真怕想起这一种悲哀的景象！我当时并没有哭泣，我只如木鸡一般地望着姑母的死尸。在她的最后的呻吟里，我听出神圣俄罗斯的最后的绝望。这绝望将我们沉没到迷茫的，黑暗的，无底的海里。天哪！人生是这样地不测，是这样地可怕！这到底是谁个的意志呢？……

白根的一团人被波尔雪委克的军队击溃了。因之他对于将军或总司令的梦也做不成了……我们终于不得不离开伊尔库次克。我们别了米海尔表兄，上了西伯利亚的遥长的铁道。我们并没有一定的方向。只是迷茫地任着火车拖去。我们的命运就此如飘荡在不着边际的海里，一任那不可知的风浪的催送。

从车窗望去，那白茫茫的天野展布在我们的眼前。那是伟大的，寂静的俄罗斯的国土，一瞬间觉得在这种寂静的原野上，永不会激起狂暴的风浪。这里隐藏着伟大的俄罗斯的灵魂。它是永不会受着骚乱的……忽然起了暴风雪，一霎时白茫茫的，寂静的俄罗斯，为狂暴的呼鸣和混沌的骚乱所笼罩住了。我们便也就感觉着自己被不可知的命运所拖住了，迷茫了前路。是的，我们的前路是迷茫了。如长蛇也似的火车将我们迷茫地拖着，拖着，但是拖到什么地方去呢？……

当我们经过贝加尔湖的时候，我看见那贝加尔湖的水是那样地清澈，不禁起了一种思想：我何妨就此跳入湖水死去呢？这湖水是这样地清澈可爱，真是葬身之佳处。死后若我的灵魂有知，我当遨游于这两岸的美丽的峰岚，娱怀于这湖上的清幽的夜月。……但是白根还是安慰我道：

"丽莎！听我说，别要灰心罢。我们现在虽然失败，但是我们的帮手多着呢。我们有英国，有美国，有法国……他们能不拯救我们吗？他们为着自己的利益，也是要把波尔雪委克消灭下去的呵……丽莎，亲爱的！你不要着急，我们总有回到彼得格勒的一日。"

天哪！当时如果我知道我永没有回到彼得格勒的一日，如果我知道会有不幸的，羞辱的今日，那我一定会投到贝加尔湖里去的呵。我将不受这些年流浪的痛苦，我将不会害这种最羞辱的病，我就是死，也是死在我的俄罗斯的国土以内。但是现在……唉！后悔已经来不及了。

那时西伯利亚大部分为日本军队所占据。我们经过每一个车站，都看见身材矮小的，穿着黄衣的日本军队。他们上车检查坐客，宛如他们就是西伯利亚的主人一般。他们是那样地傲慢，是那样地凶恶，不禁令我感觉得十分不快。我记得我曾向白根问道：

"你以为这些日本人是来帮助我们的吗？为什么他们对待我们俄罗斯人是这种样子？"

白根将头伸至窗外，不即时回答我。后来他说道：

"也许他们不怀着好意，也许他们要把西伯利亚占为领土呢。他们很早就想西伯利亚这块广漠的土地呵……但是……俄罗斯与其落在波尔雪委克的手里，不如让日本人来管理呵。……"

"白根？你，你这说的什么话，呵？"我很惊异地，同时感到不愉快地问道，"你说情愿让日本人来管理俄罗斯吗？这是什么意思？你不是常说你是很爱护俄罗斯的吗？现在却说了这种不合理的话……"

我有点生气了。白根向我并排坐下来，深长地叹了一口气。我这时觉察到他完全改变了样子。他的两眼已经不如先前的那般炯炯有光了。一种少年英俊的气概，完全从他的表情中消逝了。天哪！我的从前的白根，我的那种可爱的白根，现在到什么地方去了呢？

他拿起我的手来，抚摩着，轻轻地说道："不错，我时常说我是祖国的爱护者，我要永远做它的战士……但是，丽莎，亲爱的，现在我们的祖国是被黑虫们战去了，我们的一切都被黑虫们占去了。我们还爱护什么呢？俄罗斯与其被波尔雪委克拿去了，不如让它灭亡罢，让日本人来管理罢……这样还好些，你明白吗？"

"但是波尔雪委克究竟是俄罗斯人呵。……"

"是的，他们是俄罗斯人，但是现在我们问不到这个了。他们夺去了我们的福利……"

我忽然哭起来了，觉得异常地伤心。这并不是由于我生了气，也不是由于恨日本人，而且也不是由于恨波尔雪委克……这是由于我感觉到了俄罗斯的悲哀的命运，也就是我自身的命运。白根不明白我为什么哭起来了，只是抚慰着我说道："丽莎，亲爱的！别伤心！上帝自然会保佑我们的……"

我听着他的这种可怜的，无力的抚慰，宛如一颗心上感觉到巨大的刺痛，不禁更越发放声痛哭了。上帝呵，你是自然保佑我们的，但是你也无能为力了！

……最后我们到了海参崴。我们在海参崴住下了。此地的政象本来也是异常地混乱，但是我们在日本人的保护下，却也可以过着安静的生活。日本人向我们宣言道，只要把波尔雪委克一打倒了，即刻撤退西伯利亚的军队……天哪！他们是不是这样地存心呢？我们不相信他们，但是我们却希望他们将俄罗斯拯救出来。我们不能拯救祖国，而却希望外国人，而却希望日本人，这不怀好意的日本人……这岂不是巨大的羞辱吗？

白根找到差事了。我也就比较地安心过着。我们静等着日本人胜利，静等着波尔雪委克失败，静等着那回到彼得格勒的美妙的一天……

在海参崴我们平安地过了数月。天哪！这也说不上是什么平安的生活！我们哪一天不听见一些可怕的消息呢？什么阿穆尔省的民团已经蜂起了哪，什么日本军队已经退出伯里哪，什么……天哪，这是怎样的平安的生活！不过我们总是相信着，日本军队是可以保护我们的，我们不至于有什么意外的危险。

海参崴也可以说是一个美丽的大城。这里有高耸的楼房，宽展的街道，有许多处仿佛与彼得格勒相似。城之东南面濒着海，海中有无数的小岛。在夏季的时候，深碧的海水与绿森森的岛上的树木相映，形呈着绝妙的天然的景色。海岸上列着一个长蛇形的花园，人们可以坐在这里，一面听着小鸟的叫鸣，一面受着海风的陶醉。

在无事的时候，——我镇日地总是没有事做呵！——我总是在这个花园中，消磨我的苦愁的时日。有时一阵一阵的清凉的，然而又温柔的海风，只抚摩得我心神飘荡，宛如把我送入了飘缈的梦乡，我也就因之把一切什么苦愁哀事都忘怀了。有时我扑入海水的怀抱里，一任着海水温柔地把我全身吻着，吻着……我已经恍惚离开了充满了痛苦的人世。我曾微笑着想道，就这样过下去罢，过下去罢，此外什么都不需要呵！……

这是我很幸福的时刻。但是当我立在山岗的时候，我回头向那广漠的俄罗斯瞻望，我的一颗心就凄苦地跳动起来了。我想着那望不见的彼得格勒，那我的生长地——伏尔加河畔，那金色的，充满了我的幻想的，美丽的高加索……我不禁渗渗地流下悲哀的泪来。我常常流着泪，悄立着很久，回瞻着我那已失去的美梦，那种过去还不久的，曼妙的，幸福的美梦！由边区的海参崴到彼得格勒，也不过是万余里之遥，但是我的美梦却消逝到无数万万里以外了。我将向何处去追寻它呢？

我又向着那茫茫的大海望去，那里只是望不见的边际，那前途只是不可知的迷茫。我觉着那前途所期待着于我的，只是令人心悸的，可怕的空泛而已。我曾几番想道，倒不如跳到海里面去，因为这里还是俄罗斯的国土，这里还是俄罗斯所有的海水……此身既然是在俄罗斯的国土上生长的，那也就在俄罗斯的国土上死去罢……我总是这样想着，然而现在我不明白，为什么我当时不曾如此做呢？到了现在，我虽然想死在祖国的境内，想临死时还吻一吻我祖国的土地，但是已经迟了！迟了！我只能羞辱地，冷落地，死在这疏远的异乡！……天哪！我的灵魂是如何地痛苦呵！这是我惟一的遗恨！

当时我们总是想着，日本人可以保护我们，日本人可以使我们不离开俄罗斯的国上……但是命运已经注定了，任你日本人是如何地狡猾，是如何地计算，也终抵挡不住那泛滥的波尔雪委克的洪水。我们终于不得不离开俄罗斯，不得不与这个"贵族的俄罗斯"的最后的一个城市——海参崴辞别！

日本人终于要撤除海参崴的军队……

波尔雪委克的洪水终于流到亚洲的东海了。

四

那是一个如何悲惨的，当我们要离开海参崴的前夜！……

在昏黄而惨淡的电灯光下，全房中都充满了悲凄，我和白根并坐在沙发上，头挨着头，紧紧地拥抱着，哭成了一团。我们就如待死的囚徒，只能做无力的对泣；又如被赶到屠场上去的猪羊，嗷嗷地吐着最后的哀鸣。天哪！那是如何悲惨的一夜！……

记得那结婚的初夜，在欢宴的宾客们散后，我们回到自己的新婚的洞房里，只感到所有的什物都向我们庆祝地微笑着。全房中荡溢着温柔的，馨香的，如天鹅绒一般的空气。那时我幸福得哭起来了，扑倒在白根的怀里。他将我紧紧地拥抱着，我的全身似乎被幸福的魔力所熔解了。那时我只感到幸福，幸福……我幸福得几乎连一颗心都痛起来。那时白根的拥抱就如幸福的海水把我淹没了也似的，我觉着一切都是光明的，都是不可思议的美妙。

拥抱同是一样的呵，但是在这将要离开俄罗斯的一夜……白根的拥抱只使我回味着过去的甜蜜，因之更为发生痛苦而已。在那结婚的初夜，那时我在白根的拥抱里，所见到的前途是光明的，幸福的，可是在这一夜，在这悲惨的一夜呵，伏在白根的拥抱里，我所见到的只是黑暗与痛苦而已……天哪！人事是这样地变幻！是这样地难料！

"白根，亲爱的！我呜咽着说，"我无论如何不愿离开俄罗斯的国土，生为俄罗斯人，死为俄罗斯鬼。……"

"丽莎！别要说这种话罢！"白根哀求着说，"我们明天是一定要离开海参崴的，否则，我们的性命将不保……波尔雪委克将我们捉到，我们是没有活命的呵。我们不逃跑是不可以的，丽莎，你不明白吗？"

"不，亲爱的！我是舍不得俄罗斯的。让波尔雪委克来把我杀掉罢，只要我死在俄罗斯的国土以内。也许我们不反抗他们，他们不会将我们处之于死地……"

"你对于俄罗斯还留恋什么呢？这里已经不是我们的俄罗斯了。我们失去了一切，我们还留恋什么呢？我们跑到外国去，过着平安的生活，不都是一样吗？"

"不，亲爱的！让我在祖国内被野蛮的波尔雪委克杀死罢……你可以跑到外国去……也许你还可以把俄罗斯拯救出来……至于我，我任死也要回到彼得格勒去……"

我们哭着争论了半夜，后来我终于被白根说服了。我们商量了一番"东京呢，哈尔滨呢，还是上海呢？"我们最后决定了到上海来。听说上海是东方的巴黎……

我们将贵重的物件检点好了，于第二天一清早就登上了英国的轮船。当我们即刻就要动身上船的时候，我还是没有把心坚决下来。我感觉到此一去将永远别了俄罗斯，将永远踏不到了俄罗斯的土地……但是白根硬匆促地，坚决地，将我拉到轮船上了。

我还记得那时我的心情是如何地凄惨，我的泪水是如何地汹涌。我一步一回头，舍不得我的祖国，舍不得我的神圣的俄罗斯……别了，永远地别了！……此一去走上了迷茫的道路，任着浩然无际的海水飘去。前途，呵，什么是前途？前途只是不可知的迷茫，只是令人悚惧的黑暗。虽然当我们登上轮船的时候，曙光渐渐地展开，空气异常地新鲜，整个的海参崴似乎从睡梦中昂起，欢迎着光明的到来；虽然凭着船栏向前望去，那海水在晨光的怀抱中展着恬静的微笑，那海天的交接处射着玫瑰色的霞彩……但是我所望见得到的，只是黑暗，黑暗，黑暗而已。

从此我便听不见了那临海的花园中的鸟鸣，便离开了那海水的晶莹的，温柔的怀抱；从此那别有风趣的山丘上，便永消失了我的足迹，我再也不能立在那上边回顾彼得格勒，回顾我那美丽的乡园——伏尔加河畔……

白根自然也怀着同样的心情，这辞别祖国对于他当然也不是很容易的事情。我在他的眼睛里，我在他那最后的辞别的话音里。

"别了，俄罗斯……"

看出他的心灵是如何地悲哀和颤动来。但是他不愿意在我面前表示出他是具着这般难堪的情绪，而且佯做着毫不为意的样子。当轮船开始离岸的时候，白根强打精神向我笑道："丽莎！丽莎奇喀！你看，我们最后总算逃出这可诅咒的俄罗斯了！"

"为什么你说'这可诅咒的俄罗斯'？"我反问着他说道，"俄罗斯现在，当我要离开它的时候，也许是当我永远要离开它的时候，对于我比什么都亲爱些，你晓得吗？"

我觉着我的声音是异常悲哀地在颤动着，我的两眼中是在激荡着泪潮。我忽然觉我是在恨白根，恨他将我逼着离开了亲爱的俄罗斯……但我转而一想，不禁对他又起了怜悯的心情：他也是一个很不幸的人呵！他现在向我说硬话，不过是要表示他那男子的骄傲而已。在内心里，他的悲哀恐怕也不比我的为浅罢。

"俄罗斯曾经是神圣的，亲爱的，对于我们……但是现在俄罗斯不是我们的了！它已经落到我们的敌人波尔雪委克的手里，我们还留恋它干什么呢？……"

我听了他的话，不再说什么，回到舱房里一个人独自地啜泣。我觉得我从来没有如此地悲哀过。这究竟由于什么，由于对于俄罗斯的失望，由于伤感自身的命运，还是由于对于白根起了怜悯或愤恨的心情……我自己也说不清楚。我啜泣着，啜泣着，得不到任何人的抚慰，就是有人抚慰我，也减少不了我的悲哀的程度。同船的大半都是逃亡者，大半都是与我们同一命运的人们，也许他们需要着抚慰，同我需要着一样的呵。各人抚慰各人自己的苦痛的心灵罢，这样比较好些，好些……

我不在白根的面前，也许白根回顾着祖国，要发着很深长的叹息，或者竟至于流泪。我坐在舱房里，想象着他那流泪的神情，不禁更增加了对于他的怜悯，想即刻跑到他的面前，双手紧抱着他的颈项，抚慰着他道："亲爱的，不要这样罢！不要这样罢！我们终有回返祖国的一日……"

舱房门开了，走进来了一个三十来岁的贵妇人。她的面相和衣饰表示她是出身于高贵的阶级，最触人眼帘的，是她那一双戴着穗子的大耳环。不待我先说话，她先自向我介绍了自己：

"请原谅我，贵重的太太，我使你感觉着不安。我是住在你的隔壁房间里的。刚才我听见你很悲哀地哭泣着，不禁心中感动起来，因此便走来和你谈谈。你可以允许我吗？"

"自然罗，请坐。"我立起身来说。

"我是米海诺夫伯爵夫人。"她坐下之后，向我这样说道，表示出她有贵重的礼貌。我听见了她是米海诺夫伯爵夫人，不禁对她更注意起来。我看她那态度和神情与她的地位相符合，便也就相信她说的是真实话了。

"敢问你到什么地方去，伯爵夫人？"

我将我的姓名向她说了之后，便这样很恭敬地问她。她听了我的话，叹了一口气，改变了先前的平静的态度，将两手一摆，说道："到什么地方去？现在无论到什么地方去，不都是一样吗？"

"一样？"我有点惊愕地说道，"伯爵夫人，我不明白你的意思。"

"你不明白我的意思？"她有点兴奋起来了。她将两只美丽的灰碧色的眼睛逼射着我。"我问你，你到什么地方去呢？无论什么地方去，对于你不都是一样吗？"

她说着带着一点责问的口气，好像她与我已经是久熟的朋友了。

我静默着不回答她。

"我问你，你刚才为什么哭泣呢？你不也是同我一样的人吗？被驱逐出祖国的人吗？我们失掉了俄罗斯，做了可怜的逃亡者了。无论逃亡到什么地方去，我想，这对于我们统统都是一样的，你说可不是吗？"

我点一点头，表示与她同意。她停住不说了，向窗外望去，如有所思也似的。停了一会儿，她忽然扭转头来向我问道："我刚才听见你哭泣的声音，觉得是很悲凄的，你到底在俄罗斯失去了一些什么呢？"

"失去了一些什么？难道说你不知道吗？失去了一切，失去了安乐的生活，失去了美满的，温柔的梦，失去了美丽的伏尔加河，失去了彼得格勒……"

"和你同舱房的，年轻的人，他是你的丈夫吗？"

"是的。"我点一点头说。

"你看，你说你一切都失去了，其实你还是幸福的人，因为你的丈夫还活着……"

她忽然摇一摇头（她的那两只大耳环也就因之摆动了），用蓝花的丝手帕掩住了口鼻，很悲哀地哽咽起来了。我一方面很诧异她的这种不能自持的举动，一方面又很可怜她，但即时寻不出什么话来安慰她。

"我真是失去了一切，"她勉强将心境平静一下，开始继续地说道："我失去了……我的最贵重的丈夫……他是一个极有教养，极有学识的人，而且也是极其爱我的人……波尔雪委克造了反，他恨得了不得，便在伊尔库次克和一些军官们组织了恢复皇室的军队……不幸军队还没十分组织好，他已经被乡下人所组织的民团捉去杀掉了……"

她又放声哭起来了。我听了她的话，不禁暗自庆幸：白根终于能保全性命，现在伴着我到上海去……我只想到自身的事情，反把伯爵夫人忘掉了。一直到她接着问我的时候，我才将思想又重新转移到她的身上。

"贵重的太太，你看我不是一个最不幸的人吗？"

"唉！人事是这般地难料！"她不待我回答，又继续说道，"想当年我同米海诺夫伯爵同居的时候，那种生活是如何地安逸和有趣！我们拥有很多的财产，几百顷的土地，我们在伊尔库次克有很高大的，庄严而华丽的楼房，在城外有很清幽的别墅……我们家里时常开着跳舞会，宾客是异常地众多……远近谁个不知道米海诺夫伯爵，谁个不知道他的夫人！仿佛我们是世界上最知道，最知道如何过着生活的人……想起来那时的生活是如何地甜蜜！那时我们只以为可以这样长久地下去……在事实上，我们也并没想到这一层，我们被幸福所围绕着，哪里有机会想到不幸福的事呢？不料霹雳一声，起了狂风暴雨，将一切美妙的东西都毁坏了！唉！可恶的波尔雪委克！……"

"贵重的太太，"伯爵夫人停了一会儿，又可怜而低微地说道，"我们现在到底怎么办呢？难道说我们的阶级就这样地消灭了吗？难道说我们就永远地被驱逐出俄罗斯吗？呵，这是如何地突然！这是如何地可怕！"

"不，不会的，伯爵夫人！"我说着这话，并不是因为有什么自信，而是因为见着她那般可怜的样子，想安慰她一下。"我们不过是暂时地失败了……"

"不见得！"她摇了一下头，很不确定地这样说。

"你还没有什么，"她继续说道："你还有一个同患难的伴侣，而我……我是孤零零的一个人……"

"别要悲哀啊，伯爵夫人！我们现在是到上海去，如果你也打算到那儿去的话，那末将来我们可以住在一块儿，做很好的朋友……"

话说到此时，白根进来了，我看见他的两眼湿润着，如刚才哭过也似的……我可怜他，但是在伯爵夫人的面前，我好像又觉得自己是幸福的，而有点矜持的心情了。

从此我们同伯爵夫人便做了朋友。我犯了晕船的病症，呕吐不已，幸亏伯爵夫人给我以小心的照料。我偶尔立起病体，将头伸向窗外眺望，只见白茫茫的一片，漫无涯际。传到我们的耳际的，只有汹涌的波浪声……好像波浪为着我们的命运而哭泣着也似的。

五

上海，上海是东方的巴黎……

我曾做过巴黎的梦，维也纳的梦，罗马的梦……我曾立定了志愿，将来要到这些有名的都城旅行，或者瞻望现存的繁华，欣赏美丽的景物，或者凭吊那过去的，令人神思的往迹。但这些都城对于我，都不过是繁华，伟大，庄严而已，我并没幻想到在它们之中有什么特别的，神异的趣味。它们至多是比彼得格勒更繁华，更伟大，更庄严罢了。

但是当我幻想到上海的时候，上海对于我并不仅仅是这样。中国既然是古旧的，庞大的，谜一样的国度，那么上海应当是充满着东方色彩的，神奇而不可思议的，一种令欧洲人发生特别趣味的都会。总之，在上海我们将看见一切种种类类的怪现象，一切古旧的，东方的异迹……因此，当我在中学读书的时候，读到中国的历史和地理，读到这在世界上有名的大城，不禁异常地心神向往，而想要在无论什么时候，一定与上海有一会面的因缘。

呵，现在我同白根是到了上海了，是踏到中国的境地了。中国对于我们并不是那般的不可思议，上海对于我们并不是那般的充满了谜一样的神奇……而我们现在之所以来到这东方的古国，这东方的巴黎，也不是为着要做蜜月的旅行，也不是为着要亲一亲上海的面目，更没有怀着快乐的心情，或随身带来了特别的兴趣，……不，不！我们是不得已而来到上海，我们是把上海当成旧俄罗斯的人们的遍逃薮了。

不错，上海是东方的巴黎！这里巍立着高耸的楼房，这里充满着富丽的，无物不备的商店，这里响动着无数的电车，马车和汽车。这里有很宽敞的欧洲式的电影院，有异常讲究的跳舞厅和咖啡馆。这里欧洲人的面上是异常地风光，中国人，当然是有钱的中国人，也穿着美丽的，别有风味的服装……

当我们初到上海时，最令我们发生兴趣的，并引以为异的，是这无数的，如一种特别牲畜的黄包车夫。我们坐在他们的车上面他们弯着腰，两手拖着车柄，跑得是那样地迅速，宛然就同马一样。这真是很奇怪的事情。我们不曾明白他们如何会有这般的本领。

再其次使我们发生兴趣的，是那些立在街心中的，头部扎着红巾的，身量高大的，面目红黑的印度巡捕。他们是那般地庞大，令人可怕，然而在他们面部的表情上，又是那般地驯服和静默。

再其次，就是那些无数的破衣褴褛的乞丐，他们的形象是那般地稀奇，可怕！无论你走几步，你都要遇着他们。有的见着欧洲人，尤其是见着欧洲的女人，讨索得更起劲，他们口中不断地喊着：洋太太，洋太太，给个钱罢……

这就是令我们惊奇而又讨厌的上海……

我们上了岸的时候，先在旅馆内住了几天，后来搬到专门为外国人所设的公寓里住。米海诺夫伯爵夫人同我们一块，我们住在一间大房间里，而她住在我们的隔壁——一间小房间里。从此我们便流落在这异国的上海了，现在算起来已经有了十年。时间是这般地迅速！……我们总是希望着上海不过是我们临时的驻足地，我们终究是要回到俄罗斯的，然而现在我的命运已注定了我要死在上海，我要永远地埋恨于异土……天哪！你怎样才能减少我的心灵上的苦痛呵！

我们从海参崴跑出来的时候，随身带了有相当数目的财产，我们也就依着它在上海平安地过了两年。至于伯爵夫人呢，我没便于问她，但她在上海生活开始两年之中，似乎也很安裕地过着，没感受着什么缺陷。但是到了第三年……我们的生活便开始变化了，便开始了羞辱的生活！

当我开始感觉到我们的经济将要耗尽的时候，我催促白根设法，或寻得一个什么职业，或开辟一个什么别的来源……但是白根总是回答我道：

"丽莎，亲爱的，这用不着呵。你没有听说波尔雪委克已经起了内讧吗？你没有听说谢米诺夫将军得了日本政府的援助，已经开始夺取西伯利亚了吗？而况且法国……美国……英国……现在正在进行武装干涉俄罗斯的军事联盟……丽莎，亲爱的，我相信我们很快地就要回到俄罗斯去的呵。我们没有焦虑的必要……"

但是白根的预言终于错误了。波尔雪委克的俄罗斯日见强固起来，而我们的生活也就因之日见艰难起来，日见消失了确定的希望。

我们静坐在异国的上海，盼望着祖国的好消息……白根每日坐在房里，很少有出门的时候。他的少年英气完全消沉了。他终日蹙着两眉，不时地叹着气。我们的桌子上供着尼古拉皇帝的肖像，白根总是向它对坐着，有时目不转睛地向它望着，他望着，望着，忽然很痛苦地长叹道：

"唉，俄罗斯，俄罗斯，你难道就这样地死亡了吗？！"

我真是不忍看着他这种可怜的神情！他在我的面前，总是说着一些有希望的硬话，但是我相信在他的心里，他已是比我更软弱的人了。我时常劝他同我一块儿去游玩，但他答应我的时候很少，总是将两眉一皱，说道："我不高兴……"

他完全变了。往日的活泼而好游玩的他，富于青春活力的他，现在变成孤僻的，静寂的老人了。这对于我是怎样地可怕！天哪！我的青春的美梦为什么是这样容易地消逝！往日的白根是我的幸福，是我的骄傲，现在的白根却是我的苦痛了。

如果我出门的话，那我总是和米海诺夫伯爵夫人同行。我和她成了异常亲密的，不可分离的朋友。这在事实上，也逼得我们不得不如此：我们同是异邦的零落人。在这生疏的上海，寻不到一点儿安慰和同情，因此我们相互之间，就不得不特别增加安慰和同情了。她的大耳环依旧地戴着，她依旧不改贵妇人的态度。无事的时候，她总是为我叙述着关于她的过去的生活：她的父亲是一个有声望的地主，她的母亲也出自于名门贵族。她在十八岁时嫁与米海诺夫伯爵……伯爵不但富于财产，而且是一个极有教养的绅士。她与他同居了十年，虽然没有生过孩子，但是他们夫妻俩是异常地幸福……

有时她忽然问我道："丽莎，你相信我们会回到俄罗斯吗？"

不待我的回答，她又继续说道："我不相信我们能再回到俄罗斯去……也许我们的阶级，贵族，已经完结了自己的命运，现在应是黑虫们抬头的时候了。"停一会儿，她摇一摇头，叹着说道："是这样地突然！是这样地可怕！"

我静听着她说，不参加什么意见。我在她的眼光里，看出很悲哀的绝望，这种绝望有时令我心神战栗。我想安慰她，但同时又觉得我自己也是热烈地需要着安慰……

虹口公园，梵王渡公园，法国公园，黄浦滩公园，遍满了我和米海诺夫伯爵夫人的足迹。我们每日无事可做，只得借着逛公园以消磨我们客中的寂苦的时光，如果我们有充足的银钱时，那我们尽可逍遥于精美的咖啡馆，出入于宽敞的电影院，或徘徊于各大百货公司之门，随意购买自己心爱的物品，但是我们……我们昔日虽然是贵族，现在却变成异乡的零落人了，昔日的彼得格勒的奢华生活，对于我们已成了过去的梦幻，不可复现了。这异邦的上海虽好，虽然华丽不减于那当年的彼得格勒，但是它只对着有钱的人们展着欢迎的微笑，它可以给他们以安慰，给他们以温柔，并给他们满足一切的欲望。但是我们……我们并不是它的贵客呵。

在公园中，我们看到异乡的花木——它们的凋残与繁茂。在春天，它们就发青了；在夏天，它们就繁茂了；在秋天，它们就枯黄了；在冬天，它们就凋残了。仿佛异乡季候的更迭，并没与祖国有什么巨大的差异。但是异乡究竟是异乡，祖国究竟是祖国。在上海我们看不见那连天的白雪，在上海我们再也得不到那在纷纷细雪中散步的兴致。这对于别国人，白雪或者并不是什么可贵的宝物，但这对于俄罗斯人——俄罗斯人是在白雪中生长的呵，他们是习惯于白雪的拥抱了。他们无论如何不能身在异乡，忘怀那祖国的连天的白雪！

有一次，那已经是傍晚了，夕阳返射着它的无力的，黄色的辉光。虹口公园已渐渐落到寂静的怀抱里，稀少了游人的踪影。我与米海诺夫伯爵夫人并坐在池边的长靠椅上，两人只默默地呆望着池中的，被夕阳返射着的金色的波纹。这时我回忆起来彼得格勒的尼娃河，那在夕阳返照中尼娃河上的景物……我忽然莫明其妙地向伯爵夫人说道：

"伯爵夫人！我们还是回到俄罗斯去罢，回到我们的彼得格勒去罢……让波尔雪委克把我们杀掉罢；……这里是这样地孤寂！一切都是这样地生疏！我不能在这里再生活下去了！"

伯爵夫人始而诧异地逼视着我，似乎不明白我的意思，或以为我发了神经病，后来她低下头来，叹着说道：

"当然，顶好是回到俄罗斯去……但是白根呢？"她忽然将头抬起望着我说道，"他愿意回到俄罗斯去吗？"

我没有回答她。

夕阳渐渐地隐藏了自己的金影。夜幕渐渐地无声无嗅地展开了。公园中更加异常地静寂了。我觉得目前展开的，不是昏黑的夜幕，而是我的不可突破的乡愁的罗网……

六

客地的光阴在我们的苦闷中一天一天地，一月一月地，一年一年地，毫不停留地过去，我们随身所带来到上海的银钱，也就随之如流水也似地消逝。我们开始变卖我们的珠宝，钻石戒指，贵重的衣饰……但是我们的来源是有限的，而我们的用途却没有止境。天哪！我们简直变成了什么都没有的无产阶级了！……房东呈着冷酷的面孔逼着我们要房钱，饭馆的老板毫不容情地要断绝我们的伙食……至此我才感觉得贫穷的痛苦，才明白金钱的魔力是这般地利害。我们想告饶，我们想讨情，但是天哪，谁个能给我们以稍微的温存呢？一切一切，一切都如冰铁一般的冷酷……

白根老坐在家里，他的两眼已睡得失了光芒了。他的头发蓬松着，许多天都不修面。他所能做得到的，只是无力的叹息，只是无力的对于波尔雪委克的诅咒，后来他连诅咒也不诅咒了。我看着这样下去老不是事，想寻一条出路，但我是一个女人家。又有什么能力呢？他是一个男子，而他已经是这样了……怎么办呢？天哪！我们就这样待死吗？

"白根！"有一次我生着气对他说道："你为什么老是在家里坐着不动呢？难道说我们就这样饿死不成？房东已经下驱逐令了……我们总是要想一想办法才行罢……"

"你要我怎么样办呢？你看我能够做什么事情？我什么都不会……打仗我是会的，但是这又用不着……"

我听了他的这些可怜的话，不禁又是气他，又是可怜他。当年他是那样地傲慢，英俊，是那样地风采奕奕，而现在却变成这样的可怜虫了。

有一天我在黄浦滩公园中认识了一个俄国女人，她约莫有三十岁的样子，看来也是从前的贵族。在谈话中我知道了她的身世：她的丈夫原充当过旧俄罗斯军队中的军官，后来在田尼庚将军麾下服务，等于田尼庚将军失败了，他们经过君士坦丁堡跑到上海来……现在他们在上海已经住了一年多了。

"你们现在怎么样生活呢？你们很有钱罢？"我有点难为情地问她这么两句。她听了我的话，溜我一眼，将脸一红，很羞报地说道："不挨饿已经算是上帝的恩惠了，哪里还有钱呢？"

"他现在干什么呢？在什么机关内服务吗？"

她摇一摇头，她的脸更加泛红了。过了半晌，她轻轻地叹着说道："事到如今，只要能混得一碗饭吃，什么事都可以做。他现在替一个有钱的中国人保镖……"

"怎吗？"我不待她说完，就很惊奇地问她道，"保镖？这是怎么一回事呢？"

"你不晓得这是怎么一回事吗？在此地，在上海，有许多中国的有钱人，他们怕强盗抢他们，或者怕被人家绑了票，因此雇了一些保镖的人，来保护他们的身体。可是他们又不信任自己的同国人，因为他们是可以与强盗通气的呵，所以花钱雇我们的俄罗斯人做他们的保镖，他们以为比较靠得住些。"

"工钱很多吗？"我又问。

"还可以。七八十块洋钱一月。"

忽然我的脑筋中飞来了一种思想：这倒也是一条出路。为什么白根不去试试呢？七八十块洋钱一月，这数目虽然不大，但是马马虎虎地也可以维持我们两个人的生活了。于是我带着几分的希望，很小心地问她道："请问这种差事很多吗？"

"我不知道，"她摇一摇头说道，"这要问我的丈夫洛白珂，他大约是知道的。"

于是我也不怕难为情了，就将我们的状况详细地告知了她，请她看同国人的面上，托她的丈夫代为白根寻找这种同一的差事。她也就慨然允诺，并问明了我的地址，过几天来给我们回信。这时正是六月的一天的傍晚，公园中的游人非常众多，在他们的面孔上，都充满着闲散的，安逸的神情。虽然署气在包围着大地，然而江边的傍晚的微风，却给了人们以凉爽的刺激，使人感觉得心旷神怡。尤其是那些如蝴蝶也似的中国的女人们，在她们的面孔上，寻不出一点忧闷的痕迹，我觉得她们都是沉醉在幸福的海里了。我看着她们的容光，不禁怆怀自己的身世：四五年以前我也何尝不是如她们那般地幸福，那般地不知忧患为何事！我也何尝不是如她们那般地艳丽而自得！但是现在……现在我所有的，只是目前的苦痛，以及甜蜜的旧梦而已。

可是这一天晚上，我却从公园中带回来了几分的希望。我希望那位俄国夫人能够给我们以良好的消息，白根终于能得到为中国人保镖的差事……我回到家时，很匆促地就这把这种希望报告于白根知道了。但是白根将眉峰一皱，无力地说道：

"丽莎，亲爱的！你须知道我是一个团长呵……我是一个俄罗斯的贵族……怎么好能为中国人保镖呢？这是绝对不能够的，我的地位要紧……"

我不禁将全身凉了半截。同时我的愤火燃烧起来了。我完全改变了我的过去的温和的态度，把一切怜悯白根的心情都失掉了。我发着怒，断续地说道：

"哼！现在还说什么贵族的地位……什么团长……事到如今，请你将就一些儿罢！你能够挨饿，如猪一般地在屋中睡着不动……我却不能够啊！我还能够，我不能够再忍受下去了，你晓得吗？"

他睁着两只失了光芒的，灰色的眼睛望着我，表现着充分的求饶的神情。若在往日，我一定又要懊悔我自己的行动，但是今天我却忘却我对于他的怜悯了。

"你说，你到底打算怎样呢？"我又继续发着怒道，"当年我不愿意离开俄罗斯，你偏偏要逼我跑到上海来，跑到上海来活受罪……像这样地生活着，不如痛痛快快地被波尔雪委克提去杀了还好些呵！现在既然困难到了这种地步，你是一个男子汉，应该想一想法子，不料老是如猪一般睡在屋中不动……人家向你提了一个门径，而你，而你说什么地位，说什么不能够失去团长的面子……唉，你说，你说，你到底怎样打算呢？"

鼻子一酸，不禁放声痛哭起来了。我越想越懊恼，我越恼越哭得悲哀……这是我几年来第一次的痛哭。这眼见着使得白根着了慌了。他走上前来将我抱着，发出很颤动的，求饶的哭音，向我说道：

"丽莎，亲爱的！别要这样罢！你不说，我已经心很痛了，现在你这样子……唉！我的丽莎呵！请你听我的话罢，你要我怎样，我就怎样……不过我请求你，千万别要提起过去的事情，因为这太使我难过，你晓得吗？"

女子的心到底是软弱的……我对他生了很大的气，然而他向我略施以温柔的抚慰，略说几句可怜的活，我的愤火便即时被压抑住了。他是我的丈夫呵，我曾热烈地爱过他……现在我虽然失却了那般的爱的热度，但是我不应当太过于使他苦恼呵。他是一个很不幸福的人，我觉得他比我还不幸福些。我终于把泪水抹去，又和他温存起来了。

我静等着洛白珂夫人来向我报告消息……

第二天晚上洛白珂夫人来了。她一进我们的房门，我便知道事情有点不妙，因为我在她面孔上已经看出消息是不会良好的了。她的两眉蹙着，两眼射着失望的光芒，很不愉快地开始向我们说道：

"……对不住，我的丈夫不能将你们的事情办妥，因为……因为保镖的差事有限，而我们同国的人，想谋这种差事的人，实在是太多了。无论你到什么地方去，我的丈夫说，都会碰到我们的同国人，鬼知道他们有多少！例如，不久以前，有一个有钱的中国人招考俄国人保镖，只限定两个人；喂，你们知道有多少俄国人去报名吗？一百三十六个！一百三十六个！你们看，这是不是可怕的现象！……"

她停住不说了。我听了她的话，也不知是哭还是笑好。我的上帝呵，这是怎么一回事！这是怎么一回事！

半晌她又继续说道："我听了我的丈夫的话，不禁感觉得我们这些俄侨的命运之可怕！这样下去倒怎么得了呢？……我劝你们能够回到俄罗斯去，还是回到俄罗斯去，那里虽然不好，然而究竟是自己的祖国……我们应当向彼尔雪委克让步……""唉！我何尝不想呢？"我叹了一口气说道，"我悔恨我离开了俄罗斯的土地……就是在俄罗斯为波尔雪委克当女仆，也比在这上海过着这种流落的生活好些。但是现在我们回不去了……我们连回到俄罗斯的路费都没有。眼见得我们的命运是如此的。"

白根在旁插着说道："丽莎，算了罢，别要再说起俄罗斯的事情！你说为波尔雪委克当女仆？你疯了吗？我……我们宁可在上海饿死，但是向波尔雪委克屈服是不可以的！我们不再需要什么祖国和什么俄罗斯了。那里生活着我们的死敌……"

白根的话未说完，米海诺夫伯爵夫人进来了。她呈现着很高兴的神情，未待坐下，已先向我高声说道：

"丽莎，我报告你一个好的消息，今天我遇着了一个俄国音乐师，他说，中国人很喜欢看俄罗斯女人的跳舞，尤其爱看裸体的跳舞，就近在各游戏场内都设了俄罗斯女人跳舞的一场……薪资很大呢，丽莎，你晓得吗？他说，他可以为我介绍，如果我愿意的话。我已经决定了。怎么办呢？我已经什么都吃光了，我不能就这样饿死呵。我已经决定了……丽莎，你的意见怎样呢？"

我只顾听伯爵夫人说话，忘记了将洛白珂夫人介绍与她认识。洛白珂夫人不待我张口，已经先说道："我知道这种事情……不过那是一种什么跳舞呵！裸体的，几乎连一丝都不挂……我的上帝！那是怎样的羞辱！"

伯爵夫人斜睨了她一眼，表示很气愤她。我这时不知说什么话为好，所以老是沉默着。伯爵夫人过了半晌向我说道：

"有很多不愁吃不愁穿的人专会在旁边说风凉话，可是我们不能顾及到这些了。而且跳舞又有什么要紧呢？这也是一种艺术呵。这比坐在家里守着身子，守着神圣的身子，然而有饿死的危险，总好较好些，你说可不是吗？"

洛白珂夫人见着伯爵夫人不快的神情，便告辞走了。我送她出了门。回转房内时，伯爵夫人很气愤地问我：

"这是哪家的太太？我当年也会摆架子，也会说一些尊贵的话呵！……她等着罢，时候到了，她也就自然而然地不会说这些好听的话了。"

白根低着头，一声也不响。我没有回答伯爵夫人的话。停一会儿，她又追问我道："丽莎，你到底怎样打算呢？你不愿意去跳舞吗？"

我低下头来，深长地叹了一口气。这时白根低着头，依旧一声也不响。我想征求他的意见，他愿不愿意我去执行那种所谓"裸体的艺术跳舞"。……但是我想，他始终没有表示反对伯爵夫人的话，这是证明他已经与伯爵夫人同意了。

七

过了几日，我与伯爵夫人进了新世界游戏场，干那种所谓裸体的跳舞……日夜两次……我的天哪，那是怎样的跳舞呵！那简直不是跳舞，那是在观众面前脱得精光光的，任他们审视我们的毫无遮掩的肉体，所谓女人的曲线美……那是如何地无耻，如何地猥亵，如何地下贱！世界上真有许多说不出来，而可以做得到的事情。我现在简直不明白我那时怎样就能做那种无耻的，下贱的勾当。我不是一个贵重的团长的夫人吗？我不是一个俄罗斯的贵族妇女吗？我不是曾被称为一朵纯洁的，神圣不可侵犯的，娇艳的白花吗？但是我堕落到了这种羞辱的地步！我竟能在万人面前赤露着身体，而且毫无体态地摇动着，以图博得观众的喝彩。我的天哪，那是怎

117

样地令人呕吐，怎样地出人意想之外！迄今想来，我还是为之面赤呵！……

我还记得我第一次上台的时候……在我还未上台之先，我看见伯爵夫人毫不羞赧地将全身衣服脱下，只遮掩了两乳和那一小部分……接着她便仿佛很得意似地跑上台去……她开始摆动自己的肥臀，伸展两只玉白的臂膀……她开始跳起舞来……我的天哪，这是怎样的跳舞呵！这难道说是跳舞么？若说这种是艺术的跳舞，那我就希望世界上永无这种跳舞的艺术罢。这简直是人类的羞辱！这简直是变态的荒淫！我不知道这件事情到底是谁个想出来的。我要诅咒他，我要唾弃他……

伯爵夫人退了场，我在台后边听见那些中国人呼哨起来，"再来一个！""再来一个！"……这种野蛮的声音简直把我的心胆都震落了。我再也没有接着伯爵夫人上台的勇气。我本来已经将衣服脱了一半，但是忽然我又把衣服穿起来了。伯爵夫人赤裸裸地立在我的面前，向我射着诧异的眼光。她向我问道："你怎么样了，丽莎？"

"我不能够，我不能够！这样我会羞辱死去，伯爵夫人，你晓得吗？我要离开此地……我不能够呵！呵，我的天哪！……"

"丽莎！你疯了吗？"伯爵夫人起了惊慌的颜色，拍着我的肩，很急促地说道，"这样是不可以的呵！我们已经与主人订了约……事到如今，丽莎，只得这样做下去罢。我们不能再顾及什么羞辱不羞辱了。你要知道，我们不如此便得饿死，而且已经订了约……"

她不由分说，便代我解起衣来。我没有抵抗她。我眼睁睁地看着我的肉体，无论哪一部分，毫无遮掩地呈露出来了。我仿佛想哭的样子，但我的神经失去了作用，终于没哭出声来。所谓团长夫人的尊严，所谓纯洁的娇艳的白花……一切，一切，从此便没落了，很羞辱地没落了。

我如木偶一般走上了舞台……我的耳鼓里震动着那些中国人的呼哨声，笑语声，鼓掌声。我的眼睛里闪动着那些中国人的无数的俗恶而又奇异的眼睛。那该是如何可怕的，刺人心灵的眼睛呵！……始而我痴立了几分钟，就如木偶一般，我不知如何动作才是，这时我的心中只充满着空虚和恐怖，因为太过于恐怖了，我反而好像有点镇定起来。继而我的脑神经跳动了一下，我明白了长此痴立下去是不可能的，于是我便跳舞起来。我也同伯爵夫人一样，开始摆动我的臀部，伸展我的两臂，来回在舞台上跳舞着……上帝呵，请你赦我的罪过罢！这是怎样的跳舞呵！我不是在跳舞，我是在无耻地在人们面前污辱我的神圣的肉体。那些中国人，那些俗恶而可恨的中国人，他们是看我的跳舞么？他们是在满足他们的变态的兽俗呵。不料从前的一个贵族的俄罗斯妇女，现在被这些俗恶而可恨的中国人奸淫了。

从此我同伯爵夫人便在新世纪游戏场里，做着这种特别形式的卖淫的勾当……

我明白了：面包的魔力比什么都要伟大，在它的面前，可以失去一切的尊严与纯洁。只要肚子饿了，什么事情都可以做出来：男子可以去当强盗，或去做比当强盗还更坏些的事情；女子可以去卖淫，作贱自己的肉体……现在我自己就是一个明确的例证。当我过着养尊处优的生活的时候，我是如何将自己的肉体看得宝重，不让它渲染着一点微小的尘埃。但是现在……我的天哪！我成了一个怎样的不知自爱的人了！

我明白了：金钱是万恶的东西，世界上所以有一些黑暗的现象，都是由于它在作祟。它也不知该牺牲了多少人！我现在就是一个可怜的牺牲者了。如果野蛮的波尔雪委克，毫不知道一点儿温柔为何如的波尔雪委克，他们的目的是在于消灭这万恶的金钱，那我，一个被金钱所牺牲掉了的人，是不是有权来诅咒他们呢？唉！矛盾，矛盾，一切都是矛盾的……

我由这种特别卖淫所取得的代价，勉强维持着我同白根两人的生活。白根似乎很满意了。他现在的面貌已经不如先前的苦愁了，有时也到街上逛逛。在街上所得的印象，他用之作为和我谈话的资料。他一面向我格外献着殷勤，一面很平静地过着，好像我们的生活已经很好了，他因之消灭了别种的欲望。他现在很少提到祖国和波尔雪委克的事情。有时很满意地向我说道：

"亲爱的丽莎！你老记念着什么祖国，什么俄罗斯，你看，现在我们在异国里不也是可以安安稳稳地过着生活吗？让鬼把什么祖国，什么俄罗斯，什么波尔雪委克拿去罢，我们不再需要他们了……"

"但是你以为我们现在的生活是很好的了吗？你不以这种生活为可耻吗？"

我这样问着他，忽然觉得起了一种厌恶他的心情。我觉着他现在变成了这末一个渺小的，低微的，卑鄙的人了。他现在连什么希望都没有了。什么漂亮的外交官，什么驻巴黎的公使，什么威风赫赫的将军……这一切一切对于他已经成为他的死灭了的愿望了。上帝呵，请你原谅我！我现在还爱他什么呢？他的风采没有了，他的愿望也没有了，他成了这么一个卑微的人了，他还有什么东西值得我的爱情呢？上帝呵！请你原谅我！……

伯爵夫人现在开始醉起酒来了。有时舞罢归来，已是深夜了，她独自一个在房中毫无限制地饮着酒，以至于沉醉。我在隔壁时常听着她哀婉地唱着那过去时代的幸福的歌。有时在夜深人静的时分，她低声地哭泣着，如怨如诉，令听者也为之酸鼻。好可怜的伯爵夫人呵！昔日的俄罗斯的骄子，而今却成为异邦的飘流的怨妇了。……但是伯爵夫人在我们的面前，很少有示弱的时候。她总是高兴着，仿佛现在的生活，并不增加她心灵上的或肉体上的苦楚。

"丽莎！我们就这样地生活下去罢，"有时她强带着笑容向我说道："世界上比我们还不幸福的人多着呢。我们是艺术的跳舞家呵，哈哈哈！……丽莎，你还不满足吗？"

我向她说什么话好呢？她能够强打着精神，装着无忧无虑的样子，而我却不能够呵。我听了她的话之后，总是要哭起来。天哪！她问我："你还不满足吗？"我满足什么呢？我满足我自己的这种羞辱的生活吗？丽莎还有一颗心，丽莎的灵魂还未完全失去，因此丽莎也就不能勉强地说一句"我满足了"。丽莎，可怜的丽莎，她永远地悲哀着自己的命运……现在，到了她决定走上死灭的路的时候，她还是悲哀着自己的命运，一步一步地走向坟墓去。

幸运的人总是遇着幸福的事，反之，不幸运的人总是遇着不幸运的事。例如我们……如果我们长此在新世界游戏场里跳舞下去，虽然是很不体面的事情，但还也罢了。然而我们的倒霉的命运，大概是为恶魔所注定了，就是连这种羞辱的职业也不能保存下去。我们平安地过了几个月，白根满意，伯爵夫人满意，我虽然感到无限的痛苦，然也并不再做其它的妄想了。我们实指望命运已经把我们捉弄得太够了，决不会再有残酷的事情到来。但是，我的上帝呵，你是这样地苛待我们！你是这样地不怜悯我们！……

工部局忽然下了命令，说什么裸体跳舞有伤风化，应严行禁止云云……于是我们的饭碗打破了。就是想在人众面前，毫无羞辱地摆动着自己的赤裸的肉体，以冀获得一点儿面包的代价，这已经是不可得了！我也许与工部局同意，以为裸体跳舞是有伤风化的行为，也许我深切地痛恨这种不合乎礼教的行为……但是，我的天哪，我的饭碗要紧呵！我不得不痛恨工部局痛恨它好生多事。让一切的风化都伤坏了罢，这于你工部局，于你这些文明的欧洲人有什么关系呢？你们这些假君子呵！你们为什么要替野蛮的中国人维持风化呢？

当我听到工部局禁止裸体跳舞的消息，我生了两种相反的心情：一方面我欢欣着，我终于抛弃这种羞辱的职业了，呵，上帝保佑！………一方面我又悲哀着，今后我们又怎么生活下去呢？讨饭吗？……于是我哭起来了。白根也垂着头叹起气来。他不敢向我说话，——我近来待他是异常地严厉，如果在我不快的时候，他是不敢向我说话的呵。可怜的白根！他现在的心境是以我的喜怒哀乐为转移了。

伯爵夫人始而关在自己的小房里，嘤嘤地哭泣了一个多钟头。后来她忽然跑到我们的房里，一面拭着她刚哭红了的眼睛，一面放着坚决的口气向我说道：

"丽莎，你在哭什么呢？别要哭罢！反正现在我们是不会饿死的呵！我们已经把我们的纯洁，尊严，以及我们的羞耻心，统统都失去了，我们还顾忌什么呢？你知道像我们这样的女人，这样还有点姿色可以引诱男人的女人，是不会没有饭吃的。我已经决定什么都不管了……反正我们已经是堕落的人了，不会再引起任何人的同情了。丽莎，让我们堕落下去罢，我们的命运是如此的……别要哭罢！别要哭罢！当我们失去一切的尊严的时候，我们是有出路的……我们的肉体就是我们的出路……"

她说完了这些话，当我还未来得及表示意见的时候，忽然转过身去，奔到自己的房里，又重新放声痛哭起来。她的哭声是那样地悲哀，是那样地绝望，又是那样地可怕。我觉着我的心胆都破裂了……我停住不哭了……我的神经渐渐失了作用，到后来我陷入到无感觉的，木偶一般的状态。

上帝呵，你是在捉弄我们呢，抑是我们的命运为恶的巨神所注定了，你没有力量将它挽回呢？你说，你说，你说呀！

八

我记得……天哪，我又怎么能够不记得呢？……那一夜，那在我此生中最羞辱的一夜……固然，几年来像这一夜的经过，也不知有多少次，连我自己也记不清楚了。英国人，法国人，美国人，甚至于有一次还是黑人，那面目如鬼一般可怕的黑人……只要有钱，任你什么人，我都可以同你过夜，我都可以将我这个曾经是纯洁的，神圣不可侵犯的肉体，任你享受，任你去蹂躏。在我的两腕上也不知枕过了多少人，在我的口唇上也不知沾染了许多具有异味的，令人作呕的涎沫，在我的……上帝呵，请你赦免我的罪过罢，我将你所给与我的肉体践踏得太厉害了。

是的，这几年来的每一夜，差不多都被我很羞辱地过去。但是，那一夜……那是我的生命史中最羞辱的初夜呵！我记得，我又怎么能够不记得呢？从那一夜起，我便真正地做了娼妇，我便真正地失了贞洁，我便真正地做了人们的兽欲发泄器……这是伯爵夫人教导我这样做的。她说，当我们失去一切的尊严的时候，我们是有出路的，我们的肉体就是我们的出路……呵，这是多么好的出路呵！毫不知耻的出卖自己的肉体……天哪，当时我为什么没有自杀的勇气呢？我为什么竟找到这么一条好的出路呢？死路，死路，死路要比这种出路好得多少倍呵！……

我记得，那是在黄浦滩的花园里……已是夜晚十点多钟的光景，晚秋的江风已经使人感觉得衣单了。落叶沙沙地作响。园中尚来往着稀疏的游人，在昏黄的电灯光下，他们就好像如寂静的鬼的幻影也似的。我坐在靠近栏杆的椅子上，面对着江中的忽明忽暗的灯火，暗自伤感自己的可怜的身世。我哭了，一丝一丝的泪水从我的眼中流将下来，如果它们是有灵魂的，一定会落到江中，助长那波浪的澎湃……它们该含蕴着多么深的悲哀呵。

伯爵夫人劝我像她一样，徘徊于外白渡桥的两头，好勾引那寻乐的客人……我怕羞，无论如何不愿如她一样地做去。于是我便走到花园里，静悄悄地向着靠近栏杆的椅子坐下。这时我的心是如何地恐惧，又是如何地羞赧，现在我真难以用言语形容出来，这是我的第一次……我完全没有习惯呵。天哪，我做梦也没曾想到我会在这异国的上海，在这夜晚的花园里，开始勾引所谓寻乐的"客人"，做这种所谓"生意"！当我初到上海的时候，有时我在夜晚间从花园里归去，我看见许多徘徊于外白渡桥两头的女人，她们如幽魂也似的，好像寻找什么，又好像等待什么……我不明白她们到底是在做什么。现在我明白了，我完全地明白了。因为伯爵夫人现在成为了她们之中的一个，而我……

有时我坐在花园中的椅子上，在我除开感伤自己的身世而外，并没有什么别的想头，更没想起要勾引所谓寻乐的客人。但是寻乐的客人是很多的，有的向我丢眼色，有的向我身边坐下，慢慢地向我攀谈，说一些不入耳的调戏话……那时我是如何地厌恶他们呵！我厌恶他们故意地侮辱我，故意地使我感觉到不愉快。我本是一朵娇艳的白花，我本是一个尊贵的俄罗斯的妇女，曾受过谁的侮辱来？而现在……他们居然这般地轻视我，这实在是使我愤恨的事情呵。

现在我明白了。他们把每一个俄罗斯的女人都当做娼妓，都当做所谓"做生意"的……在事实上，这又何尝不是呢？你看，现在伯爵夫人也做了外白渡桥上的幽魂了。丽莎，曾被称为贵重的丽莎，现在也坐在黄浦滩花园中等待客人了……

我正向那江中的灯火望得出神，忽然我听见我身后边的脚步声，接着便有一个人在我身旁坐下了。我的一颗心不禁噗噗地跳将起来，我想要跑开，然而我终没有移动。我不敢扭过头来看看到底是一个什么人，我怕，我真是怕得很呵……

"夫人，"他开始用英语向我说道，"我可以同你认识一下吗？"

若在往时，唉，若在往时，那我一定很严厉地回答他道："先生，你错了。并不是每一个女人都为着同人认识而才来到花园里的！"

但是，在这一次，我却没有拒绝他的勇气了。我本来是为着勾引客人，才夜晚在花园里坐着，现在客人既然到手了，我还有什么理由来拒绝他呢？于是我沉默了一会儿，很不坚决地，慢慢地将头扭转过来。天哪，我遇见鬼了吗？这是一个庞大的，面孔乌黑的印度人……他的形象是那样地可怕！他的两眼是那样地射着可怕的魔光！我不禁吓得打了一个寒战，连忙立起身来跑开了。印度人跟在后边叫我："站住罢！别要怕呵！我有钱……我们印度人是很温和的……"

我一声也不回答他，跑出花园来了。我刚走到外白渡桥中段的时候，迎面来了仿佛是一个美国人的样子，有四十多岁的光景，态度异常是绅士式的。他向我溜了几眼，便停住不走了，向我不客气地问道："我可以同你一道儿去吗？"

我定了一定惊慌的心，毫不思索地答道："可以。"

于是我便把他带到家里来了……天哪，我带到家里来的不是亲戚，不是朋友，也不是情夫，而是……唉，而是一个不相识的，陌生的客人！我现在是在开始做生意了。

白根向客人点一点头，便很难堪地，然而又无可奈何地走了出去。美国人见他走出去了，便向我问道："他是你的什么人呢？"

我这时才感觉到我的脸是在红涨得发痛。我羞赧得难以自容，恨不得立即地死去，又恨不得吐美国人一脸的唾沫，向他骂道："你是什么东西，敢把我的丈夫赶出去了呵……"我又恨不得把白根赶上，问他为什么是这样地卑微，能够将自己的老婆让与别人……但是我的理性压住了我的感情，终于苦笑着说道："他是我的朋友……"

"你有丈夫吗？"这个可恶的美国人又这样故意地追问我。

"没有"。我摇了一摇头说。

于是从这时起，白根便变成为我的朋友了。我没有丈夫了……天哪，这事情是如何地奇特！又是如何地羞辱！为夫的见着妻把客人带到家里来了，自己静悄悄地让开，仿佛生怕会扰乱了客人的兴致也似的。为妻的得着丈夫的同意，毫不知耻地从外边勾引来了陌生的客人，于是便同他……而且说自己没有丈夫了……我的上帝呵，请你惩罚我们罢，我们太卑鄙得不堪了！

记得在初婚的蜜月里……那时白根该多么充满了我的灵魂！他就是我的惟一的理想，他就是我的生命，他就是我的一切。那时我想道，我应当为着白根，为着崇高而美妙的爱情，将我的纯洁的身体保持得牢牢地，不让它粘染到一点污痕，不让它被任何一个男子所侵犯。我应当珍贵着我的美丽，我应当保持着我的灵魂如白雪一般的纯洁……总而言之，除开白根而外，我不应当再想到其他世界上的男子。

有一次，我听见一个军官的夫人同着她的情夫跑掉了……那时我是如何地鄙弃那一个不贞节的女人！我就是想象也不会想象到我会能叛变了白根，而去同另一个男子相爱起来。那对于我是不可能的，而且是要受上帝惩罚的事情。但是到了现在……曾几何时呢！……人事变幻得是这般地快！我居然彰明昭著地将客人引到家里，而且这是得到了白根的同意，……这到底是怎么一回事呢？难道说现在我已经不是从前的丽莎了吗？已经成了别一个人吗？

在我的臂膀上开始枕着了别一个人的头，在我的口唇上开始吻着别一个人的口唇……我的天哪，这对于我是怎样地不习惯，是怎样地难乎为情！从前我没想象得到，现在我居然做得到了。现在同我睡在一起的，用手浑身上下摩弄着我的肉体的，并不是我的情夫，而是我的客人，第一次初见面的美国人。这较之那个同情夫跑掉了的军官夫人又如何呢？……

我在羞辱和恐惧的包围中，似乎失了知觉，任着美国人搬弄。他有搬弄我的权利，因为我是在做生意，因为我在这一夜是属于他的。他问了我许多话，然而我如木偶一般并不回答他。如果他要……那我也就死挺挺地任所欲为，毫不抵抗。后来他看见我这般模样，大概是很扫兴了，便默默地起身走了。他丢下了十块钱纸票……唉，只这十块钱纸票，我就把我的肉体卖了！我就把我自己放到最羞辱的地位！我就说我的丈夫没有了！虽然当我同他睡觉的时候，白根是在门外边，或是在街上如幽魂也似地流浪着……

美国人走了之后，不多时，白根回来了。这时我有点迷茫，如失了什么宝物也似的，又如错走了道路，感觉得从今后便永远陷入到不可测的深渊的底里了。我躺在床上只睁眼望着他，他也不向我说什么，便解起衣来，向刚才美国人所躺下的位置躺下。我的天哪，这到底是怎么一回事呢？白根是我的丈夫呢，还是我的客人呢？……

忽然我如梦醒了一般，将手中的纸票向地板摔去，嚎啕痛哭起来了。我痛哭我的命运；我痛哭那曾经是美妙，然而现在已经消失去了的神圣的爱情……我痛哭娇艳的白花遭了劫运，一任那无情的雨摧残。我痛哭，因为在事实上，我同白根表现了旧俄罗斯的贵族的末路。上帝呵！我除了痛哭，还有什么动作可以表示我的悲哀呢？

"丽莎，你是怎么了呀？那个可恶的美国人得罪你了吗？亲爱的，别要这样哭了罢！"

我还是继续痛哭着，不理他。我想一骨碌翻起身来，指着他的脸痛哭一顿："你这不要脸的东西，你还能算是我的丈夫吗？你连自己的老婆都养活不了，反累得老婆卖淫来养活你，你还算是一个人吗？为着得到几个买面包的钱，你就毫不要脸地将老婆卖给人家睡觉吗？……"

但是我转而一想，我就是不诅骂他，他已经是一个很不幸的人了。世界上的男子有哪一个情愿将自己的老婆让给别人玩弄呢？可怜的白根！可怜的白根！这并不是他的过错呵。这是我们的已经注定了的命运。

这时我听见了隔壁伯爵夫人的房间内有着谑笑的声浪……我没有精神听将下去，慢慢地在白根的抚慰的怀抱中睡着了。

九

从此我便成了一个以卖淫为业的娼妓了。英国人，法国人，美国人，中国人……算起来，我真是一个实际的国际主义者，差不多世界上的民族都被我尝试过遍了。他们的面貌，语言，态度，虽然不一样，虽然各有各的特点，然而他们对我的看法却是一致的。我是他们的兽欲发泄器，我是他们的快乐的工具。我看待他们也没有什么差别，我只知道他们是我的顾主，他们是我的客人，其它我什么都不问。能够买我的肉体的，法国人也好，中国人也好，就是那黑得如鬼一般的非洲人也未始不可以。但是我在此地要声明一句，我从没有接过印度人，天哪，他们是那样地庞大，是那样地可怕，是那样地不可思议！……

近两年来，上海的跳舞场如雨后春笋一般地发生了。这些俗恶而迂腐的中国人，他们也渐渐讲究起欧化来了。这十年来，我可以说，我逐日地看着上海走入欧化的路：什么跳舞场哪，什么咖啡馆哪，什么女子剪发哪，男子着西装哪……这些新的现象都是经过我的眼帘而发生的呵。

自从有了许多的跳舞场以后，我同伯爵夫人便很少有在外白渡桥上或黄浦滩花园里徘徊的时候了。我们一方面充当了舞女，同时仍继续做着我们的生意，因为在跳舞场中更容易找到客人些……而且这也比较文明得多了，安逸得多了。在那露天里踱来踱去，如幽魂似的，那该是多么讨厌的事情呵！而且有时遇着了好的客人，在轻松的香槟酒的陶醉中，——当然吃啤酒的时候为多呵——缓步曼舞起来，倒也觉得有许多浪漫的意味。在这时候，上帝呵，请你原谅我，我简直忘却了一切；什么白根，什么身世的凄怆，什么可恶的波尔雪委克，什么金色的高加索，什么美丽的伏尔加河畔的景物……一切对于我都不存在了。不过有时候，忽然……我记起了一切……我原是一朵娇艳的白花呵！我原是一位团长的夫人呵！而现在做了这种下贱的舞女，不，比舞女还要下贱些的卖淫妇……于是我便黯然流泪，感伤身世了。我的这种突然的情状，时常使得我的客人惊讶不已。唉，他们哪里晓得我是什么出身！他们哪里晓得我的深切的悲哀！就使他们晓得，他们也是不会给我一点真挚的同情的。

这是去年冬天的事情。有一次……我的天哪，说起来要吓煞人！……在名为黑猫的跳舞场里，两个水兵，一个是英国水兵，一个是葡萄牙水兵，为着争夺我一个舞女，吃起醋来。始而相骂，继而便各从腰中掏出手枪，做着要放的姿势。全跳舞场都惊慌起来了，胆小一点的舞女，有的跑了，有的在桌下躲藏起来。我这时吓得糊涂了，不知如何动作才是。忽然那个英国水兵将手一举，砰然一声，将别一个葡萄牙水兵打倒了……天哪，那是如何可怕的情景！我如梦醒了一般，知道闹出来了祸事，便拚命地跑出门来。当我跑到家里的时候，白根看见我的神情不对，便很惊慌地问我道："你，你，你是怎么了呀？病了吗？今晚回来得这样早……"

我没有理他，便伏倒在床上痛哭起来了。我记得……我从前读过许多关于武士的小说。中世纪的武士他们以向女人服务为光荣：他们可以为女人流血，可以为女人牺牲性命，只要能保障得为他们所爱的女人的安全，只要能博得美人的一笑。当时的女人也就以此为快慰；如果没有服务的武士，即是没有颠倒在石榴裙下的人，那便是对于女人的羞辱。因此我便幻想着：那时该多么罗曼谛克，该多么富于诗意。顶好我也有这么样几个忠心的武士呵……但是现在我有了这么样两个武士了，这么样两个勇敢的水兵！他们因为争着和我跳舞，便互相用手枪射击起来。这对于我是光荣呢，还是羞辱呢？喂，这完全是别的一种事！这里没有罗曼谛克，这里也没有什么诗意，对于我，有的只是羞辱，羞辱，羞辱而已。

这种事情经过的幸而不多，否则，我不羞辱死，也得活活地吓死了。现在，当我决意要消灭自己的生命的时候，反来深深地悔恨着：为什么当时的那个英国水兵的手枪不射中在我的身上呢？如果射中在我的身上，那对于我岂不是很痛快的事情吗？那样死法真是简便得多呢。但是上帝不保佑我，一定要我死在我自己的手里……

自从我进了跳舞场之后，我们的生活比较富裕些了。白根曾一度寻到了店伙的职业，但是不久便被主人开除了，说他不会算账，干不来……因此他又恢复了坐食的状态。眼见得他很安于我们现在的生活状况了。他的两眼虽然消失了光芒，在他的动作上虽然再找不出一点英俊的痕迹来，但是他却比从前肥胖得多了。在地位上说来，我成了主人，他成了奴仆，因为家务琐事：什么烧饭吃哪，整理房间哪，为我折叠衣服哪……这都是他的职务，我差不多一点都不问了。

当我把客人引到家时，他就静悄悄地走出去；候客人走了时，他又回来。起初，他看见我把客人引到家来，或者在门外听见我同客人的动作，他虽然没有什么表示，但总觉得有点难堪的神情。当然的，谁个情愿把自己的老婆送给别人玩弄呢？但是到了后来，这对于他就成为很平谈的常事了。他不但不因着这事而烦恼，而且，如果哪一晚我独自一个回到家来，这反而要使他失望，要使他不愉快。

有时我竟疑惑起来：白根是不是我的丈夫呢？我到底是白根的什么人呢？如果我同白根还有着夫妻的关系，那末为什么白根能平心地看着我同任何一个男人睡觉，而不起一点儿愤怒和醋意呢？为什么我能坦然地在丈夫的面前同着别人做那种毫无羞耻的事情呢？我的天哪，这到底是怎么一回事情呢？这是我的白根呢？这是我的丈夫吗？这是我曾经在许多情敌的手中夺回来的爱人吗？这就是我十年以前当做惟一的理想的那个人吗？这是莲嘉处心积虑要从我的手中夺去的那个风采奕奕的少年军官吗？唉，我的天哪，这到底是怎么一回事情呢？莲嘉，莲嘉，你现在是不是还活着呢？是不是还记念着你失去了的白根呢？你把他拿去罢！唉，我不要他了，我不要他了！……

那是一九一六年的夏天……在离彼得格勒不远的避暑山庄……午后我和我的亲密的女友莲嘉走到林中去采野花，那各式各色的野花。林木是异常地高耸而繁茂；我们走入林中，只感觉得清凉的气息，时而嗅着一种野兰的芳香，就同进入了别一天地也似的，把什么东西都忘怀了。我穿着一身白纱的轻衣，这是因为我时常做着白衣仙女的梦。莲嘉的衣服是淡绿色的，衬着她那副玫瑰色的脸庞，在这寂静的深林中，几乎要使我疑惑她是天上的仙人了。呵，她是那般地美丽！……但是我美丽不美丽呢？这件事情，到了后来我战败了莲嘉的时候，就可以证明了。

我们在林中走着走着，目前的感觉使我生了许多罗曼谛克的幻想：这是多末富于美妙的诗意的所在……我们两个美丽的少女，在这神秘的深林里，携着手儿走着，低唱着温柔而动人心灵的情歌……忽然林中出现来了一个漂亮的少年，向着我们微笑，接着便走向前来吻我们的手，接着便向我们求婚，向我们表示爱慕……呵，这是多末有趣而不可思议的事呵。于是我不由自己地笑起来了。莲嘉莫名其妙地睁着两只大眼向我望着，不知道我遇着了什么事情，我便把我的幻想告诉她了。

"啊哈，原来你想的尽是这些事情，"莲嘉带讥讽地笑着说道："快快地嫁人罢，不然，你一定要想煞了。"

"莲嘉，亲爱的，你不要胡说罢。你应当知道一个人，尤其是我们这般年轻的少女，时常要发生着一种神秘的，罗曼谛克的情绪，这种情绪是很富有诗意的呵……"

话未说完。我真地在我的面前见着了一个向我们微笑着的少年：他穿着一身军服，目炯炯而发光，显得是异常地英俊；但是在他的笑容上，他又是那般地可爱，那般地温柔，……这实在与我适才幻想的那个少年差不多……我有点迷惑了。我不能断定我目前的现象是真的还是假的，我是在做梦还是在清醒的状态中。我用手将眼揉了一下，想道，莫非是我眼花了不成？……我的思想还没有完结，便听到那位少年军官发出一种令人感觉到愉快的声音："贵重的小姐们，请你们宽恕我，我扰乱了你们的游兴了。"

好说话的莲嘉接着便向他问道："你是什么人？"

"我是军官学校的学生，白根……"

"你来此地干什么呢？"莲嘉又接着问他。他没有一点儿拘束，同时又是很和善，很有礼貌的样子，笑着回答我们说：

"你们看，这种好的天气，在这林中散步，真是很美妙的事情呢。我住得离此地不远。是住在一所避暑的别墅里，我的姑母家里。今天午后兴致来了，所以我便一个人走出来散步。不料无意中我遇着了你们，这真是使我引以为荣幸的事情呢。敢问你们二位也是住在这个林子附近吗？"

"是的。"我点一点头说。这时我觉得他的目光集中在我的身上。我不禁起了一种为我所不认识的感觉：说是畏怯也不是畏怯，说是羞赧也不是羞赧，说是愉快也不是愉快，总而言之，我起了一种奇异的感觉。

"贵重的小姐们，"这位少年军官又开始说道，"你们连想象都想象不到我是怎样感觉着愉快呵！你们知道吗？在未见到你们的面之前，我刚刚发了一种痴想：在这样有神秘性的，充满着诗意的，寂静的林中，我应当遇着一个神女罢，一个不可思议的神女罢，……不料，果然，现在我遇见了你们……你们说这不是奇迹吗？"

莲嘉听了他的话，望着我笑，虽然她没有告诉我她为什么笑，但是我已经明白她的意思了。她是在向我说道：

"丽莎，你看，你的幻想实现了。快和你的漂亮的少年接吻罢，快把他拥抱罢！……"

我不知道为着什么，莲嘉的笑更使我感觉得愉快起来。但是，同时，我的脸有点沸腾起来了红的浪潮了，于是我便把头低下来了。我感觉到，如果他真走上前来拥抱我，和我接吻，那我是不会拒绝他的。呵，这是如何地突然，这又是如何地充满着奇趣！……

"如果你们允许我知道你们的芳名，"少年军官又继续很和蔼地说道，"那实在是你们所赐与我的巨大的恩惠呵。"

莲嘉向他笑着说道："这对于你并没有必要呵。不过，如果你一定要知道的话，那我就告诉你罢。我叫莲嘉，而她叫丽莎……很不好听罢，是不是？"

"呵，不，贵重的小姐们，恰恰上相反呢。我真是太荣幸了。"

从此……爱神就用一条有魔力的线索，将我同白根捆在一起了。我们三人便时常在林中聚会，有时到他姑母家里去宴会，有时他也到我们的家里来。我感觉到白根日见向我钟起情来了。我想，如果我们中间不夹着一个莲嘉，这个从前是我的密友，现在是我的情敌的莲嘉，那我们老早就决定我们的关系了。可怜的莲嘉！她枉费了许多心机向白根献媚，要夺取白根的心，可知白根的心已经是牢牢地属于我的了。但是有时我却担忧起来：莲嘉是很聪明，很会说话，又是很美丽的女子，说不定白根终于会被她夺去了也未可知呢？……每一想到此地，我不禁视莲嘉为我的眼中钉了。但是白根的心是属于我的，莲嘉无论如何，没有把它夺去。可怜的莲嘉！那时，我知道，她实在是很痛苦的呵。

有一次，白根的姑母开了一个跳舞会。我和莲嘉都被邀请了。跳舞会是异常地热闹，聚集了不少的青年男女。他们都是在夏天来到乡间避暑的。在一切的男子们之中，白根要算是很出色的人物了。我看见那些女孩子们都向他射着爱慕的目光……这时我异常地厌恶她们，恨不得把她们都赶出去，只留着我一个人和白根在一块儿。但是等到音乐响了的时候，白根很亲爱地走到我的面前，拉起我的手来……呵，这时我该多末奉福呵！这个为女孩子们所爱慕的少年军官，现在独独和着我跳舞，独独钟情于我，这是多可矜持的事情呵！莲嘉同我坐在一块，她见着白根把我拉走了，不禁低下头来，很悲哀地叹了一口长气。但是我顾不得她了。我要在众人面前显耀一显耀我的不可及的幸福，我要令那些女孩子们羡瞎了眼睛，气破了肚皮……当我感觉到一些冒着炉火的眼光射到我的身上，我更感觉得越加幸福起来。

在舞罢休息的时候，我同白根静悄悄地走出门来。我们走到花园中的，阴影深处的一张椅子上坐下了。这时一轮如玉盘般的明月高高悬在毫无云翳的天空，凉爽的风送来低微的林语，仿佛有人在那儿低低地，异样地，唱着情歌也似的。呵，这是多末好的良宵美景啊！……

于是我俩便情不自禁地互相拥抱起来……于是我俩便开始了亲密的接吻……于是我俩便订了盟誓……呵，上帝，我谢谢你赐给我的恩惠，那时我该多末幸福呵！我简直被不可思议的爱情的绿酒陶醉得失了知觉了！

但是现在……回想起来，这一切都是梦吗？都是未曾有过的梦吗？唉，人事是这般地变幻！日日在我身边的，这样卑微的白根，原来就是我当年的理想，就是我当年从无数情敌的手中所夺来的爱人……我的天哪，这是如何地可怕！又是如何地索然无味！

莲嘉！你现在还活在人世吗？你没有被波尔雪委克杀死吗？你或者革命后还留在俄罗斯，向波尔雪委克投降了吗？如果你还纪念着白根，还纪念着当年的那个漂亮的少年军官，那你就把他拿去罢！唉，我不要他了，我实在地不愿意要他了！……

十

现在我时常想道，如果当年我爱上了那个鬈发的木匠伊万，而且嫁了他，那我的现在的情况将要是怎样的呢？做一个劳苦的木匠的妻，是不是要比做一个羞辱的卖淫妇为好些呢？那个木匠伊万，虽然他的地位很低，——但是木匠在现在的俄罗斯的地位是异常地高贵呵——然而如果他能用他的劳力以维持他家庭的生活，能用诚挚的爱情以爱他的妻子，而且保护她不至于做一些羞辱的事情。如我现在所做的一样，那他在人格上是不是要比一般卑鄙的贵族们为可尊敬些呢？我还是在伏尔加的河畔，跟着那个鬈发的诚实的伊万，过着劳苦的，然而是纯洁的，独立的生活，为好些呢，还是现在跟着这过去的贵族白根，在这异国的上海，日日将肉体被人玩弄着，践踏着为好些呢？……天哪，我现在情愿做一个木匠的妻子！我现在情愿做一个木匠的妻子！

那是有一年的秋季，我同母亲住在伏尔加河畔的家里。因为要修理破败了的屋宇，我家便招雇来了几个木匠。他们之中有一个名叫伊万的，是一个强健而美好的少年。他虽然穿着一身工人的蓝布衣，然而他的那头金黄色的鬈发，他的那两个圆圆的笑窝，他的那种响亮的话音，真显得他是一个可爱的少年。我记得，我那时是十七岁，虽然对于异性恋爱的事情，还未很深切地明了，但是我觉得他实在是一个足以引动我的心的一个人。不过因为地位悬殊的关系，我终于没有决心去亲近他，而他当然是更不敢来亲近我的。在他的微笑里，在他的眼光里，我感觉着他是在深深地爱慕我。

晚上……我凭临着我的寝室的窗口，向那为月光所笼罩着的，如银带一般的伏尔加河望去。这时，在我的脑海中，我重复着伊万所给与我的印象。我的心境有点茫然，似乎起了一层浅浅的愁思。原来我的一颗处女的心，已被伊万所引动了。

在万籁静寂的空气中，忽然我听见了一种悠扬而动人心灵的歌声。于是我便倾耳静听下去……歌声是从木匠们就寝的房里飞扬出来的，于是我便决定这是木匠们之中的一个所唱的歌了。始而我听不清楚所唱的是什么，后来我才分清楚了所唱的字句：

> ……姑娘呵，你爱我罢，
>
> 我付给你纯洁的心灵。
>
> 姑娘呵，我应当知道，
>
> 爱情比黄金还要神圣……

这歌声愈加使我的心境茫然，我的神思不禁有点恍惚起来了。我想再听将下去，然而我转过身来向床上躺下去了。

第二天我乘着机会向伊万问道："昨天夜里是谁个唱歌呢？"

他将脸红了一下，低下头来，很羞怯地低声说道："小姐，请你恕我的罪过，那是我唱的。"

"我也猜到一定是你唱的。"

我莫名其妙地说了这末一句，便离开他跑了，我感觉到伊万向我身后所射着的惊讶的，不安定的眼光。他大约会想道，"我这浑蛋，别要弄出祸事来了罢……这位小姐别要恼恨我了罢……"但是我并没有恼恨他，我反而觉得我的一颗心更被引动得不安定了。呵，他的歌声是那般地美丽，是那般地刺进了我的处女的心灵！我不由自己地爱上他了。

但是第三天工作完了，他们也就便离开我的家了……从此我便再没有见过他的面，他所留给我的，只是他那一段的歌声深深地印在我的心灵里。我现在老是想着，如果我当时真正地爱上了他，而且嫁了他，那我现在的境况将要是怎样的呢？这倒是很有趣的事情呵……

两年以前。有一天，我看见轰动全上海的，为美国西席地密耳所导演的一张影片——伏尔加的舟子。它的情节是：在晴朗的一天，公主林娜同自己的未婚夫——一位很有威仪的少年军官——乘着汽车，来到伏尔加的河畔闲游。公主林娜听着舟子们所唱的沉郁的歌声，不禁为之心神向往，在这时候，她看见了一个少壮的舟子，便走上前去问他，刚才那种好听的歌声是不是他唱的。同来的少年军官见此情状不乐，恰好这时的舟子在饮水，污了他的光耀的皮靴。他便强迫舟子将皮靴的水揩去。舟子一面钟情于林娜，一面又恨少年军官对于自己的侮辱，然而无可奈何。后来俄罗斯起了革命，少年舟子做了革命军的团长，领兵打进了公主的住宅，于是公主就擒……于是判决她受少年舟子的枪决……然而少年舟子本是曾钟情于她的，便和她同逃了。后来革命军胜利了，开了军事的审判，然而审判的结果，少年舟子，公主林娜以及少年军官都没有定罪。审判官问：林娜到底愿意和谁个结婚呢？林娜终于和少年舟子握了手，少年舟子得到最后的胜利……

情节是异常地离奇，然而这张影片对于我发生特别兴趣的并不在此，而是在于它引起了我的身世的感慨。如果我的结局也同林娜的一样，如果那个少年木匠伊万在革命期间也做了革命军的首领，也和我演出这般的离奇的情史，那对于我该是多末地侥幸呵！但是现在我的结局是这样，是这样地羞辱……

我不知道伊万现在是否还生活于人世。也许在革命期间，他真地象那个少年舟子一样，做了革命军的领袖……如果是这样，那他是否还纪念着我呢？是否还纪念着，有一个什么时候，他曾唱了一段情歌，为一个小姐所听见了的事呢？……天哪，如果他知道我现在堕落到这种地步，那他将是怎样地鄙弃我、咒骂我呵？不，我的伊万！我的贵重的伊万！请你原谅我罢，因为这不是我的罪过呵！你可以鄙弃我，也可以咒骂我，但是你应当知道我的心灵是怎样地痛苦，是怎样地在悔恨……但是这样事情又有什么说的必要呢？这对于你是无关轻重，而对于我不过又是增加一层悲哀罢了。

在看这张影片的时候，有一种奇怪的现象令我惊愕不止，那就是观众们，当然都是中国人了，一遇着革命军胜利或少年舟子占着上风的时候，便很兴奋地鼓起掌来，表示着巨大的同情。这真是不可解的怪事呵！难道这些不文明的，无知识的中国人，他们都愿意波尔雪委克得着胜利吗？难道他们都愿意变成波尔雪委克吗，我看见他们所穿的衣服都很华丽，在表面上看来，他们都是属于波尔雪委克的敌人的，为什么他们都向着波尔雪委克，那个少年舟子表示很疯狂的同情呢？疯了吗？或者他们完全不了解这张影片所表演的一回什么事情？或者他们完全不知道波尔雪委克是他们的敌人？这真是咄咄怪事呵！……我的天哪，难道他们，这些无知识的中国人，都是波尔雪委克的伙伴吗？如果是这样，那对于我们这些俄罗斯的逃亡者，是如何可怕的事情呵！我们从波尔雪委克的俄罗斯跑了出来，跑到这可以安居的上海来，实指望永远脱离了波尔雪委克的危险，然而却没有料到在中国也有了这末多的波尔雪委克……这将如何是好呢？

现在，谢谢上帝的恩惠，似乎中国的波尔雪委克的运动已经消沉下去了。大约在最近的期间，我们不会被中国的波尔雪委克驱逐到黄浦江里了。但是在那时候，在两年以前，那真是可怕，那真是令我们饮食都不安呵。我们天天听见什么波尔雪委克起了革命了……波尔雪委克快要占领上海了……波尔雪委克要杀死一切的外国人……俄罗斯的波尔雪委克与中国的波尔雪委克订了约，说是一到革命成功，便把在中国所有的白党杀得干干净净……我的天哪，那是如何恐怖的时日！如果波尔雪委克真正地在中国得了胜利，那我们这些俄罗斯的逃亡者，将再要向什么地方逃去呢？

现在，到了我决意要断绝我自己的生命的时候，任你什么波尔雪委克的革命，任你起了什么天大的恐怖，这对于我已经是没有什么意义了。我已经不惜断绝我的生命了，那我还问什么波尔雪委克……干吗呢？让野蛮的波尔雪委克得着胜利罢，让在中国的白党都被杀尽罢，一切都让它去，这对于我是没有什么关系的了。我现在惟一的目的就是死去，就是快快地脱离这痛苦的人世……

但我在那时候。我实在有点恐惧："如果波尔雪委克的烈火要爆发了，那我们将要怎么办呢？还逃跑到别的国里去吗"然而我们没有多余的金钱，连逃跑都是不可能的事了。跳黄浦江吗？然而那时还没有自杀的勇气。我曾想逃跑到那繁华的巴黎，温一温我那往日的什么时候的美梦，或逃跑到那安全的，法西斯蒂当权的意大利去，瞻览一瞻览那有诗意的南方的景物……然而这只是不可实现的梦想而已。

我的丈夫白根，他可以救我罢？他也应当救我罢？……但是，如果波尔雪委克的烈火燃烧起来了，那能救我的，只有那一个什么时候唱歌给我听的伊万，只有那曾经钟情于公主过的少年舟子，那个伏尔加的少年舟子……

但是，中国不是俄罗斯，黄浦江也不是我的亲爱的伏尔加河……我的伊万在什么地方呢？我的少年舟子又在什么地方呢？在我身旁，只有曾经是过英俊的，骄傲的，俄罗斯的贵族，而现在是这般卑微又卑微的白根……

十一

在外白渡桥的桥畔，有一座高耸而壮丽的楼房，其后面濒临着黄浦江，正对着隔岸的黄浦滩花园。在楼房的周围，也环绕着小小的花园，看起来，风景是异常地雅致。这不是商店，也不是什么人的邸宅，而是旧俄罗斯的驻上海的领事馆，现在变成为波尔雪委克的外交机关了。领事馆的名称还存在着，在里面还是坐着所谓俄罗斯的领事，然而他们的背景不同了：前者为沙皇的代理人，而后者却是苏维埃的服务者……人事是这般地变幻，又怎能不令人生今昔之感呢？

现在，我们应当深深地感谢中国政府对于我们的恩赐！中国政府与波尔雪委克断绝国交了，中国政府将波尔雪委克的外交官都驱逐回国了……这对于俄罗斯在中国的侨民是怎样大的恩惠呵！现在当我们经过外白渡桥的时候，我们可以不再见着这座楼房的顶上飞扬着鲜艳的红旗了，因之，我们的眼睛也就不再受那种难堪的刺激了。

但是在这一年以前，波尔雪委克还在中国得势的时候，那完全是别一种情景呵：在波尔雪委克的领事馆的屋顶上飞扬着鲜艳的红旗，而这红旗的影子反映在江中，差不多把半江的水浪都泛成了红色。当我们经过外白渡桥的时候，我们不得不低下头来，不得不感觉着一层深深地压迫。红旗在别人的眼光中，或者是很美丽很壮观，然而在我们这些俄罗斯的逃亡者的眼光中，这简直是侮辱，这简直是恶毒的嘲笑呵。这时波尔雪委克将我们战胜了的象征，这是对于我们的示威，我们又怎能不仇视这红旗，诅咒这红旗呢？

当我白天无事闲坐在黄浦滩花园里的时候，我总是向着那飞扬着的红旗痴望。有时我忘怀了自己，我便觉得那红旗的颜色很美丽，很壮观，似乎它象征着一种什么不可知的，伟大的东西……然而，忽然……我记起来了我的身世，我记起来了我的温柔的暖室，娇艳的白花，天鹅绒封面的精致的画册……我便要战栗起来了。原来这红旗是在嘲笑我，是在侮辱我……于是我的泪水便不禁地要涔涔落下了。

当我夜晚间徘徊在外白渡桥的两头，或坐在黄浦滩的花园里，勾引客人的时候，我也时常向着那闪着灯光的窗口瞭看：他们在那里做些什么事情呢？他们在想着怎样消灭我们这些国外的侨民？他们在努力鼓吹那些万恶的思想，以期中国也受他们的支配？……他们或者在嘲笑我们？或都在诅咒我们？或者在得意地高歌着胜利？……我猜不透他们到底在干些什么，但我深深地感觉到，他们无论干此什么，总都是在违背着我们，另走着别一方向……我不得不诅咒他们，他们害得我好苦呵！他们夺去了我的福利，他们把我驱逐到这异国的上海来，他们将我逼迫着沦落到现在的地步……天哪，我怎么能不诅咒他们呢？他们在那高歌着胜利，在那表示自己的得意。而我……唉，我徘徊在这露天地里，出卖自己的肉体！天哪，我怎么能够不诅咒他们呢？

在去年的十一月，有一天的早晨，我刚刚吃了早点，伯爵夫人跑来向我说道："丽莎，预备好了吗？我们去罢。"

我莫名其妙，睁着两眼望着她："我们去？到什么地方去呢？"

"到什么地方去？我向白根说了，难道说他没有报告你吗？"

白根睡在床上还没有起身。我摇一摇头，表示白根没有报告我。她接着又说道："明天是十月革命的十周年纪念日，也就是我们永远忘却不掉的忌日。今天我们侨民都应当到教堂里去祷告，祈求上帝保佑我们，赶快将波尔雪委克的政府消灭掉，我们好回转到我们的祖国去……你明白了吗？而明天，明天我们齐集到领事馆门前示威，要求他们把那可诅咒的红旗取下来，永远不再挂了。我们将把领事馆完全捣碎，将闯进去打得他们一个落花流水……"

我听了伯爵夫人的一番话，不胜惊讶之至。我以为她及和她同一思想的人都疯了。这难道是可能的吗？祷告上帝？呵，我的上帝呵，请你宽恕我的罪过罢，我现在不大相信你的力量了……如果你有力量的话，那波尔雪委克为什么还能存在到现在呢？为什么丽莎，你的可怜的丽莎，现在沦落到这种羞辱的境况呢？

"我不去。"我半晌才摇一摇头说。

"丽莎，去，我们应当去。"她做着要拉我的架式，但是我后退了一步，向她低微地说道："如果我相信波尔雪委克是会消灭的，那我未必不可以同你一道去祷告上帝。但是经过了这十年来的希望，我现在是没有精力再希望下去了……你，你可以去祷告，而我……我还是坐在家里好些……"

"而明天去打领事馆呢？"伯爵夫人又追问了我这么一句。我没有即刻回答她。过了半晌，我向她说道：依我想，这也是没有意思的事情。这种举动有什么益处呢？我们可以将此地的领事馆捣碎，或者将它占领，但是我们还是不能回到俄罗斯去……而且，我们已经献丑献得够了，不必再在这上海弄出什么笑话来……你说可不是吗？你要知道我并不是胆怯，而是实在以为这个太不必要了……"

"出一出气也是好的。"伯爵夫人打断我的话头，这样说。我没有再做声了。最后伯爵夫人很坚决地说道：

"好，祷告我今天也不去了。让鬼把上帝拿去！他不能再保佑我们了。不过明天……明天我一定同他们一道去打领事馆去。就是出一出气也是好的。"

这时她将眼光挪到躺在床上的白根身上，高声地说道："白根！你明天去打领事馆吗？你们男子是一定要去的。"

白根睁开了惺忪的眼睛望着她，懒洋洋地，很心平气静地说道："去干什么呢？在家中安安稳稳地坐着不好，要去打什么领事馆干吗呢？让鬼把那些波尔雪委克拿去！"

他翻过去，将头缩到被单里去了。伯爵夫人很轻蔑地溜了他一眼，冷笑着说道："懒虫，小胆子鬼……"

接着她便很不自在地走出去了。这时我如木偶一般坐在靠床的一张椅子上，呆望着躺在床上的白根。我不明白他为什么能够变成这种样子……他不是领过一团人，很英勇地和波尔雪委克打过仗吗？他不是曾发过誓，无论在什么时候，他都要做一个保护祖国的战士吗？在到上海的初期，他不是天天诅咒波尔雪委克吗？他不是天天望着尼古拉的圣像哭泣吗？他不是曾切齿地说过，他要生吃波尔雪委克的肉吗？但是现在……他居然什么都忘却了！他居然忘却了祖国，忘却了贵族的尊严，并且忘却了波尔雪委克！我的天哪，他现在成了一个怎样卑微又卑微的人了！只要老婆能够卖淫来维持他的生活，那他便如猪一般，任你什么事情都不管了。

固然，我不赞成这种愚蠢的举动——攻打领事馆。但这不是因为我害怕，或者因为我忘却了波尔雪委克，不，我是不会把波尔雪委克忘却的呵！这是因为我以为这种举动没有意义，适足以在全世界人的面前，表示我们的旧俄罗斯的末路，如果我们有力量，那我们应当跑回俄罗斯去，把波尔雪委克驱逐出来，而不应当在这上海仗着外国人的庇荫，演出这种没有礼貌的武剧。

但是白根他完全忘却这些事情了。他以为他的老婆能够每天以卖淫的代价而养活他，这已经是很满意的事情了。什么神圣的祖国，什么可诅咒的波尔雪委克……这一切一切都在他的最羞辱的思想中消沉了。

他现在变成了一只活的死尸……天哪，我倒怎么办呢？我应当伏在他的身上痛哭罢？我应当为他祈祷着死的安慰罢？……天哪，我倒怎么办呢？

这一天晚上我没有到跳舞场去。我想到，波尔雪委克大约在那里筹备他们的伟大的纪念日，大约他们的全身心都充满了胜利的愉快，都为胜利的红酒所陶醉……同时，我们应当悲哀，我们应当痛哭，除此而外，那我们应当再做一番对于过去的回忆，温一温旧俄罗斯的，那不可挽回的，已经消逝了的美梦……但是，无论如何，今晚我不应当再去勾引客人，再去领受那英国水兵的野蛮的拥抱。

十年前的今晚，那时我还住在伊尔库次克，盼望着哥恰克将军的胜利。那时我还等待着迅速地回到彼得格勒去，回到那我同白根新婚的精致而华丽的暖室里，再温着那甜蜜的，美妙的，天鹅绒的梦……那时我还相信着，就是在平静的，广漠的俄罗斯的莽原上，虽然一时地起了一阵狂暴的波尔雪委克的风浪，但是不久便会消沉的，因为连天的白茫茫的雪地，无论如何，不会渲染上那可怕的红色。

但是到了现在，波尔雪委克明天要庆祝他们的十周年纪念了，他们要在全世界面前夸耀他们的胜利了……而我同白根流落在这异国的上海，过这种最羞辱的生活……两相比较起来，我们应当起一种怎么样的感想呢？如果我们的精神还健壮，如果我们还抱着真切的信仰，如果我们还保持着旧日的尊严，那我们在高歌着胜利的波尔雪委克的面前，还不必这般地自惭形秽。但是我们的精神没有了，尊严没有了，信仰也没有了，我们有的只是羞辱的生活与卑微的心灵而已。

这一夜我翻来覆去，总是不能入梦。我回忆起来了伏尔加河畔的景物，那个曾唱歌给我听的少年伊万……我回忆起来了彼得格勒的时日，那最甜蜜的新婚的生活……以及我们如何跑到伊尔库次克，如何经过西伯利亚的长铁道，如何辞别了最后的海参崴……

到了东方快要发白的时候，我才昏昏地睡去。到了下午一点钟我才醒来。本想跑到外白渡桥旁边看看热闹：看看那波尔雪委克是如何地庆祝自己的伟大的节日，那些侨民们是如何地攻打领事馆……但转而一想，还是不去的好；一颗心已经密缀着很多的创伤了，实不必再受意外的刺激。于是我便静坐在家里……

"白根，你去看看是怎么一回事。"我自己虽然不想到外白渡桥去，但我总希望白根去看一看。白根听了我的话，很淡漠地说道："好，去就去，看看他们弄出什么花样景来……"

白根的话没有说完，忽然砰然一声，我们的房门被人闯开了——伯爵夫人满脸呈现着惊慌的神色，未待走进房来，已开始叫道："杀死人了，你们晓得吗？"

我和白根不禁同声惊诧地问道："怎么？杀死人了？怎么一回事？"

她走进房来，向床上坐下，——这时她的神色还没有镇定——宛然失了常态。沉默了一会儿，她才开始摇着头说道："杀死人了，这些浑账的东西！"

"到底谁杀死谁了呢？"我不耐烦地问她。

伯爵夫人勉力地定一定神，开始向我们叙述道：

"杀死人了……波尔雪委克将我们的人杀死了一个，一个很漂亮的青年。我亲眼看见他中了枪，叫了一声，便倒在地上了……起初我们聚集在领事馆的门前，喊了种种的口号，什么'打倒波尔雪委克！'……但是波尔雪委克把门关着，毫不理会我们。后来，我们之中有人提议而且高呼着'打进去！打进去！……'于是我们，男男女女，老老少少，便一涌向前，想打进去，但是……唉，那些凶恶的波尔雪委克，他们已经预备好了，我们哪里能够打进去呢？忽然我听见了枪声，这也不知是谁个先放的，接着我便看见那个少年奋勇地去打领事馆的门，他手持着一支短短的手枪，可是他被波尔雪委克从门内放枪打死了……于是便来了巡捕，于是我便先跑回来……天哪，那是怎样地可怕呵！那个好好的少年被打死了！……"

伯爵夫人停住了，这时她仿佛回想那个少年被枪杀了的情景。她的两眼逼射着她目前的墙壁，毫不移动，忽然她将两手掩着脸，失声地叫道：

"难道说波尔雪委克就永远地，永远地把我们打败了吗？上帝呵，请你怜悯我们，请你帮助我们……"

奇怪！我听了伯爵夫人的报告，为什么我的一颗心还是照旧地平静呢？为什么我没感觉到我对于那个少年的怜悯呢？我一点儿都没有发生对他的怜悯的心情，好像我以为他是应该被波尔雪委克所枪杀也似的。

忽然……伯爵夫人睁着两只绝望的眼睛向我逼视着，使得我打了一个寒噤。在她的绝望的眼光中，我感觉到被波尔雪委克所枪杀了的，不是那个少年，而是我们，而是伯爵夫人，而是整个的旧俄罗斯……

十二

光阴毫不停留地一天一天地过去，你还有没觉察到，可是已经过了很多很多的时日了。我们在上海，算起来，已经过了十年……我们在失望的，暗淡的，羞辱的生活中过了十年，就这样转眼间迅速地过了十年！我很奇怪我为什么能够在这种长期的磨难里，还保留下来一条性命，还生活到现在……我是应当早就被折磨死的，就是不被折磨死，那我也是早就该走入自杀的路的，然而我竟没有自杀，这岂不是很奇怪吗？

我的生活一方面是很艰苦，然而一方面又是很平淡，没有什么可记录的变动。至于伯爵夫人可就不然了。四个月以前，她在跳舞场中遇见了一个美国人，据说是在什么洋行中当经理的。我曾看见过他两次，他是一个很普通的商人模样，肚皮很大，两眼闪射着很狡猾的光芒。他虽然有四十多岁了，然而他守着美国人的习惯，还没有把胡须蓄起来。

这个美国人也不知看上了伯爵夫人的哪一部分，便向她另垂了青眼。伯爵夫人近一年来肥得不象样子，完全失去了当年的美丽，然而这个美国人竟看上了她，也许这是因为伯爵夫人告诉过他，说自己原是贵族的出身，原是一位尊严的伯爵夫人……因之这件事情便诱迷住了他，令他向伯爵夫人钟起情来了。美国人虽然富于金钱，然而他们却敬慕着欧洲贵族的尊严，他们老做着什么公爵，侯爵，子爵的梦。现在这个大肚皮的美国商人，所以看上了伯爵夫人的原故，或者是因为他要尝一尝俄罗斯贵族妇女的滋味……

起初，他在伯爵夫人处连宿了几夜，后来他向伯爵夫人说道，他还是一个单身汉，如果伯爵夫人愿意的话，那他可以娶她为妻，另外租一间房子同居起来……伯爵夫人喜欢得不可言状，便毫不迟疑地接受了他的提议。这也难怪伯爵夫人，因为她已经是快要到四十岁的人了，乘此时不寻一个靠身，那到将来倒怎么办呢？现在她还可以跳舞，还可以出卖自己的肉体，但是到了老来呢？那时谁个还在她的身上发生兴趣呢？于是伯爵夫人便嫁了他，便离开我们而住到别一所房子了。

我们很难想象到伯爵夫人是怎样地觉得自己幸福，是怎样地感谢她的救主，这个好心肠的美国人……

"丽莎，"在他们同居的第一个月的期间，伯爵夫人是常常地这样向我说道："我现在成为一个美国人了。你简直不晓得，他是怎样地待我好，怎样地爱我呵！我真要感谢上帝呵！他送给我这么样一个亲爱的，善良的美国人……"

"伯爵夫人，"其实我现在应当称呼她为哥德曼太太了，但是因为习惯的原故，我总还是这样称呼她。"这是上帝对于你的恩赐，不过你要当心些，别要让你的鸽子飞去才好呢。"

"不，丽莎，"她总是很自信地这样回答我。"他是不会飞去的。他是那样地善良，绝对不会辜负我的！"

但是到了第二个月的开始，我便在伯爵夫人的面容上觉察出来忧郁的痕迹了。她在我的面前停止了对于哥德曼的夸奖，有时她竟很愁苦地叹起气来。

"怎么样了？日子过得好吗？"有一次我这样问她。

她摇一摇头，将双眉紧蹙着，叹了一口长气，半晌才向我说道："丽莎，难道说我的鸽子真要飞去吗？我不愿意相信这是可能的呵！但是……"

"怎么样了？难道说他不爱你了吗？"

"他近来很有许多次不在我的住处过夜了……也许……谁个能摸得透男人的心呢？"

"也许不至于罢。"我这样很不确定地说着安慰她的话，但是我感觉得她的鸽子是离开她而飞去了。

在这次谈话之后，经过一礼拜的光景，伯爵夫人跑到我的家里，向我哭诉着说道：

"……唉，希望是这样地欺骗我，给了我一点儿幸福的感觉，便又把我投到痛苦的深渊里。我只当他是一个善良的绅士，我只当他是我终身的救主，不料他，这个浑蛋的东西，这个没有良心的恶汉，现在把我毫无怜悯地抛弃了。起初，我还只以为他是有事情，可是现在，我知道了一切，我一切都知道了。原来他是一个淫棍，在上海他也不知讨了许多次老婆，这些不幸的女人，蠢东西，结果总都是被他抛弃掉不管。丽莎，你知道吗？他现在又讨了一个中同的女人……他完全不要我了……"

我呆听着她的哭诉，想勉力说一两句安慰她的话，但是我说什么话好呢？什么话足以安慰她呢？她的幸福的鸽子是离开她而飞去了，因之她又落到黑暗的，不可知的底里了。她的命运是这般地不幸，恐怕幸福的鸽子永没有向她飞转回来的时候了。

地自从被哥德曼抛弃了之后，便完全改变了常态，几乎成了一个疯女人了。从前我很愿意见她的面，很愿意同她分一分我的苦闷，但是现在我却怕见她的面。她疯疯傻傻地忽而高歌，忽而哭泣，忽而狂笑，同时她的酒气熏人，令我感觉得十分的不愉快。

不久以前，那已经是夜晚了，我正预备踏进伏尔加饭馆的门的当儿，听见里面哄动着哭笑叫骂的声音。我将门略推开了一个缝儿，静悄悄地向里面望一望，天哪，你说我看见了什么！我看见了一个醉了酒的疯女人……我看见伯爵夫人坐在那靠墙的一张椅子上，就同疯了也似的，忽而哭，忽而笑，忽而说一些不入耳的，最下流的，骂人的话……客人们都向她有趣地望着，在他们的脸孔上，没有怜悯，没有厌恶，只有惊讶而好奇的微笑。后来两个中国茶房走上前去，将她拉起身来，叫她即速离开饭馆，但是她赖皮着不走，口中不断地叫骂着……我没有看到终局，便回转身来走开了。这时我忘却了我肚中的饥饿，只感觉着可怕的万丈深的羞辱。仿佛在那儿出丑的，不是伯爵夫人，而是我，而是整个的旧俄罗斯的女人……天哪，这是怎么一回事呢？这是怎样地可怕呵！一个尊严的伯爵夫人，一个最有礼貌的贵族妇女的代表，现在居然堕落到这种不堪的地步！天哪，这是怎么一回事呢？……

原来这个下流的，醉得要疯狂了的，毫无礼貌的女人，就是十年以前在伊尔库次克的那朵交际的名花，远近无不知晓的伯爵夫人……当时她在丰盛的筵席上，以自己的华丽的仪容，也不知收集了许多人的惊慕的视线。或者在热闹的跳舞会里，她的一颦一笑，也不知颠倒许多少年人，要拜伏在她的石榴裙下。她的华丽的衣裳，贵重的饰品，也不知引动了许多女人们的欣羡。总之，如她自己所说，当时她是人间的骄子！幸福的宠儿……

然而十年后的今日，她在众人面前做弄着最下流的丑态，而且她遭着中国花房的轻视和笑骂……天哪，这是怎样地可怕呵！难道说俄罗斯的贵族妇女的命运，是这样残酷地被注定了吗？为什么俄罗斯的贵族妇女首先要忍受这种不幸的惨劫呢？呵，这是怎样地不公道呵！

在这一天晚上，我连晚餐都没有吃，就向床上躺下了。我感受的刺激太深切而剧烈了。我的头发起热来，我觉着我是病了。第二天我没有起床……

住在楼下的洛白珂夫人，——她的丈夫积蓄了一点资本，不再为中国人保镖了，现在在我们的楼下开起鸦片烟馆来。——她听见我病了，便走上楼来看我。她先问我害了什么病，我告诉了她关于昨晚的经过。她听后不禁笑起来了。她说：

"我只以为你害了别的什么病，原来是因为这个，因为这不要脸的泼妇……这又值得你什么大惊小怪呢？我们现在还管得了这末许多吗？我告诉你，我们现在还是能够快活就快活一天……"

她停住了，她的眼睛不象我初见那时那般地有神了。这大概是由于她近来把鸦片吸上瘾了的原故。这时她睁着两只无神的眼睛向地板望着，仿佛她的思想集中到那地板上一块什么东西也似的。后来她如梦醒了一般，转过脸来向我问道：

"你觉着不舒服吗？你觉着心神烦乱吗？让我来治你的病，吃一两口鸦片就好了。唉，你大约不知道鸦片是一种怎样灵验的药，它不但能治肉体上的病，而且能治精神上的病。只要你伏倒在它的怀抱里，那你便什么事情都不想了。唉，你知道它该是多末好的东西！请你听我的话，现在我到底下来拿鸦片给你吸……"

"多谢你，不，不呵！"我急促地拒绝她说。我没有吸过鸦片，而且我也不愿意吸它。

她已经立起身来了，听了我的话，复又坐下。

"为什么你不愿意吸它呢？"她有点不高兴的样子问我。

"因为我厌恶它。"

"啊哈！"她笑起来了。"你厌恶它？你知道它的好处吗？你知道在烟雾绕缭的当儿，就同升了仙境一般吗？你知道在它的怀抱里，你可以忘却一切痛苦吗？你知道它你能给温柔的陶醉吗？呵，你错了！如果你知道，不，如果你领受过它的好处，那你不但不会厌恶它，而且要亲爱它了。它对于我们这些人，已经失去了一切希望的牺牲者，的的确确是无上的怪药！也许它是一种毒药，然而它能给我们安慰，它能令我们忘却自己，忘却一切……它引我们走入死路，然而这是很不显现的，很没有痛苦感觉的死路。我们还企图别的什么呢？丽莎，请你听我的话罢，请你领受它的洗礼罢！唉，如果你领略过它的好处……"

"既是这样，那就让我试一试罢，我愿意走入这种慢性的死路。"

洛白珂夫人走下楼去了。但是我等了好久还不见她上来。我被她的一番话把心说动了，急于要试一试消魂的迷药，但是她老不上来……经过半点钟的光景，我听见楼下起了噪杂的哄动……我不明白发生了什么事情。等一会儿，白根进来了。他向我报告道：

"适才洛白珂和他的夫人统被几个巡捕捉去了，他们说，他两夫妻私开烟馆，有犯法律……"

我听了白根话，不由得身体凉了半截。我并不十分可怜洛白珂两夫妻被捕。经过昨晚伯爵夫人所演的可怕的怪剧，现在这种事情对于我似乎是很平常的了。

我要试一试消魂的迷药，我要开始走入这种慢性的死路，然而洛白珂两夫妻被捕了……这是不是所谓好事多磨呢？

十三

呵，死路，死路，我现在除开在走入死路，还有第二条什么出路呢？医生说我病了，我有了很深的梅毒……呵，我已经成了一个怎样的堕落的人了！我应当死去，我应当即速地死去！还有什么话可说呢？……

不错，医生说，梅毒并不是不可治的绝症，只要医治得法，那是会有痊愈的希望的……但是我要问了：就使把我的病治好了，那是不是能增加我在生活中的希望呢？那是不是能把我从黑暗的深渊里拯救出来？那是不是能平复我灵魂的创伤，引我走入愉快的，光明的道路？不会的，绝对不会的！医生能够治愈我的身病，但不能治愈我的心病。现在逼我要走入死路的，并不是这种最羞辱的，万恶的病症，而是我根本的对于生活的绝望。如果我再生活下去，而在生活中所能得到的只是羞辱，那我要问一问，这究竟有什么意思呢？这岂不是故意地作践自己吗？这岂不是最不聪明的事情吗？不，我现在应当死去，而且应当即速地死去！

十年来，可以说，我把自己的灵魂和肉体已经作践得够了。现在我害了这种最羞辱的病，这就是我自行作践的代价。我决心要消灭自己的生命，这就是我惟一的，可寻得到的，而且又是最方便的出路。别了，我的十年来思念着的祖国！别了，我的至今尚未知生死的母亲！别了，从前是我的爱人而现在是我的名义上的丈夫白根！

别了，一切都别了！……

昨夜里梦见了那个久被我忘却的薇娜，我的姐姐……我没有梦见过母亲，没有梦见过在前敌死去的父亲，而昨夜里偏偏梦见了我连形象都记不清楚了的姐姐，这岂不是很奇怪的事情吗？在我十二岁的时候，她就脱离家庭了。那时我不明白薇娜因为什么事情，突然于一天夜里不见了，失了踪……在父亲和母亲说话的中间，我隐隐约约地捉摸了一点根由，然而并不十分清楚。

"你看，"父亲在愤怒中向母亲讥笑着说，"你养了这般好的女儿，一个把家庭都抛弃了的女革命党人！……要再…当心些罢，你的丽莎别玩出这样很有名誉的花样来罢！当心些罢！唉，一个将军的女儿，居然能干出这种不道德的事来，你教我怎么样好见人呢？……"

"算了罢，瓦洛加！"母亲反驳他说道，"难道说这都是我的过错吗？你自己把她送进中学校读书，在那里她学会了一些无法无天的事情，难道说这都能怪我吗？"

母亲结果总是抱着我哭。

"丽莎，唉，我的丽莎其嘉！你姐姐跑掉了，和着革命党人跑掉了……你长大再别要学你的姐姐罢！唉，丽莎，我的丽莎其嘉！……"

"妈，别要哭罢，我将来做你的一个最孝顺的女儿……我不愿意去学姐姐……"

果然，待我长大起来，我与薇娜走着两条相反的路……到了现在呢！我沦落在这异国的上海，过着最羞辱的妓女的生活，而她，也许她在我们的祖国内，坐在指挥者的地位，高喊着一些为光明而奋斗的口号……天哪，我在她的面前应当要怎样地羞惭而战栗呵！

但是，我记得，我那时是异常地鄙弃她。我听到她被捕而流放到西伯利亚的消息，我一点也没有起过怜悯她的心情。我曾对母亲说，薇娜是蠢丫头，丽莎长大的时候，绝对不会去学姐姐而使着妈妈难过。自从薇娜被流放到西伯利亚以后，父亲当她死了，母亲虽然思念她，然而不愿意说起她的名字。我也渐渐地把她忘了，甚至现在连她的形象都记不起了。仿佛她那时是一个面容很美丽，然而性情是很沉郁的姑娘……

不料昨夜里我梦见了她……仿佛在一块什么广漠的草原上，我跪着呢喃地向上帝祈祷，哀求上帝赦免我所有的罪过，忽然在我的面前显现了一个披着红巾的四十来岁的妇人……我记不清楚她的面容是怎样的了，但我记得她始而露着微笑，抚摩我的披散的头发，继而严肃地说道：

"丽莎，你在这儿跪着干什么呢？你在祷告上帝吗？这是毫没有用处的呵！上帝被我驱逐走了，你的灵魂也被他随身带去了。你快同他跑开罢！你看，逃跑了的上帝正在那儿站着呢。"

我回头果然见着一个踉跄的老人……我愤怒起来了，问道："你是什么人，敢把上帝驱逐掉了呢？"

"你不认识我吗？"她笑起来了。"我是薇娜，我是你的姐姐。"

她的披巾被风吹得飘展了起来，霎时间化成了霞彩，薇娜便在霞彩中失去了影子……

那是怎样一个希奇的梦呵！然而细想起来，这并没有什么希奇。薇娜现在是死还是活，我当然是无从知道，然而她在我的面前是胜利了。现在是我应当死灭的时候，我应当受着薇娜的指示，同着我的被驱逐了的上帝，走进那失败者的国度里……

明天……明天世界上将没有丽莎的声影了。谁个不愿意将自己的生命保持得长久些呢？但是丽莎现在要自杀了……这是谁个过错呢？我将怨恨谁呢？不，我任谁也不怨恨，这只是我的不可挽回的，注定了的命运。例如我素来接客都是很谨慎的，生怕会传染到一点儿毛病，但是结果我还是得了梅毒，而且我现在有了很深的梅毒了……这岂不是注定了的命运吗？我可以说，我之所以沦落到如此的地步，这皆是波尔雪委克的过错，如果他们不在俄罗斯起了什么鬼革命，那我不还是住在彼得格勒做着天鹅绒的梦吗？那我不还是一朵娇艳的白花在暖室里被供养着吗？……也许我现在是俄罗斯帝国驻巴黎的公使的夫人了。也许我已经在繁华的巴黎得着了交际明星的称号，令那些法国人，男的，女的，都羡瞎了眼睛了。也许我现在正在高加索的别墅里，坐观着那土人的有趣的跳舞，静听着那土人的原始的音乐。也许我正在邀游瑞士的山川，浏览意大利南方的景物……但是我现在沦落到这种羞辱的地步，这岂不是波尔雪委克所赐给我的恩惠吗？我应当诅咒他们，这些破坏了我的命运的波尔雪委克！

然而我知道，我深深地知道，这诅咒是毫无裨益的事情。我诅咒只管诅咒，而他们由此毫不得到一点儿损失，反而日见强固起来……唉，让他们去罢，这些骂不死打不倒的，凶恶的波尔雪委克！

现在，当我要毁灭我自己生命的时候，一切对于我不都是一样吗？我曾希望野蛮的波尔雪委克在俄罗斯失败，因为我想回转自己的祖国，再扑倒于伏尔加河和彼得格勒的怀抱里。但是现在我什么希望都没有了，一切对于我都是无意义……让波尔雪委克得意罢，让俄罗斯灭亡罢，一切都让它去！而我，我不再做别的想念了，只孤独地走入自己的坟墓……

白根！请你原谅我罢，我现在也不能再顾及了你了。你没有证实我对于你的希望，你没有拯救我的命运的能力……这十年来在你的面前，我也不知忍受了许多不堪言状的羞辱……然而我不愿意怨恨你，你又有什么过错可以使我怨恨你呢？这只是我的薄命而已……现在我不能再顾及你了。如果我没曾因为受苦而怨恨过你，那现在我也希望你别要怨恨我，别要怨恨我丢开你而去了。

十年来，我时时有丢开你的可能。我遇着了很多的客人，他们劝我丢开你而转嫁给他们……然而我都拒绝了。我宁可赚得一点羞辱的面包费来维持你的生活，不愿把你丢开，而另去过着安逸的生活。我现在也许偶尔发生一种鄙弃你的心情，然而你究竟曾热烈地爱过我，我也曾热烈地把你当做我的永远的爱人。我不忍心丢开你呵！我绝对地不会丢开你而嫁给别个男人，就算作是很有钱，很漂亮的男人……

是的，我不忍心丢开你而嫁给别个男人。但是现在我不能再继续我的羞辱的生命了。我想，我现在有丢开你的权利，不过这不是另嫁别人，而是消灭掉我自己的生命……白根！请你原谅我罢，我再不能顾及你了。

我很少的时候想起我的母亲，但是现在，当我要离开人间的时候，我却想起她的可怜的面容了。我想，她大概是久已死去了。大概是久已做了伏尔加河畔的幽魂。她哪里能够经得起狂暴的革命的风浪呢？这是当然的事情。不过如果她还生在人世，如果她知道她的亲爱的丽莎，什么时候曾发过誓不学姐姐的丽莎，现在沦落到这种可怜的地步，那她将怎样地流着老泪呵！

薇娜！我的姐姐呵！也许你现在是波尔雪委克中的要角了。如果你知道你的妹妹……唉，那你将做什么感想呢？你轻视她？诅咒她？还是可怜她？但是，我的姐姐呵！你应当原谅我，原谅你的不幸的丽莎，这难道说是丽莎的过错吗？这难道说是丽莎的过错吗？……让你们得意罢，我的姐姐！让我悄悄地死去，悄悄地死去……

明天……明天这时我的尸身要葬在吴淞口的海底了。我很希望我能充了鱼腹，连骨骼都不留痕迹。那时不但在这世界上没有了活的丽莎，而且连丽莎的一点点的灰末都没有了。如果上帝鉴谅我，或者会把我的尸身浮流到俄罗斯的海里，令我在死后尝一尝祖国的水味。那真是我的幸事了。然而在实际想来，这又有什么意义呢？

别了，我的俄罗斯！别了，我的庄严的彼得格勒！别了，我的美丽的故乡——伏尔加河！别了，一切都永别了！……

1929 年 4 月 14 日，于上海。

鸭绿江上

　　那一年下学期，我们的寄宿舍被学校派到一个尼姑庵里。莫斯科的教堂很多，其数目我虽然没有调查过，但我听人家说，有一千余个。革命前，这些上帝的住所——教堂——是神圣不可侵犯的，也就同中国共和未成立以前的庙宇一样，可是到了革命后，因为无神论者当权，这些教堂也就大减其尊严了。本来异教徒是禁止进教堂的，而我们现在这些无神论者把尼姑庵一部分的房子占住了做寄宿舍，并且时常见着了庵内的尼姑或圣像时，还要你我说笑几句，一点儿也不表示恭敬的态度，这真教所谓"上帝"者难以忍受了。

　　我们的尼姑庵临着特威尔斯加牙大街，房屋很多，院内也很宽绰，并有许多树木，简直可以当作一个小花园。每天清早起来，或无事的时候，我总要在院内来回绕几个圈子，散散步。尼姑约有四十余人，一律穿一身黑的衣服，头上围披着黑巾，只露一个脸出来，其中大半都是面孔黄瘦，形容憔悴的；见着她们时，我常起一种悲哀的感觉。可是也有几个年纪轻些，好看一点的，因之我们同学中欲吊她们膀子的，大约也不乏其人。有一次晚上，我从外边走进院内，恰遇一个同学与一个二十几岁的尼姑，立在一株大树底下，对立着说笑着，他们一见着我，即时就避开了。我当时很懊悔自己不应扰乱他人的兴趣，又想道，"你们也太小气了，这又何必……"从此我格外谨慎，纵不能成全他人的好事，但也不应妨害他人的好事！况且尼姑她们是何等的不自由，枯寂，悲哀……

　　恰好这一天晚上八点钟的时候，下了大雪；天气非常之冷，与我同寝室的是三个人——一个波斯人，一个高丽人，还有一位中国人C君。我们寝室内没有当差的，如扫地和烧炉子等等的事情，都是我们自己做，实是实行劳动主义呢。这一天晚上既然很冷，我们就大家一齐动手，把炉子烧起；燃料是俄国特有的一种白杨树，白杨树块非常容易燃烧，火力也非常之大。炉子烧着了之后，我们大家就围坐起来，闲谈起来。我们也就如其他少年人一样，只要几个人坐在一块，没有不谈起女人的："比得，你看安娜好不好？""我今天在街上遇着了一位姑娘真是美貌！啊！她那一双明珠似的眼睛。""你娶过亲没有？""我知道你爱上那一位了。""唉！娶老婆也好也不好！""……"我们东一句，西一句，大半谈的都是关于女人的事情。那一位波斯同学说得最起劲，口里说着，手脚动着，就同得着了什么宝物似的。可是这一位高丽同学总是默默地不肯多说话，并且他每逢听到人家谈到恋爱的事情，脸上常现出一种悲戚的表情，有时眼珠竟会湿了起来。我常常问他："你有什么伤心的事么？"他或强笑着不答，或说一句"没有什么伤心的事情"。他虽然不愿意真确地对我说，但我总感觉他有伤心的事情，他的心灵有很大的伤痕。

这位高丽同学名字叫李孟汉，是一个将过二十岁的美少年。他实在带有几分女性，同人说话时，脸是常常要红起来的；我时常同他说笑，在同学面前，我时常说他是我的老婆。当我说他是我的老婆时，他总是笑一笑，脸发一发红，但不生气，也不咒骂。我或者有点侮慢他，但我总喜欢他，爱与他亲近——就仿佛他的几分女性能给我一些愉快似的。同时，我又十分地敬重他，因为他很用功，很大量，很沉默，有许多为我所不及的地方。他不讨厌我，有时他对我的态度，竟能使我隐隐发生安慰的感觉。

我们围炉谈话，波斯同学——他的名字叫苏丹撒得——首先提议，以为我们大家今晚应将自己的恋爱史叙述出来，每人都应当赤裸裸地，不应有丝毫的瞒藏。这时 C 君出去找朋友去了。大家要求我先说，这实在把我为难住了。我说我没有恋爱过，无从说起。可是苏丹撒得说："不行！不行！维嘉，你莫要撒谎！你这样漂亮的少年，难道说你在中国没有爱过女人，或被女人爱过？况且你又是诗人，诗人最爱的是女人，而女人也爱好诗人。李孟汉，你说是不是呢？"他向着李孟汉说，李孟汉但笑而不答，于是又转脸向着我说，"你说！你说！撒谎是不行的！"我弄得没有办法，不说罢，他们是不依我的；说罢，我本没有有趣味的恋爱史，又怎么说起呢？不得已，我只得撒谎了，只得随嘴乱诌了。我说，我当做学生会会长的时候，有许多女学生写信给我，说我如何如何地有作为，文章做的是如何如何地好；其中有一个女学生长得非常之美丽，曾屡次要求我爱她，但我当时是一个白痴，竟辜负了她对于我的爱情。我说，我有一次在轮船上遇着一个安琪儿一般的姑娘，她的美貌简直是难以用言语形容出来：我想尽方法，结果与她亲近了，谈话了；她是一个极美丽而有知识的姑娘；在谈话中，我感觉得她对我表示很温柔的同情。我说至此，苏丹撒得兴奋起来了，便笑着说：

"这位美丽的姑娘是爱上你的了。你真是幸福的人啊！但是后来呢？"

"后来？后来，唉！结果不……不大好……"

"为什么呢？"苏丹撒得很惊异地说，"难道她不爱你……"

"不，不是！我是一个蠢人。"

"维嘉！你说你是一个蠢人，这使我不能相信。"

"苏丹撒得！你听我说了之后，你就晓得我蠢不蠢了。我俩在轮船上倚着栏杆，谈得真是合意。我敢说一句，她对于我实在发生了爱苗，而我呢，自不待信。谁知后来船到岸的时候，她被她的哥哥匆匆忙忙地催着上岸，我竟忘记了问她的住址和通信处——我俩就这样地分别了。你们看，我到底蠢不蠢呢？我害了一些时相思病，但是，没有办法。……"

"啊！可惜！可惜！真正地可惜！"苏丹撒得说着，同时也唏嘘着，似觉向我表示很沉痛的同情的样子。但李孟汉这时似觉别有所思，沉默着，不注意我俩的谈话。

"你现在一言不发的，又想到什么事情了？"我面对着李孟汉说，"我现在将我的恋爱史已经说完了，该临到你头上了罢。我总感觉你的心灵深处有什么大悲哀的样子，但你从未说出过；现在请你说给我们听听罢。我的爱，我的李孟汉（我时常这样地称呼他）！否则，我不饶恕你。"他两眼只是望着我，一声也不响，我又重复一遍："我已经说完了，现在该你说了，我的爱，你晓得么？"

李孟汉叹了一口气，把头低了，发出很低的，而且令人觉得是一种极悲哀的声音："你们真要我说，我就说。我想，我在恋爱的国度里，算是一个最悲哀的人了！"

"那么，就请你今晚将自己的悲哀说与我们听听，"苏丹撒得插着说。

"今年三月间，我得着确信，是一个自汉城逃跑来俄的高丽人告诉我的：我的爱，我的可怜的她，在悲哀的高丽的都城中，被日本人囚死在监狱里了。"李孟汉说着，几几乎要哭出来的样子。

"哎哟！这是何等的悲哀啊！"苏丹撒得很惊叹地说。但我这时一声不响，找不出话来说。"但是因为什么罪过呢，李孟汉？"

"什么罪过？苏丹撒得，你怕不知我们高丽的情形罢。我们高丽自从被日本侵吞之后，高丽的人民，唉！可怜啊！终日在水深火热之中，终日在日本人几千斤重的压迫之下过生活。什么罪过不罪过，只要你不甘屈服，只要你不恭顺日本人，就是大罪过，就是要被杀头收监的。日本人视一条高丽人的性命好像是一只鸡的性命，要杀便杀，有罪过或无罪过是不问的。可怜我的她，我的云姑，不料也被万恶的日本人虐待死了！……"

李孟汉说着，悲不可仰；此时我心中顿觉有无限的难过。大家沉默了几分钟；李孟汉又开始说：

"我现在是一个亡命客，祖国我是不能回去的——倘若我回去被日本人捉住了，我的命是保不稳的。哎哟！我的好朋友！高丽若不独立，若不从日本帝国主义者的压迫下解放出来，我是永远无回高丽的希望的。我真想回去看一看我爱人的墓草，伏着她的墓哭一哭我心中的悲哀，并探望探望我祖国的可怜的，受苦的同胞；瞻览瞻览我那美丽的家园；但是我呀，我可不能够，我不能够！……"

李孟汉落了泪；苏丹撒得本来是爱说话的人，但现在也变成沉默的白痴了。我看看李孟汉他那种悲哀的神情，又想想那地狱中的高丽的人民，我就同要战栗的样子。李孟汉用手帕拭一拭眼，又望着我说：

"维嘉！你真猜着了。你时常说我有什么悲哀的心事，是的，祖国的沦亡，同胞的受苦，爱人的屈死，这岂不是世界上最悲哀的事情么？维嘉！我若不是还抱着解放祖国的希望，还想无论何时能够见见我云姑的墓草，我怕久已要自杀了。我相信我自己的意志可以算得是很坚强的。我虽然有无涯际的悲哀，但我还抱着热烈的希望。我知道我的云姑是为着高丽而死的，我要解放高丽，也就是安慰我云姑的灵魂，也就是为她报仇。维嘉！你明白我的话么？"

"我明白我的话，李孟汉，不过我想，希望是应当的，但悲哀似乎宜于减少些，好，现在就请你述一述你与云姑恋爱的经过罢。明日上半天没有课，拉季也夫教授病了，我们睡迟些不要紧。苏丹撒得，你在想什么了？为什么不做声了？"

"我听他的话，听得呆了。好，李孟汉，现在就请你说恋爱的历史罢。"

李孟汉开始叙述他与云姑的历史：

"唉！朋友！我真不愿意说出我同云姑中间的恋爱的历史——不，我不是不愿意说，而是不忍说，说起来要使我伤心，要使我流泪。我想，世界上再没有比我的云姑那样更美丽的，更可爱的，更忠实的，更令人敬佩的女子！也许实际上是有的，但对于我李孟汉，只有云姑，啊，只有云姑！你们时常说这个女子好，那个女子漂亮……我总没有听的兴趣，因为除了云姑而外，再也没有女子可以占领着我的爱情，引诱我的想像。我的爱情久已变为青草，在我的云姑的墓土上丛生着；变为啼血的杜鹃，在我的云姑的墓旁白杨枝上哀鸣着；变为金石，埋在我的云姑的白骨的旁边，当做永远不消灭的葬礼，任你一千年也不会腐化；变为缥缈的青烟，旋绕着，缠绵着，与我的云姑的香魂化在一起。朋友，我哪有心肠再谈女子的事情，再做恋爱的美梦呢？……"

"高丽是滨着海的岛国，你们只要是读过地理，大约都是晓得的。说起来，我们的高丽实在是一个气候温和，风景美丽的地方。高丽三面滨着海，而同时又位于温带，既不枯燥，又不寒冷，无论山川也罢，树木也罢，蒙受着海风的恩润，都是极美丽而清秀的。高丽国民处在这种地理环境之中，性情当然生来就是和平而温顺的，所谓文雅的国民。可惜高丽自从被日本帝国主义者侵吞之后，文雅的高丽的国民沉陷于无涯际的痛苦里，不能再享受这美丽的河山，呼吸温暖的海风所荡漾着的空气。日本人将高丽闹得充满着悲哀，痛苦，残忍，黑暗，虐待，哭泣……日月无光，山川也因之失色。数千年的主人翁，一旦沦于浩劫，山川有灵，能不为之愤恨么？哎哟！我的悲哀的高丽！"

"维嘉！你大约知道鸭绿江是高丽与中国的天然的国界罢。鸭绿江口——江水与海水衔接的地方，有一虽小然而极美丽的 C 城。C 城为鸭绿江出口的地方，因交通便利的关系，也很繁华；又一面靠江，一面凭海，树木青葱，山丘起伏，的确是风景的佳处。唉！算起来，我已经六年离开美丽的 C 城的怀抱了！我爱高丽，我尤爱高丽的 C 城，因为它是我的生长地；因为它是我与云姑的家园，是我与云姑一块儿从小时长大的乡土。朋友，我真想回到 C 城，看看我与云姑当年儿时玩耍的地方，现在是什么样子；但是，现在对于我李孟汉，这真是幻想啊！"

"C 城外，有一柳树和松树维生的树林，离城不过一里多地。这树林恰好位于海岸之上，倘若我们坐船经过 C 城时，我们可以很清楚地看出这一个黑乌乌的树林，并可以看见它反射在海水中的影子。树林中尽是平坦的草地，间或散漫地偃卧着有几块大石头——它们从什么地方搬来的呢？我可说不清楚。这块树林到冬天时，柳树虽然凋残了，然因有松树繁茂着自己的青青的枝叶，并不十分呈零落的现象。可是到了春夏的时候，柳丝漫舞起来的绿波，同时百鸟歌着不同样的天然的妙曲，鸣蝉大放起自己的喉咙，从海面吹来令人感觉着温柔的和风，一阵阵地沁得人神清气爽——这树林真是一个欣赏自然妙趣的所在啊！"

"这已经是十几年前的事了。只要是天不下雨，有一对小孩——一个男的和一个女的——差不多整日地在这树林中玩耍。两个孩子年纪相仿佛，都是六七岁的样子；照着他俩的神情，简直是一对人间的小天使！那个男孩子我们暂且不讲，且讲一讲那个天使似的女孩子：她那如玫瑰一般的小脸，秋水一般的有神的眼睛，朱砂一般的嫩唇，玉笋一般的小手，黑云一般的蓬松松的发辫，更加上她那令人感觉着温柔美善的两个小笑涡，唉！我简直形容不出来，简直是一个从天上坠落下来的小天使啊！朋友，你们或者说我形容过火了，其实我哪能形容她于万一呢？我只能想像着她，然而我绝对形容不好她。"

"这一对小孩子总是天天在树林中玩耍：有时他俩在树林中顺着草地赛跑；有时他俩检树棍子盖房子，笑说着这间厢房我住，那间厢房你住，还有一间给妈妈住；有时他俩捡小石头跑到海边抛到水里，比赛谁抛得远些，而且落得响些；有时他俩并排仰卧在草地上，脸向着天空，看一朵一朵的白云飞跑；有时他俩拿些果品烧锅办酒席请客；有时他俩并排坐着，靠着大石头，叙诉些妈妈爸爸的事情，听人家说来的故事，或明天怎样玩法；有时他俩手携着手并立在海岸上，看船舶的往来，或海水的波荡……他俩虽然有争吵的时候，但总是很少，并且争吵后几秒钟又好将起来，从未记过仇。他俩是分不开的伴侣，差不多没有不在一块儿的时候。一对小孩子无忧无虑，整日培育在自然界里，是何等的幸福啊！"

"朋友，这一对小孩子就是十几年前的我与云姑。唉！这已经是十几年前的事了！过去的已经过去，怎样才能恢复转来呢？怎样想方法可以使我与云姑重行过当日一般的幸福生活呢？想起来，我好生幸福，但又好生心痛！"

"我与云姑都是贵族的后裔：我姓李，云姑姓金，金李二族在高丽是有名的贵族，维嘉，你或者是晓得的。自从日本将高丽吞并后，我的父亲和云姑的父亲都把官辞去了，退隐于林下。她的父亲和我的父亲是非常好的朋友，而且照着亲戚讲，又是极亲近的表兄弟。我俩家都住在树林的旁边，相距不过十几步路。他俩老人家深愤亡国的羞辱，同胞的受祸；但一木难支大厦，无能为力，因此退隐林泉，消闲山水。他俩有时围炉煮酒，谈到悲哀的深处，相与高歌痛哭。那时我与云姑年幼无知，虽时常见两位老人家这般模样，但不解其中的原由，不过稚弱的心灵起一番刺激的波动罢了。后来我与云姑年纪渐渐大了。因之他俩老人家所谈的话，也渐渐听得有几分明白，并且他俩老人家有时谈话，倘若我俩在旁时，常常半中腰把话停止了，向我俩簌簌地流泪——这真教我两个稚弱的心灵上刻了不可消灭的印象。"

"现在且不说他俩老人家的事情。我与云姑真是生来的天然伴侣，从小时就相亲相爱，影不离形地在一块儿生活。我俩家是不分彼此的，有时她在我家吃饭，有时我在她家吃饭，吃饭总要在一张桌子上，否则，我两个都吃不下饭去。她的母亲和我的母亲，也就如她的父亲和我的父亲一样，也是和睦得非常，对于我俩的态度，也从未分过畛域的。我与云姑处在这种家庭环境之下，真是幸福极了！后来我俩年纪大了些，便开始读书，云姑的父亲当教师。我俩所念的书是一样的，先生给我俩上书讲得一样多，可是云姑的慧质总比我聪明些，有时她竟帮助我许多呢，每日读书不过三四小时，一放学时，我俩就手牵着手儿走到林中或海边上来玩。"

"啊！我还记得有一次，说起来倒是很有趣的：离我俩家不远有一位亲戚家，算起来是我的表兄，他结婚的时候，我与云姑被两位母亲带着去看了一回；第二天我俩到林中玩耍时，就照样地仿效起来——她当做新娘子，我当做新郎。这时正是风和草碧，花鸟宜人的春天。我俩玩得没趣，忽然想起装新娘和新郎的事情来，于是我采了许多花插在她的发辫上，她也就低着头装做新娘的样子，我牵着她的手一步一步地走。我俩本是少小无猜，虽然装做新娘和新郎的模样，实还不知新娘和新郎有什么关系，一对小新人正走着走着；忽然从林右边出现了两个人，原来是她的父亲和我的父亲。他俩走到我俩的面前来，疑惑地问道：'你俩为什么这种模样儿？'我俩虽然是这般地游戏；但见他俩老人家走来时，也不觉表示出一种羞答答的神情。'我俩装新娘和新郎，她是新娘，我是新郎——我俩这般玩。'我含羞地答应了一句，两位老人家听着笑起来了。我的父亲向她的父亲问道：'老哥！你看这一对小新人有不有趣呢？'云姑的父亲用手抚弄着自己细而长的胡须，向着我俩很慎重地看了几眼，似觉起了什么思索也似的，后来自己微笑着点一点头，又向我的父亲说道：'的确有趣！不料这两个小东西玩出这个花样儿。也好，老弟，我俩祝他俩前途幸福罢。……'当时我不明白云姑的父亲说话的深意——他已把云姑暗暗地许给我了。"

"光阴如箭也似地飞跑，真是过得快极了。我与云姑的生活这样慢慢地过去，不觉已经到十一二岁时期。我俩的年纪虽然一天一天地大了，但我俩的感情并不因之生疏，我俩的父母也不限制我们，每天还是在一块儿读书，一块儿在林中玩；云姑的父亲是一个很和善的人，他并不以冬烘先生的态度对待我俩，有时他还教授一些歌儿与我俩唱。在春天的时候，林中的鸟声是极好的音乐，我与云姑玩到高兴时，也就唱起歌儿，与鸟声相应和。啊！说起鸟来，我又想起来一椿事情了：有一天晚上，我的一位堂兄由家里到我家来，他带来一只绿翠鸟给我玩，这绿翠鸟是关在竹笼子里头的。我当时高兴得了不得，因为这只绿翠鸟是极美丽，极好看的：红嘴，绿羽，黄爪，真是好玩极了！我不知道在你们的国度里，有没有这样美丽的鸟儿，但在我们高丽，这绿翠鸟算是很美丽的了。因为天太晚了，云姑怕已睡着了，我没有来得及喊她来看我新得的宝贝。我这一夜简直没有入梦，一会儿担心鸟笼挂在屋檐下，莫要被猫儿扑着了；一会儿想到明天云姑见到绿翠鸟时，是何等地高兴；一会儿想到可惜堂兄只带了一只绿翠鸟给我，若带来两只时，我分一只给云姑，岂不更好么？……因为一只绿翠鸟，我消耗了一夜的思维。"

"第二天刚一黎明的时候，我就从床上起来，母亲问我为什么起得这样早，我含糊答应了几句，连脸也不洗，就慌里慌张地跑到云姑家里来了。这时云姑还正在酣睡，我跑到她的床沿，用手将她摇醒，'快起来！快起来！云姑！我得到了一只极好看的绿翠鸟，唉！真好看呀！你快快起来看……'云姑弄得莫名其妙，用小手揉一揉两只小眼，看看我，也只得连忙将衣穿起，下了床，随着我，来到我的家里。我把鸟笼从屋檐取将下来，放在一张矮凳上，教云姑仔仔细细地看。云姑果然高兴的不得了，并连说，'我们要将它保护好，莫要将它弄死了，或让它飞了。'谁知云姑抚摩着鸟笼，不忍释手，不注意地把鸟笼的口子弄开了——精灵的绿翠鸟乘此机会便嘟的一声飞去了，飞到天空去，霎时间无影无踪。我见着我的宝贝飞去了，又气又恼，便哭将起来，向着云姑责骂：'我叫你来看它，你为什么将它放了？……你一定要赔我的绿翠鸟，否则我绝不依你……我去找你的妈妈说理去……哼……哼……'云姑见鸟飞去了，急得脸发红，又见我哭了，并要求她赔偿，她于是也放声哭了。她说，她不是有意地把绿翠鸟放飞了；她说，她得不到绿翠鸟来赔我……但我当时越哭越伤心，硬要云姑赔偿我的绿翠鸟。我两个哭成一团，惊动了我的母亲和父亲，他俩由屋内跑出来问，为什么大清早起这样地哭吵起来，有什么大不了的事情；我哭着说：'云姑把我的绿翠鸟放飞了，她一定要赔我的。……'云姑急着说：'不，不是！我不是有意地把绿翠鸟放飞了。汉哥要我赔他的，我从什么地方弄来赔他呢？……''原来是这么一回事情！一只鸟儿飞了，也值得这样地闹得天翻地覆？云姑！好孩子，你莫要哭了，绝不要你赔，你回去罢！'云姑哭着回去了；我的母亲抚着我的头，安慰了我一番，我才止了哭。"

"这一天我没有上学，整天闷闷地坐在家里，总觉着有什么失去了的样子，心灵上时起一种似悲哀又非悲哀的波浪，没有平素那般的愉快平静了。这并不是因为失去了绿翠鸟，而是因为云姑不在面前，我初尝受孤寂的苦味。由感觉孤寂而想起云姑，由想起云姑而深悔不应得罪了云姑，使云姑难过。'唉！总是我的不是！一只绿翠鸟要什么紧呢？况且云姑又不是有意地这样做……她也爱绿翠鸟呀！……我为什么要强迫了她？……总都是我的不是，我应当向她赔罪。但是，云姑见我这样地对她不好，怕一定要不理我了罢？倘若我去赔罪，她不理我，究竟怎么好？……'我想来想去，不知如何办才好，最后，我又哭了，哭得更为悲哀；不过这种哭不是为着绿翠鸟，而是为着云姑，为着我自己不应以一只绿翠鸟得罪了云姑。……"

"朋友，这是我有生第一次感受着人间的悲哀！我已决定向云姑赔罪，但怕云姑真正生了气，不愿再理我了。恰好到刚吃晚餐的时候，云姑家用的一个老妈送一封信给我，照着信封面的字迹，我知道这是云姑写给我的，我惭愧地向老妈问一声，'云姑今天好么？''云姑？云姑今天几几乎哭了一天，大约是同你吵嘴了罢。唉！好好地玩才对，为什么你又与她斗气呢？你看，这一封信是云姑教我送给你的。'老妈不高兴地将话说完就走了。我听了云姑几几乎哭了一天，我的一颗小心落到痛苦的深窟里，深深地诅咒自己为什么要做出这样大的罪过来。我将信拿在手里，但我不敢拆开，因为我不知道里面写的是与我讲和的话，还是与我绝交的话。我终于战兢兢地把信扯开了。……"

苏丹撒得不等李孟汉说完，赶紧地插着问："信里到底写什么呢？是好消息还是坏消息？李孟汉，我替你担心呢。"李孟汉微微地笑了一笑，用手把炉内的白杨树块架一架，便又接着说自己的故事：

"自然是好消息啊！我的云姑对于我，没有不可谅解的。这一封信里说：'亲爱的汉哥！我承认我自己做错了事，损失了你所心爱的东西，但是，汉哥啊！请你原谅我，我不是有意地在你面前做错事啊！你肯原谅我吗？我想你一定可以原谅我！我今天没有和你在一起，我心里是如何难过啊！汉哥！我的两眼都哭红了，你可怜我一些儿罢！倘若你可怜我，请你明早在我们平素所靠的大石前等我，我来向你谢罪。……'我读了这一封信，朋友，你们想想我是如何高兴呢。但同时我又惭愧的不得了；我本应当向她谢罪，而她反说向我谢罪，反要我可怜她，唉！这是如何使我惭愧的事啊！"

"第二天日出的时候，我起来践云姑的约，向着海边一块大石走去，谁知云姑先我而至。她已站在那儿倚着大石等我呢，我喊一声'云姑！'她喊一声'汉哥！'——我俩互相看着，说不出别的话来，她两眼一红，扑到我的怀里，我俩又拥抱着痛哭一场。为什么哭呢？喜欢过度么？还是悲哀呢？……当时哭的时候，没有感觉着这些，现在我也答应不出来。这时青草上闪着鲜明的露珠，林中的鸟儿清婉地奏着晨歌，平静的海时起温柔的波纹……一轮新鲜而红润的朝阳慢慢地升起，将自己的柔光射在一对拥抱着痛哭的小孩身上。"

李孟汉说到此处停住了。他这时的脸上很显然地慢慢增加起来悲哀的表情，一会儿愉快的笑痕渐渐从他脸上消失下去了。他将两手合拢着，两眼不转睛地向着炉中的火焰望。我虽然没有研究过心理学，但我感觉到他这时的心弦又起悲哀的颤动了。沉默了几分钟，苏丹撒得是一个急性人，无论什么事都要追根问到底，不愿再继续着忍受这种沉默了，便向李孟汉说道："你的故事还未说完啦，为什么你不继续说了？我听得正高兴，你忽然不说了，那可是不行啊！李孟汉，请你将你的故事说完罢，不然的话，我今夜一定是不能入梦的。维嘉已经说过，明天上半天没有课，我们睡迟些不要紧，你怕什么呢？快说，快说，李孟汉。"我当然是与苏丹撒得表同情的，便也怂恿着李孟汉将故事说完。我平素是睡得很早的，这天晚上却是一个例外，睡神不来催促我，我也不感觉到一点儿疲倦。

李孟汉还是沉默着。我也急起来了；苏丹撒得如生了气的样子，将李孟汉的左手握住在自己的两手里，硬逼迫他将故事说完。李孟汉很可怜的样子，向我俩看了几眼，似觉是要求我俩怜悯他，他不得已又重行开口了：

"唉！我以为说到此地倒是适可而止，没有再说的必要了；再说下去，不但我自己要难过不了，就是你们听者怕也不会高兴的。也罢，苏丹撒得，你把我的手放开，我说就是了。唉！说，说……我哪有心肠说下去呢？……你们真是恶作剧啊！……

"自从我与云姑闹了这一次之后，我俩间的情爱更加浓厚起来了。不过我俩的情爱随着我俩的年纪——我与云姑同年生的，不过我比她大几个月——渐渐地变化起来了。从前的情爱完全是属于天真的，是小孩子的，是不自觉的，可是到了后来，这种情爱渐脱离了小孩子的范围，而转到觉悟的时期：隐隐地我俩相互地觉着，我俩不得不相爱，因为我是她的，她是我的，在将来的生活是永远不可分离的伴侣。朋友，我真描写不出来这时期的心境，而且我的俄国话说得不十分好，更没有文学的天才，我真是形容不好啊！

"光阴快得很，不已地把人们的年纪催促大了——我与云姑不觉已到了十四岁。唉！在十四岁这一年中，朋友，我的悲哀的不幸的生活算开始了。俗话说'天有不测的风云。人有暂时的祸福。'在我们高丽，朋友，暂时的福是没有的，可是暂时的祸，说不定你即刻就可以领受着。你或者坐在家里没有做一点儿事情，但是你的性命并不因此就可以保险的。日本人的警察，帝国主义者的鹰犬，可以随时将某一个高丽人逮捕，或随便加上一个谋叛的罪名，即刻就杀头或枪毙。唉！日本人在高丽的行凶做恶，你们能够梦见么？任你们的想像力是如何富足，怕也不会想像高丽人受日本帝国主义者的虐待到什么程度啊！"

"我的父亲是一个热心恢复高丽独立的人，这是为我所知道的。在这一年有一位高丽人暗杀了某日本警官，日本当局竟说我父亲是主使的嫌疑犯——这个底细我实在不晓得了。结果，我的父亲被捉去枪……毙……了……"

苏丹撒得骇得站将起来，连喊道："这真是岂有此理！这真是岂有此理！唉！我不料日本人在你们高丽这般地做恶！……"我听了李孟汉的话吃了一大惊，苏丹撒得这种态度又把我骇了一跳。李孟汉又落了泪。接着他又含着哭声断断续续地说道："我的父亲被日本人枪毙了之后……我的母亲……她……她……唉！可怜她……她也投海死了……"苏丹撒得瞪着两眼不作声，简直变成了木偶一般；我似觉我的两眼也潮湿起来，泪珠几几乎从眼眶内迸涌出来了。大家重行沉默下来。窗外的风此时更呜呜地狂叫得厉害，俄而如万马奔腾，俄而如波涛怒吼，俄丽如千军哭喊，俄而如地覆天翻。……这是悲悼高丽的命运呢，还是为李孟汉的不平而鸣呢？

李孟汉止了哭，用手帕拭一拭眼泪，又悲哀地继续着说道："倘若没有云姑，倘若没有云姑的婉劝，朋友，我久已追随我的父母而去了，现在这个地方哪里有我李孟汉，你们又哪里能在这莫斯科见着我的面，今晚又哪里能听我说话呢？……啊！云姑是我的恩人！啊！云姑是我的生命的鼓励者！"

"我的父母双双惨死之后，剩下了一个孤苦伶仃的我；云姑的父亲（他也差一点被警察捉去了，但经过许多人证明，幸得保安全）将我收留在他家里，待我如自己的儿子一样。可是我总整日不住地哭泣，总是想方法自杀，因为我觉着父母既然惨死，一个孤伶伶的我没有再活的兴趣了。云姑不为着我，当然也是悲哀极了；她几乎连饭都吃不下去。她是一个很聪明的女子，她感觉我的态度异常，生怕我要做出一些自寻短见的事情，于是她特别留意我的行动。我曾向她表示过要自杀的心思，她听着就哭起来了。她百般地哀劝我，她指示我将来一些应走的道路。唉！我的云姑，她真是一个可敬佩的姑娘！她的见识比我的高超几倍：她说我应当留此身为将来用，将来总有报仇的一天；她说，死了没有用处，大丈夫不应当自寻短见；她又说，倘若我死了，她一定要哭死，试问我的心能忍么？……我觉着云姑的话合乎情理，她的颖慧的心眼实为我所不及，于是我将自杀的念头就抛却了。并且我当时虽然想自杀，但心头上总还有一件挂念而不能丢的东西——这东西是什么呢？这就是云姑，寄托我的生命的云姑！朋友，你们想想，倘若没有云姑鼓励着我，现在你们有与我李孟汉相处的机会么？"

"从这时起，云姑简直变成了我的温柔慈善的母亲了。她安慰我，保护我，体贴我，可以说是无微不至。我虽然有同她生气的时候，但她都能容忍下去，毫不见怪于我。唉！我的云姑，我的可爱的云姑，可惜我不能再受她的柔情的润泽了！……"

"这样平静地又过了两年，云姑越长越好看，越长越比从前标致了！她的美丽！唉！我简直形容不出来——是啊，我也不应当拿一些俗字眼来形容她那仙人般的美丽！也许世界上还有比我云姑更为美丽的女子，但在我的眼中，朋友，你们所说的美丽的女子，简直不能引起我一丝一毫的注意啊。你们平素或笑我是老学究，不爱谈论女子的事情，唉！你们哪里知道我的爱情如一块墓穴一样，已经被云姑整个地睡去了，不能再容别人的占领呢？我并不是为云姑守节，乃是以为世界上没有比云姑更可爱的女子了；我领受了云姑的爱，这已经是我此生的大幸，不愿再希望别的了。朋友，你们明白我么？你们或者很不容易明白我！……"

"我已经是到了十六岁了。日本人。唉！凶恶的日本人能任我这样平安地生活下去么？杀了我的父亲，逼死了我的母亲，这还不能令他们满意，他们还要，唉！还要我这一条命！我不知高丽人有什么对不起日本人的地方，致使他们一定要灭高丽人的种，一定要把高丽人杀得一个不留。……我年纪渐渐大了，日本的警察对于我的注意和监视，也就渐渐紧张起来了。布满了警察要逮捕我的风声。云姑的父亲见着这种情形，深恐日本人又下毒手，说不定什么时候把我捉去杀了。他老人家日夜战战兢兢地，饮食不安；我呢，我自己倒反不以为意的样子。一日，他老人家把我喊到面前，四顾无人，他对我簌簌地流下了泪，我这时真是莫知所以。他含着哭声向我说道：'汉儿，自从你父母死后，我视你如自己的亲生的儿子一般，你大约也感觉得到；我本想将你放在自己的面前扶养成人，一则使你的父母在九泉下也能瞑目，二则也尽尽我对死友的义务，况且我已把云姑许给你了呢？但是现在，我的汉儿，这高丽你不能再居住下去了……日本的警察对于你，唉！谁知道他们怀着什么恶意呢！倘若你一有不幸，再遭了他们的毒手，那我怎么能对得起你，又怎么能对得起你的亡故的父母呢？唉！我的汉儿！事到如今，你不得不早为脱逃之计，我已经替你预备好了，就是今晚，你……你……你一定要离开这悲哀的高丽……他年……啊！他年或有见面的机会！……'云姑的父亲情不自己地放声哭了。我这时简直如晴天遇着霹雳一般，无所措手足，不知说什么话才好。朋友，你们试想想我这时的心境是什么样子！唉！一个稚弱的我忽然遇着这个大难题，朋友，你们想想怎么样子解决呢？我这时没有话讲，我只是哭，我只好唯他老人家的命是从。"

"但是我的云姑呢？她曾否已经晓得了她父亲这时对我所说出来的意思？啊！贤慧的云姑！明大义的云姑！她已经晓得了：并且我怎么样逃难的方法……都是她与她的父亲商量好的。她岂是愿意如此做吗？她岂是愿意我离开她，忍心让我一个人去向异邦飘泊吗？不愿，绝对地不愿啊！但是为着我的安全，为着我的将来，她不得不忍心将我送出悲哀的高丽！唉！她是如何地难过啊！她的父亲向我说话的时候，即是她一个人在自己的房内哭得死去活来的时候，即是她肝肠寸断的时候。……"

"这一天晚上十点钟的时候，有一个老人驾一只渔船，静悄悄地泊于鸭绿江上一处无人烟的地方，伏在芦苇深处的岸边。在黑暗的阴影中，一对小人儿脚步踉跄地，轻轻地走到这泊渔船的岸边来。这是要即刻生离的一对鸳鸯，任你是谁，唉！任你是谁也形容不出他俩心境是如何地悲哀啊！他俩到了岸边之后，忽然将手里拿的小包袱掷在地下，搂在一起，只是细微地呜呜地哭泣，不敢将哭声稍微放高些。'我的汉哥！你这一去……我希望你好好地珍重……我永远是……你的……只要世界上正义存在……我们终……终有团聚的一日！……''我的云姑！唉！我的心……碎……了……我将努力完成你的希望……除了你……世界上没有第二人……唉！你是我心灵的光……光……'他们哭着说着，咳！这是如何悲哀的一幕！渔船上的老人下了船走到岸上来，将他俩用手使劲地一分，壮重地说道：'还哭什么！是好汉，总有恢复高丽自由的一日，总有夫妻团聚的一日！现在光哭是没用的！云姑！你回去，回去，切莫在这儿多站了，谨防被人看见。'老人将话说完，便一把将这一个少年拉到渔船上，毫不回顾地摇桨而去。大约云姑还立在岸上望，一直望到渔船望不见了的时候为止。"

"唉！朋友，我的亲爱的朋友啊！又谁知这鸭绿江畔一别，便成为永别了……高丽或有自由的时期，但我的云姑，我的云姑啊，我永远再见不着她的面了！说什么总有团聚的一日，……鸭绿江畔是我永远的纪念地！年年江水呜咽，是悲鸣着高丽的命运，是替我那可怜的云姑吐恨！……"

"我曾住这一天夜里逃到中国地界过了两年，又由中国跑到这解放后的俄国来，当了两年红军中的兵士，不知不觉地到现在，离开高丽已经有六七年了；但是我的这一颗心没有一分钟不恋在高丽和我云姑的身上！我出奔后从未接过云姑的一封信，实际上我俩也没有通信的可能。我实指望有与她团聚的一日，又谁知她在今年正月初又被日本人害死了！唉！江河有尽头，此恨绵绵无尽期！"

"到底你的云姑是因为什么罪名死的呢?"我插着问，李孟汉把眉一皱，发出很底微的声音，"因为什么罪名死的？听说她是高丽社会主义青年同盟妇女部的书记，她有一次参加工人集会，被日本警察捉住了，定她一个煽动罢工的罪名，于是将她收了监，于是她屈死在监狱里。听说在审判的法堂上，她大骂日本人的蛮暴，并说倘若高丽的劳动群众没有死完的时候，则自由的高丽终有实现的一日。啊，这是何等的壮烈啊！这种壮烈的女子，我以为比什么都神圣。朋友们，除了这个神圣的她而外，你们能替我再找一个更可爱的女子么？……"李孟汉将话说到此地，忽然出去找朋友的C君回来了。C君淋了一身的雪，好像一个白鹭鸶一样，我们忽然将注意点挪到他的身上了——我们的谈话也就中止了。

时候已经是十二点过了，我们将炉火扑灭，各自就寝。但我听见李孟汉上床后，还好久没有睡着，尽在那里翻身叹气。

1926.1.14

弟兄夜话

　　江霞自 R 国回国之后，蛰居于繁华吵杂的上海，每日的光阴大半消磨在一间如鸟笼子一般的小亭子间里。他在 S 大学虽然担任了几点钟的功课。藉以为维持生活的方法，使肚子不至于发生问题，然而总是整日地烦闷，烦闷得难以言状。这并不是因为江霞自负是一个留学生，早怀着回国后大出风头的愿望，而这种愿望现在不能达到；也不是因为江霞行过丰富的物质生活的奢望，而现在这种奢望没有达到的机会；也不是因为他的心境回到数年前的状态，又抱起悲观来了。不是，绝对的不是！他到底为什么烦闷？简单地说，他的烦闷不是因为要做官或是因为要发财，而是因为这上海的环境，这每日在江霞眼帘前所经过的现象，使江霞太感觉着不安了。江霞每日在上海所看见的一切，使江霞不自由地感觉着：“唉！这上海，这上海简直使我闷煞了！这不是我要住的地方，这简直是地狱。……”

　　江霞在冰雪的 M 城居了数年，深深地习惯了 M 城的生活。现在忽然归到灰色的中国，并且是归到黑暗萃聚的上海，一切眼所见的，耳所闻的，迥然与在 M 城不同，这的确不能不使他感觉着不安。论起物质方面来，上海并不弱于 M 城：这里有的是光滑平坦的马路，高耸巨大的洋房，繁华灿烂无物不备的商店；这里有的是车马如龙，士女如云……总而言之，这里应有尽有，有什么不及 M 城的地方？难道说 M 城比上海还美丽些么？江霞为什么感觉着不安？上海简直是乐地！上海简直是天堂！上海有别的地方没有的奇物异事，江霞还要求一些什么呢？既不要升官发财，又不抱悲观的态度，那吗江霞就应当大行乐而特行乐了，又何必为无益的烦闷呢？

但是江霞总感觉着烦闷，总感觉这上海不是他要住的地方，总感觉 M 城所有的一件东西是上海所没有的，而这一件东西为江霞所最爱的，为江霞心灵所最维系的东西——江霞既然在上海见不着这一件东西，所以他烦闷得非常，而时常要做重游 M 城的甜梦。这一件东西到底是什么呢？不是 M 城所特有的歌舞剧，不是那连天的白雪，也不是令江霞吃着有味的黑面包，而是 M 城所有的新鲜的，自由的，光明的空气。

在 M 城，江霞可以看见满街的血旗——人类解放的象征——可以听见群众所唱的伟大的《国际歌》和童子军前列乐队所敲的铜鼓声。但是在上海呢？红头阿三手中的哭丧棒，洋大人的气昂昂，商人的俗样，工人的痛苦万状，工部局的牢狱高耸着天，黄包车夫可怜的叫喊……一切，一切，唉！一切都使得江霞心惊胆战！或者在上海过惯的人不感觉得，但是在 M 城旅居过几年的江霞，蓦然回到上海来，又怎能免去不安的感觉呢？不错！上海有高大的洋房，繁华的商店，如花的美女，但是上海的空气太污秽了，使得江霞简直难于呼吸。他不得不天天烦闷，而回忆那自由的 M 城。……

江霞回到上海已经有三个多月了，在这三个多月之中，有时因为烦闷极了，常常想回到那已离别五六年的故乡去看一看。故乡在 A 省的中部，介于南北之间。山水清秀，风景幽丽，的确是避嚣的佳地。父母的慈祥的爱，弟兄们的情谊，儿时的游玩地，儿时的伴侣，诸小姪辈们的天真的欢笑，……一切都时常萦回在江霞的脑际，引诱江霞发生回家的念头，似觉在暗中喊呼："江霞！江霞！你来家看看罢！这里有天伦的乐趣，这里有美丽的景物，这里可以展舒疲倦的胸怀……"啊！好美丽的家园！应当回家去看一看，休息一休息，一定的！一定的要回去！

但是江霞终没有勇气作回家的打算。家园虽好，但是江霞不能够回去，江霞怕回去，江霞又羞回去！这是因为什么？因为江霞的家庭不要江霞了？因为江霞在家乡做了什么罪恶逃跑出来的？因为江霞在家乡有什么凶狠的仇人？或是因为……啊！不是！不是因为这些！

江霞幼时在家乡里曾负有神童的声誉，一般父老，绅士，亲戚以及江霞父亲的朋友们，都啧啧称赞过江霞：这孩子面貌生得多么端正，多么清秀。这孩子真聪明，写得这么一笔好字！这孩子文章做得真好！这孩子前程不可限量！这孩子将来一定要荣宗耀祖的！……有几个看相的并且说过，照这孩子品貌看来，将来起码是一个县知事！有几个穷亲戚曾不断地说过，这孩子将来发达了，我们也可以沾一沾光，分一分润。这么一来，江霞简直是一个神童，江霞简直是将来的县知事，省长或大总统了。光阴一年一年地过去，人们对于江霞还是继续地等待着，称赞着，希望着。但是忽然于1920年元月，江霞的父母接到江霞从上海寄来的一封信，信上说，他现在决定到 R 国去留学，不日由沪动身，约四五年才能回国，请父母勿念等语。……喂！怎么啦！到 R 国去留学？R 国是过激派的国家，是主张共产共妻的国家，在 R 国去留学，这岂个是去学过激派，去学主张共产共妻的勾当？这是什么话？唉！江霞混蛋！江霞变了！唉！好好的一个江霞，现在居然这样糊涂。……家乡的一般人们，自从江霞到 R 国后，对于江霞的感情大变，大部分由称赞，希望，等待，转到讥笑，叹息，咒骂了。

　　江霞深深地知道这一层，知道自己的行为为家乡的人们所不满，所讥笑。江霞想道，家乡的人们从前所希望于我的，是我将来可以做官发财，是我将来可以荣宗耀祖，但是现在我回国后仅教一点穷书，每月的收入仅可以维持生活。并且……倘若我回去了，与他们怎么见面？说什么话好呢？喂！他们的那种态度，那种心理，那种习惯，那一切令人讨厌的样子……我真是不高兴与他们多说话！我真是不愿意回去与他们相周旋！我回去了之后能够躲在家中不见人吗？我的父母一定要逼迫我见人，一定要我与所谓父老绅士们相周旋，但是我怎么能忍受这个呢？还是不回去的好！不回去，还是不回去！等一等再说罢！

　　但是，倘若仅仅只有这一个困难的问题，恐怕还是遏抑不住江霞要回里的打算。无奈对于江霞，还有比这更困难的问题，这就是他的婚姻问题。八九年前，江霞的父母听了媒妁之言，替江霞订下了一门亲事。当时江霞虽然感觉着不满意，但是因为年龄和知识的关系，只好马马虎虎地听着父母做去，未曾公然表示反对。后来江霞年龄大了，升入了 W 埠的中学，受了新潮流的激荡；一般青年学子群醉心于自由恋爱，江霞本来的性格就是很急进的，当然不能立于例外了。本来呢，婚姻是要当事人两方同意方能决定的，怎么能由父母糊里糊涂地拉拢？江霞从未见过自己的未婚妻生得什么样子：是高？是低？是胖？是瘦？是麻子？是缺腿？江霞连想像也想像不着，至于她的性格是怎样，聪明不聪明，了解不了解江霞的性情，那更是谈不到了。江霞真是有点着急！眼看着结婚的期限快到了，但是怎么能与一个不相识的女子结婚？倘若结婚后她是一个白痴，或是恶如夜叉，或是蠢如猪牛，那如何处置呢？想起来真是危险，危险得厉害！江霞除了读书和在学生会办事的时间，差不多大部分的精力都用在解决这个困难的问题上面。

这个问题能够拖延下去不求解决么？江霞在每次的家信中，曾屡次露出对于婚姻不满意，后来居然公开地向家庭说明，无论如何，没有与 W 姓女结婚的可能。这件事情可是把江霞的父母难住了！解除婚约？这怎么能办得到呢？这是古今中外未有的奇闻，至少是江霞的家乡百余里附近未有的奇闻！办不到，绝对地办不到！况且 W 族是有势力的大族，族中有很多的阔人，他们如何能够答应？倘若他们故意为难，故意跑到县里去控告，或是纠众到门前吵闹……这将如何是好呢？哼！真是把江霞的父母为难死了！

江霞的父母无论如何不能答应江霞的要求！木已成舟，哪里还能再说别的话？江霞应当勉强一点罢，反正是办不到的事情。江霞的父母说，无论你要求什么都可答应，但是这个问题，请你不要使父母为难罢，办不到，绝对地办不到！江霞替父母想想，也实在觉着太使父母为难了。但是怎么能与个不相识的女子结婚？谁个又能断定那 W 姓女子不是瞎子，或是比夜叉还要凶些？唉！这也是绝对地办不到，无论如何办不到！江霞想来想去，也罢，等有机会时，我跑它一个无影无踪，使家庭找不到我，这婚姻当然结不成的了。现在不必向家庭说，说也没有用处。我跑了之后，看那 W 姓的父母怎样？他们能再逼迫我的家庭么？倘若他们能逼迫我的家庭，那么我的父母岂不能向他家要儿子？儿子都跑走了，还讲什么娶媳妇？好！就是这样办！

江霞所以要跑到 R 国留学，大目的虽然不见要躲避结婚，但是躲避结婚却为一附带的原因。江霞以为在 R 国过了几年之后，这婚约是大约可以解除的，孰知江霞回国之后，写一封信向家庭问一问婚约解除了没有，得到了一个回答："没有！"唉！这真是糟糕！怎么办？现在还是没有办法，如出国前没有办法一样。事情是越弄越僵了！江霞的家庭天天等江霞回去结婚，他们的打算是：倘若江霞一回家，不问你三七二十一，愿也好，不愿也好，按着磕了头，拜了天地再说。江霞知道这种计划，时时防备这种计划。防备这种计划的好方法是什么？就是一个不回家！家乡有青的山，绿的水，家乡有一切引诱江霞要回里的东西，家乡的幽静实比这上海的烦杂不知好多少倍。江霞何尝不想回家？江霞为烦杂的上海弄得疲倦了，很想回家休息一下，但是一想到这一件危险的事情，回家的念头就打断了。唉！不回去，还是不能回去！

江霞的父母屡屡写信催江霞回家，但是江霞总都是含糊地回答，不是说等到暑假回家，便是说刻下因有事不能离开上海，总没说过一个肯定的回家的日期。江霞的家庭真是急坏了，特别是江霞的母亲！江霞是他母亲的一个小儿子，也是一个最为钟爱的儿子，现在有五六年未回家了，怎能令她老人家不着急，不悬念？江霞在家时是很孝顺母亲的；但是现在江霞虽离开母亲五六年了，而仍不想回家看看母亲，这实在要教母亲伤心了。她一定时常叹息着说："霞儿！你这小东西好忍心啊！简直把老娘忘了！唉！我空在你的身上用了力气！……"江霞也常想像到这个，并且想起母亲的情形来，眼珠也时常湿润过。但是他还是不回家。他怎么能够回家呢？母亲啊！请宽恕你的儿子罢！

有一日，江霞自 S 大学授课回来，没有雇黄包车，顺着幽静的福煦路漫步。这时已四点多钟了，西下的夕阳将自己的金辉静悄悄地淡射在路旁将要发青的行道树，及散立着的洋房和灰枯的草地上。路上少有骄人汽车来往吼叫，不过不断地还时闻着哗哒哗哒的马蹄声。江霞看看路旁两边的景物，时而对夕阳唏嘘几下，时而低头做深默的幻想。江霞很久地没曾这样一个人独自散步了——他回到上海后，即在 S 大学任课，天天忙着编讲义，开会，有闲工夫的时候即自己坐在笼子般的小室内看书，从未好好地散过步。一个人散步罢？没有兴趣。去找几个朋友？他们都忙得什么似的，哪里有闲工夫？找女朋友？江霞初回国时，几乎没有与女子接近的机会。不错，S 大学有很多的女学生，但是处在中国社会环境里，这先生去找女学生游逛，似觉还未成为习惯。你闷了么？且在室内坐一坐，也只好在室内坐一坐！

江霞走着走着，忽然动了乡情：屈指一算，离家已是六年了；现在的时光正是那一年离开家乡的时光，虽然那时家乡的风景不似此时的福煦路上，但是时光是一样的啊！唉！忽然间已是六年了！这六年间的流浪的我，六年间的家乡景物，六年间的家庭状况……啊！那道旁的杨柳，母亲送我行时所倚靠的杨柳，还是如往年一样，已经发青了么？那屋后的竹林还是如当年一样的绿？小妹妹的脚大约未裹罢？母亲的目疾难道还没有好么？……杨柳，母亲，竹林，妹妹……一切，一切，不知为什么在此时都一齐涌进了江霞的忆海。江霞动了乡情了，动了回家的念头了。无论如何，还是要回家去看一看！难道说就从此不要家了么？江霞想到这里，忽然一辆汽车经过江霞身旁鸣的一声飞跑去了，把江霞吓的眼一瞪，即时又莫名其妙地鼓动了江霞的与前段思想相反的思想：回家？我将怎么样与那些讨厌的人们相周旋？我将怎么样能忍受那糊里糊涂的结婚？我将怎么样……不！不！还是不能回家去！

江霞在这一日上午，从四马路买书回来，因为乘电车，遇着一个外国人霸占着一个可以容两人坐的位置，而不让江霞坐下去。江霞骂了他几句，几乎与他大打起架来。后来那位外国人让了步，但是江霞愤外国人蛮横，无理欺压中国人，所生的气到此时还未尽消下去。此时江霞又动了乡情，心中的情绪如乱麻也似地纷扰，要想找一个方法吐泄一下。江霞想起成都路头一家小酒馆来了，于是由回家的路，改走到这小酒馆的方向来。

"倷先生格许多时候没来哉！"

"阿拉有事体呀，哪能够天天来呢？"

"倷话，倷要吃啥酒，啥个小菜？"

"花雕半斤，牛肉一小碟，烧鸭一小碟，僚要快一点哉！"

江霞虽然前前后后在上海住了许多时候，但是他的上海话还是蹩脚得很。不过马马虎虎地他懂得茶房的话，茶房也懂得他的话。茶房将酒菜端上，江霞自斟自酌，想藉酒浇浇胸中的块垒。谁知酒越喝得多，胸中的烦恼也就越增加，恨不得即刻搭车到吴淞口去投海去！想起外国人对于自己的无理，恨不得拿起刀来杀他一个老子娘不能出气！江霞不是一个狭义的民族主义者，但是他以为凡是旅居中国的外国人都是坏东西，起码也有百分之九十九是的！江霞此时不愿意想起回家，结婚等等的事情，但是怎么能够呢？脑筋真是浑蛋！你教它不要想，而它偏要想！怎么办？江霞只是喝酒，一直喝到差不多要醉了。

这时已经有六点钟了。天还未十分黑，江霞跟跄地提着书包，顺着成都路，昏头昏脑地走将回来。刚一进客堂门，忽听着一个人问道："老三！你为什么回来这样迟呀？等得急死我了！"

江霞昏头昏脑地，双眼朦胧，即时未看出说活的人在什么地方，便是酒意已经被这"老三"字惊醒了。老三？在上海有谁个能够这样称呼江霞？江霞在上海的朋友中从未谈过家事，谁个晓得江霞是老三？就是有人晓得江霞还有两位哥哥，江霞是行三，可是绝对也不会拿"老三"来称呼江霞！老三？这是一个很生的称呼，然而又是很亲近的称呼。江霞自从六年前离开家庭后，自从与两位哥哥分手以来，谁个也没喊过江霞老三，现在江霞忽然听见有人喊他老三，不禁起了一种莫名其妙的感觉。"老三"这个称呼真是熟得很啊！江霞与自己的两位哥哥分别太久了，平素忆想不出两位哥哥说话的声音，但此刻一听见老三两个字，使江霞即刻就明白了这不是别人的声音，这一定是大哥的声音。江霞好好地定神一看，客堂右边椅子上坐着三十来岁的中年人，身穿着黑布马褂，蓝布长衫，带着一副憔悴的面容，啊，谁个晓得，这憔悴的面容不是由于生活困苦所致的？不是由于奔波积虑？……椅子上坐着的中年人只两眼瞪着向有醉容的江霞看，江霞忽然觉着有无限的难过，又忽然觉着有无限的欢欣。啊，原来是大哥，原来是五六年未见面的大哥。

"大哥你来了，你什么时候到的呀？"

"四点钟到的。我坐在此等了你两个多钟头，真是急得很！"

江霞见着大哥憔悴的面容。上下将大哥打量一番，即时心中有多少话要问他，但是从何处问起？平素易于说话的江霞，到此时反说不出话来。江霞的大哥也似觉有许多话要说的样子，但是他又从何处说起呢？大家沉默对看了一忽儿，最后江霞说道："走，上楼去，到我住的一间小房子里去。"

于是江霞将大哥的一束带着灰尘的小行李提起，在前面引导着大哥上楼，噗通噗通地踏得楼梯响，走入自己所住的如鸟笼子一般的亭子间里。

"大哥，你怎么来的呀？"

"俺大叫我来上海看看你。你这些年都没有回去，俺大想得什么也似的！你在外边哪里晓得……"

江霞听到这里，眼圈子不禁红将起来了：啊！原来是母亲叫他来看我的！……我这些年没有回家看她老人家，而她老人家反叫大哥跑了这么远的路来看我，这真是增加我的罪过！这真是于理不合！……但是我的母亲啊！我岂是不愿意来家看看你老人家？我岂是把你老人家忘了？你老人家念儿子的心情，我难道说不知道？但是，但是……我的可怜的母亲啊！我不回家有我不回家的苦楚！你老人家知道么？唉！唉！……

这时天已完全黑了，江霞将电灯扭着，在灯光的底下，又暗地里仔细地瞟看大哥的憔悴的面容：还是几年前的大哥，但是老了，憔悴得多了；从前他是何等的英武，何等的清秀！但是现在啊，唉！在这憔悴的面容上消沉了一切英武和清秀的痕迹。几年中有这么许多的变化！生活这般地会捉弄人！江霞静默着深深地起了无限的感慨。在这时江霞的大哥也瞟看了江霞没有？也许他也同江霞一样地瞟看：还是几年前的老三，这笑的神情，这和平的态度，这……还差不多如从前一样，但是多了一副近视眼镜，口的上下方露出了几根还未长硬的胡须。

江霞忽然想起来了：大哥来得很久了，我还未曾问他吃了饭没有，这真是荒唐之至！我应当赶快做一点饭给他吃，好在面条和面包是现成的，只要汽炉一打着，十几分钟就好了。

"大哥，你饿了罢？"

"饿是饿了，但是怎么吃饭呢？"

"我即刻替你做西餐，做外国饭吃，容易得很"，江霞笑着说。

做西餐！吃外国饭！这对于江霞的大哥可是一件新闻！江霞的大哥虽然在家乡曾经吃过什么鱼翅席，什么海参席……但是外园饭却未曾吃过。现在江霞说做外国饭给他吃，不禁引起他的好奇心了。

"怎么？吃外国饭？那不是很费事么？"

江霞笑将起来了。江霞说，做真正的外国饭可是费事情，但是我现在所要做的外国饭是再容易，再简单没有了。江霞于是将自己洋布长衫的袖子卷起来，将汽炉打着；汽炉打着之后，即将洋铁的锅盛上水，放在汽炉上头，开始煮将起来。等水沸了，江霞将面条下到里头，过一忽儿又将油盐放上，再过一忽儿就宣告成功了。江霞将面条和汤倒了一盘，又将面包切了几块，遂对大哥说：

"大哥，请你坐下吃罢，这就叫做外国饭啊，你看容易不容易？"

"原来这就叫做外国饭！这样的外国饭我也会做。"江霞的大哥见着这种做外国饭的神情，不禁也笑将起来了。

等到江霞的大哥将江霞所做的外国饭吃了之后，天已是八点多钟了。江霞怕大哥旅行得疲倦了，即忙将床铺好，请大哥安睡。江霞本想等大哥睡了之后，再看一点书，但是心绪烦乱，无论如何没有再看书的兴趣了，于是也就把衣服脱了跑上床去。江霞同大哥同一张床睡，江霞睡在里边，大哥睡在外边。上床之后江霞想好好地镇定地睡下去，免使大哥睡不着。但是此时脑海中起了纷乱的波纹：可怜的母亲，路旁的杨柳，大哥的憔悴的面容，日间所受外国人的欺侮……那最可怕的强迫的婚姻……那些愚蠢的家乡绅士，那 W 姓女也许是五官不正，也许是瞎眼缺腿……把江霞鼓动得翻来覆去无论如何睡不着。

江霞的大哥这一次来上海的使命，第一是代父亲和母亲来上海看一看：江霞是否健康？江霞的状况怎样？江霞做些什么事情？江霞是否不要家了？第二是来询问江霞对于结婚的事情到底抱着什么态度。他因旅行实在太疲倦了，现在当睡觉的时候，照讲是要好好地跑入梦乡的。但是他也同江霞一样，总是不能入梦。这也并不十分奇怪：他怎么能安然就睡着呢？他一定要把自己的使命向江霞说清楚，最重要的是劝江霞回家去结婚；当这个大问题没有向江霞要求得一个答案时，他虽然是疲倦了，总也是睡不着的。他不得不先开口了："老三，你睡着了么？"

"我，我没有……"

"我问你，你到底要不要同 W 家姑娘结婚呢？"

江霞久已预备好了对于这个问题的答案。他料定他的大哥一定要提到这个问题的，所以不慌不忙地答应了一句："当然是不要！"

"我以为可以将就一些儿罢！你可知道家中因你有多大的为难！俺伯几乎急得天天夜里睡不着觉！俺大也是急得很！……"

"我岂是不晓得这些？但是婚姻是一生的大事，怎么能马马虎虎地过去呢？W 姓的姑娘，我连认都不认得，又怎能同她结婚呢？……结婚是要男女双方情投意合才可以的，怎能随随便便地就……"

"老三，你说这话，我倒不以为然！古来都是如此的，我问你，我同你的大嫂子怎么结了婚呢？……我劝你莫要太醉心自由了！"

江霞的大哥说着这话带着生气的口气，这也难怪，他怎么不生气呢？全家都为着江霞一个人不安，而江霞始终总是这样地执拗，真是教人生气！江霞简直不体谅家里的苦衷，江霞简直不讲理！江霞的大哥想，从前的江霞是何等地听话，是何等地知事明理！但是现在在外边过野了，又留了几年学……哼！真是令人料想不到的事情！

江霞听了大哥的口气，知道大哥生气了，但是怎么办呢？有什么法子能使大哥不生气？江霞不能听从大哥的话，不能与 W 姓姑娘结婚，终究是要使大哥生气的！江霞从前在家时，很少与大哥争论过，很少使大哥对于自己生过气，但是现在，唉！现在也只好听着他生气了。江霞又和平地向大哥说道：

"大哥，我且问你，你与大嫂子结婚了许多年，孩子也生了几个，你到底好好地爱过她没有？……夫妻是不是要以爱做结合的？……"

江霞说了这几句话，静等着大哥回答。但是大哥半晌不做声。大哥听了江霞的话，把自己的劝江霞的使命忘却了，简直不知说什么话好！他忽然觉着有无限的悲哀，不禁把劝江霞的心思转到自己身上来：我爱过我的老婆没有？我打过她，骂过她，跟她吵过架……但是爱……真难说！大约是没曾爱过她罢？……结婚了许多年，生了许多孩子，但是爱……真难说！……

"倘若夫妻间没有爱，那还说得到什么幸福呢？"江霞隔了半晌，又叽咕了这么一句。

江霞的大哥又忽然听到从老三口中冒出"幸福"两个字，于是更加有点难受！幸福？我自从结过婚后，我的老婆给过我什么幸福？在每次的吵架中，在日常的生活上，要说到痛苦倒是有的，但是幸福……我几乎没有快乐过一天！除了不得已夜里在床上同她……此外真没感觉得幸福！江霞的大哥想到这里，不禁深深地叹了一口大气。

"大哥，你叹什么气呢？"

江霞的大哥又忽然想到自己的使命了。他因为自己的经验，被江霞这一问，不知不觉地对江霞改变了态度。他现在也暗暗地想道：不错！婚姻是要以爱做结合的，没有爱的婚姻还不如没有的好！……但是他不愿意一下子就向江霞说出自己的意思，还是勉强向江霞劝道：

"老三，我岂是不知道你的心思？你说的话何尝没有道理？但是，但是家里实在为难的很……家乡的情形你还不晓得么？能够勉强就勉强下去。"

"大哥，别的事情可勉强，这件事情也可勉强么？"

"这样说，你是决定的了？"

"我久已决定了！"

"哼！也罢，我回去替你想方法。……"

江霞听到此地，真是高兴的了不得！大哥改变了口气了！大哥与我表同情了！好一个可爱的大哥！大哥还是几年前爱我的大哥！……

江霞的大哥来上海的目的，是要把江霞劝回家结婚的，但是现在呢？现在不但不再劝江霞回去结婚了，而且答应了江霞回去代为想方法，啊！这是何等大的变更！江霞的大哥似乎一刹那间觉悟了："我自己已经糊里糊涂地受了婚姻的痛苦，难道说还要使老三如我一样？人一辈子婚姻是大事，我已经被葬送了，若再使老三也受无谓的牺牲，这岂不是浑蛋一个？算了！算了！老三的意见是对的，我一定要帮他的忙！我不帮他的忙，谁个帮他的忙？……唉！想起来，我却是糊里糊涂地与老婆过了这许多年！爱！说句良心话，真是没尝到一点儿爱的滋味！唉！不谈了！这一辈子算了！……"江霞的大哥想到此地，决意不再提到婚姻的问题了：一方面是因为承认了江霞的意见是对的，而一方面又因为怕多说了反增加了自己的烦恼。他于是将这个问题抛开，而转到别的事情上去。忽然他想起来了：家乡谣言都说老三到 R 国住了几年，投降了过激派，主张什么共产，有的并且说还主张共妻呢……喂！这的确使不得！与 W 家姑娘解除婚约的事情，虽然是很不方便，但我现在可不反对了。但是这过激派的事情？这共产？这共妻？这简直使不得！产怎么能共呢？至于共妻一层，这简直是禽兽了！老三大约不至于这样乱来罢。我且问他一问，看他如何回答我："老三，我听说你们主张什么过激主义……是不是有这话？"

"你听谁个说的？"江霞笑起来了。

"家乡有很多的人这样说，若是真的，这可使不得！……"

"大哥，这是一般人的谣言，你千万莫要听他们胡说八道的。不过现在的世界也真是太不成样子了！有钱的人不做一点事，终日吃好的，穿好的，而穷人累得同牛一样，反而吃不饱，衣不暖，这是什么道理？张三也是人，李四也是人，为什么张三奢侈得不堪，而李四苦得要命？难道说眼耳口鼻生得有什么不同么？……即如刘老太爷为什么那样做威做福的？他打起自己的佃户来，就同打犯罪的囚犯一样，一点不好，就把佃户送到县里去，这是什么道理呢？什么公理，什么正义，统统都是骗人的，假的?！谁个有钱，谁个就是王，谁个就是对的！你想想，这样下去还能行么？……"江霞的大哥听了这些话，虽觉有几分道理，但总是不以为然。从古到今，有富就有穷，穷富是天定的，怎么能够说这是不对的？倘若穷人执起政来了，大家互相争夺，那还能了得？即如我家里有几十亩田地，一座小商店，现在还可以维持生活，倘若……那我家里所有的东西都要被抢光，那倒怎么办呢？……危险得厉害！

"你说的虽是有点道理，但是……"

"但是什么呢？"

"无论如何，这是行不去的！"

江霞的大哥虽然不以江霞的话为然，但总说不出圆满的理由来。江霞一层一层地把他的疑难解释开来，解释的结果使他没有话说。江霞不劝他不要怕……就算有什么变故，与我家虽然没有利，但也没有害。我家仅仅有几十亩田地，一座小商店，何必操无谓的心呢？你看，刘家楼有多少田地？吴家北庄有多少金银堆在那么？我们也是穷光蛋，怕它干吗呢！……江霞的大哥听了这一段话，心又摇动起来了。他想：或者老三的意见是对的……真的，刘家楼，吴家北庄，他们该多有钱！想起来，也实在有点不公道！富人这般享福，穷人这般吃苦！即如我的几位母舅，他们成年到雪里雨里，还穷得那般样子！哼……江霞的大哥现在似觉有点兴奋起来了。他不知不觉地又为江霞的意见所同化，刹那间又变成了江霞的同志。

"大哥，天不早了，你可以好好地睡觉罢！"

"哼！"

　　江霞的大哥无论如何总是睡不着。在这一晚上，他的心灵深处似觉起了很大的波浪，发生了不可言说的变动。这简直是在他的生活史上第一次！从前也曾彻夜失过眠，但是另一滋味，与现在的迥不相同。论理，说了这些话，应当好好地睡去，恢复恢复由旅行所损失的精神。但是他总是两眼睁着向着被黑影蒙蔽着的天花板望。电灯已经熄了，那天花板上难道说还显出什么东西来？他自己也不知为什么要这样，为什么总是两眼睁着，何况旁人么？也许江霞知道这其中原故？不，江霞也不知道！江霞没有长首夜眼，在乌黑的空气中，江霞不能看见大哥的眼睛是睁着还是闭着，更不能看见大哥现在的神情来。江霞说话说得太多了，疲倦了，两只眼睛的上下皮不由得要合拢起来了。江霞可以睡觉了：既然大哥允许了代为设法解决这讨厌的，最麻烦的问题，那么事情是有希望了，还想什么呢？还有什么不安呢？江霞要睡觉了，江霞没有想到大哥这时是什么心境，是在想什么，是烦恼还是喜欢？……忽然在静寂的乌黑中，江霞的大哥又高声地咕噜了一句：

　　"老三！我不晓得我的心中现在怎么这样不安！……"

　　"哼！……"江霞在梦艺中似答非答地这样哼了一下。

　　"你所说的话大约都是对的。……"

　　"哼！……"

　　"…………"

　　第二天江霞向学校请了一天假，整天地领着大哥游逛：什么新世界啦，大世界啦……一些游戏场几乎都逛了。晚上到共舞台去看戏，一直看到夜里十二点钟才回来。江霞的大哥从前未到过上海，这一次到了上海，看了许多在家乡从未看见过的东西，照理应该是很满意的了，很高兴的了。但是游逛的结果，他向江霞说道：

　　"上海也不过如是，这一天到晚吵吵闹闹轰里轰东的……我觉着有点登不惯……唉！还是我们家乡好。……"

　　在继续与大哥的谈话中，江霞知道了家乡的情形：年成不好，米贵得不得了，土匪遍地尽是……大刀会曾闹了一阵，杀了许多绅士和财主……幸而一家人还平安，父母也很康健……家中又多生了几个小孩子。……江霞这时很想回家去看一看，看一看这出外后五六年来的变迁。他又甚为叹息家乡的情形也闹到了这种地步：唉！中国真是没有一片干净土！这种社会不把它根本改造还能行么？江霞想到此，又把回家的念头停止住了，而专想到一些革命的事情。

江霞的大哥过了几天，无论如何，是要回家了。江霞就是想留也留不住。在离别的三等沪宁车厢中，已经是夜十一点钟了，在乘客嘈杂的声中，江霞的大哥握着江霞的手，很镇静地说道：

"老三，你放心！家事自有我问。你在外边尽可做你自己所愿意做的事，不过处处要放谨慎些！……"

1926，4。

徐州旅馆之一夜

当从浦口开的火车到徐州的时候，已经是太阳西下了。陈杰生，一个二十几岁着学生制服的青年，从三等破烂的车厢下来，本希望即刻就乘陇海路的火车到开封去，——他这时非常急躁，想一下子飞到开封才能如意！他接着他夫人病重的消息，他夫人要求他赶快地来到她的病床前，好安慰安慰她的病的心境，借以补医药的不足。杰生在上海虽然工作很忙，什么学校的事，党的事，自己著作的事，……但是夫人病了，这可也不是一件小事！杰生虽然知道人化为鸟是不可能的事情，但是他实在想生一双冀翅，嘟噜噜一下子飞到开封去，飞到他的爱人的病床前，与她吻，吻，吻。……当杰生坐在车厢的时候，甚怨火车走的太慢，其实火车走的并不慢，司机也并没有偷懒，无奈杰生的心走得太快了。呵，徐州到了！杰生一方面欢喜已经走了一半的路程，一方面却恐怕不能即刻就转乘到陇海路的车。他是一个不信神的人，但是到此时，到他还未问车站管事人以前，他却在心中默默地祷告："天哪！千万莫要碰不到车呵！上帝保佑，顶好我即刻就能转乘到陇海路的车。……"他下了车之后，手提着一个小皮包，慌忙地跑到车站的办事处，问有没有到开封的车。但是糟糕的很！车站办事处的人说，在平安的时候，下了从浦口开来的车就可以接乘到陇海路往开封的车，但是现在……现在在兵事时代，火车并不是乘旅客的，是专为乘兵大爷的，什么时候开车及一天开几趟车，这只有兵大爷知道，或者连兵大爷自己也不知道。……唉！现在就是这么一回事！……大约明天上午从开封总有开来的车罢，但是也不能定。……

杰生听了车站办事人的话，简直急得两眼直瞪，两脚直跺，不断地叫，糟糕！糟糕！糟糕！这怎么办呢，这怎么办，这怎么办呢？哼！没有办法，简直没有办法！杰生想道，"她现在的病状也不知到什么程度了，也许她久等我不到，更要把病加重了，也许她现在很危险了，……"但是光急是没有用处，急也不能把火车急得到手。倘若杰生与五省联军总司令有密切的关系，或者是吴大将军的要人，或者手中有几营兵八，那么杰生一定可以想方法把火车弄到，而没有这样着急的必要。但是杰生是一个穷书生，并且是一个……哪能够有这样的想头！没有办法，哼！简直没有办法！

杰生急得两眉直皱，心里充满了牢骚，愤恨，怨怒，但是无从发泄。向谁发泄呢？车站的人拥挤异常，兵大爷，商人，逃难的，男的，女的，大的，小的，只看见人头撞来撞去。是等车？是寻人？是看热闹？杰生当然没有工夫研究这些，因为自己的气都受不了了。他真想把自己的气发泄一下，但是向谁发泄呢？也许这拥挤的群众中，也有很多的人在生气，如杰生一样，或者他们也如杰生一样要把自己的气发泄出来，但是没有发泄的目标。杰生手提着皮包在人群中也乱挤了一阵，向这个瞧瞧，向那个瞧瞧，但没有任何的目的，不过是混时间罢了。

时候已经是不早了，既没有火车可乘，难道还能在车站过夜么？当杰生初下车时，有几个旅馆接客的茶房问他要不要住旅馆，杰生彼时都拒绝了，但是现在火车既然没希望了，当然是要打算住旅馆的。但是住哪一家旅馆好？哪一家旅馆干净而且离车站近些？杰生第一次到徐州，关于徐州的情形当然是不清楚。杰生正在出车站门口意欲到街上找旅馆的当儿，忽然一个接客的茶房走到杰生的面前，说道："你先生要住客栈么？"

"住是要住的，你是哪一家的客栈？"杰生将接客的手中的招牌纸拿着看一看，"你的客栈在什么地方？离车站远不远？"

"俺们的客栈就在前边，请你老去看看罢，包管你合适。"

"也好，去看看再讲。……"

接客的茶房在前边引路，杰生在后边垂头丧气地跟着。杰生这时只是想着：明天有车没有？她的病怎样了？……徐州的旅馆好不好？贵不贵？……他也没有心思看街上的景象如何。原来这家旅馆离车站非常之近，不几分钟已经到了。杰生看看还干净，于是就在一间八角大洋的房间住下。这时已经上灯了；杰生洗了脸吃了饭之后，孤单地独对着半亮不明的煤油灯坐着，心中万感交集，无聊至不可言状。他无论如何，摆脱不了一个问题：她的病怎样了？也许她久等我不到，病又因之加重了。……

　　谁个教他在这无聊的旅馆中坐着？谁个破坏了火车的秩序？谁个弄得他不能即刻乘陇海路的车往开封去，往开封去见病着睡在床上的爱人去？……杰生想到这些，不禁对于好战的？野蛮的、残忍的军阀，起了一种最无涯际的仇恨。杰生在此以前，当然也是很仇恨军阀的，并且他决定牺牲一切为着推翻军阀奋斗，为着解放被压迫的人民奋斗，但是从未曾象此时仇恨军阀恨得这样厉害！他这时仇恨军阀，几乎仇恨到要哭的程度了。但是仇恨只管仇恨，而火车还是没有。杰生尽管在凄苦的旅馆中对着孤灯坐着，尽管生气，尽管发牢骚，而那些破坏火车秩序的人们——五省联军总司令、胡子将军、狗肉大帅，及其他占有丘八的军官——总是在自己的华贵的房子里快活，有的或者叉麻雀，有的或者吃鸦片烟，有的或者已经抱着娇嫩的、雪白的姨太太的肉体在睡觉，在那里发挥他们兽性的娱乐。怎么办呢？唉！想起来，真是气死人呵！唉！这名字就叫做气死人！

　　杰生不愿意多坐了，坐着真是无聊！正在欲解衣睡觉的当儿，忽然门一开，进来了一个茶房，不，这恐怕是帐房先生罢，他头戴着便帽，身穿着篮洋布的长衫，似乎是很文明的样儿。杰生当然不便问他是茶房还是帐房，只等他首先说话；既然进来了，当然是有话要说的。进来的人向杰生笑一笑，说道："先生就要睡觉么？天还早呢。"

　　"一路车上弄得我很疲倦，我现在要睡了。也不知明天有往开封的车没有，你先生晓得么？"

　　"不瞒你先生说，"他说着向门旁边一张小椅子坐下，"现在的事情，谁也说不定。自从打仗以来，津浦车和陇海车都弄得没准了。津浦车还好一点，陇海车可是糟透了！说不定三天两天才有一趟车。你先生到开封去么？"

　　"车站上办事人说明天或者有车，请你们好好地替我打听打听。我有要事，我明天是一定要走的。"

　　"你先生可不必着急，若真正没有车来，你怎么走呢？在徐州多玩一天也不要紧。……"

　　多玩一天也不要紧？杰生听了这句话，真是刺耳得很！不要紧？老婆病在床上，现在还不知道怎么样了，难道说这还不要紧么？杰生真想打他一个耳光，好借此发泄发泄胸中的闷气。但是这一个耳光怎么好下手呢？你老婆病在床上，这并不是他，这位帐房先生的过错呀！帐房先生也没有教火车不开，而况他说多玩一天也不要紧，这完全是安慰杰生的好意；难道说好意还要得到恶报么？杰生虽然要打他一个耳光出一出气，但究竟知道这是不应当的，所以终没做出这种愚蠢的，不合理的事来。

"先生，"帐房先生没有察出杰生内心所生的情绪，还是继续笑眯眯地说道，"徐州当然不能同上海比呢。自从打仗以来，俺们徐州闹得更糟，你先生在车站上没看见么？你看那些逃荒的，可怜的穷人！……"

"听说山东现在闹得更糟呢！"杰生皱着眉头说。

"可不是呢！山东的人民现在简直不能过日子！十七八九岁的大姑娘论斤卖，饿死的饿死，被军队杀死的杀死，说起来真是不忍听呢！先生现在的年头，大约是劫数到了。"

杰生听了帐房先生的这一段话，心中顿如刀绞的样子。若在平素的时候，杰生一定要向他解释军阀之为害及人民受痛苦的原因，——这是每一个革命家所应当做的事情！但是杰生现在不知说什么话好，只是叹气。帐房先生忽然掉转话头，问道："先生，一个人睡是很寂寞的，找一个姑娘来陪伴罢？……"

杰生听了这话，心中想道，这小子刚才所说的还像人话，现在怎么啦要我做这种事呢？这小子简直是浑蛋！简直不是好人！但杰生心中虽然这样想，表面还是带着笑说道："谢谢你，我不用，我觉着一个睡比两个人睡好。"

"先生，我替你找一位姑娘，私门头，乡下姑娘，包管你中意！叫来看看，好呢，你老就将她留下；不好呢，你老可以不要她。她不久从山东逃难来的，来到此地不过三四天，没有法子想，才做这种事情。我打发人去把她叫来，包管你合适。私门头，清爽干净。……"

"不，不，不要叫她来！我疲倦的很，要睡了。"杰生很着急地这样说，但是帐房先生毫不在意，只是老着脸皮，笑着说道："不要紧哪，包管你合适！"

帐房先生说着起身走了。杰生这时真是又气又急！又是一个"不要紧啦，"这种事情，也是不要紧么？我如何能做这种事呢？自己的爱人病在床上等我，倘若我现在干这种事情，宿窑子，这岂不是太没有良心了？这哪能够干呢？而况且以金钱买人家的肉体，……我还能自称为社会主义者么？我岂不是浑蛋？不能干，绝对地不能干？而况且我从没宿过窑子，难道说今夜把我的清白都牺牲了么？不能干，绝对地不能干！这位帐房先生浑蛋！简直是浑蛋！……

杰生决定了无论如何不能干这回事情。他即时起来把床铺好，把衣解开，一下跳到床上躺下，可是他忘却把门关上，等到他想起下床关门的时候，一位姑娘已经走进门来了。杰生坐在床上，两眼一愣，不知怎么样办法是好；把她推将出去？或是向她说不要？或是请她坐下？怎么对付呢？杰生这时却真是难为住了！这位姑娘年约二十左右，身穿着蓝布的没有加滚的很长很长的外衣，完全代表一种朴实的北方的风味。一副很白净的，很诚实的面孔，迥然与普通的妓女两样，看来她的确是一个初次下水的乡下的姑娘。她走进门来，很羞赧地垂着头坐下，一声儿也不响。她的这种可怜的模样，弄得杰生向她起了无限的同情，杰生本想叫她出去，本想向她说，"我对不起你，我现在不需要你，"但是总是说不出口。杰生想道，倘若我叫她出去，这不要使她很难过？这不要使人家笑话她么？她这样怪可怜的，……但是我又怎么能留她呢？我对不住我的病在床上的老婆，我对不住我的良心，……但是又怎么对付这一位可怜的姑娘呢？杰生找不出办法，忽然从口中溜出一句话来："你是哪里的人？"

"俺是山东人。"这位姑娘抬起头来，说了这一句话，又将头低将下去了。

"你什么时候到此地的？"杰生又不自主地问了这一句。

"刚刚才四天头。"

"你一个好好的姑娘家，为什么要做这种事呢？"

"没有……法……子！……"

这位姑娘继续地说了这句话，带着很悲哀的，哭的声音。杰生听了这种声音，不知为着什么，一颗心不禁战动起来了。"没有……法……子！……"唉！这一句话，这四个字，含着有多少的悲哀在里面！含着有多少的痛苦在里面！含着有多少人类的羞辱在里面！或者别人听见了这四个字以为是常语，毫不注意，毫不能引起心灵的感觉，但是杰生，杰生是一个真实的社会主义者，是一个富有人类同情心的人，如何能不感觉到这四个字的意义呢？杰生这时心里难过极了，即刻想把她抱在怀里，好好地抚摩着她的头发，安慰安慰她的痛苦的心灵。杰生这时似乎把病在床上的爱人忘却了，这种忘却并不是因为杰生现在对于这位姑娘起了肉感，而是因为这位姑娘的悲哀把他的心灵拿住了。

大家沉默了一会儿。杰生还是没有找到对付这位姑娘的方法。杰生后来想道，给她几个钱请她回去罢，反正她是为着钱而来的。至于我留她住夜，这不是妥当的办法，而且我的良心绝对不允许我。……于是杰生向这位姑娘说道："姑娘，我不是这样的人，我给你几个钱，你可以回去罢！"

杰生说了这几句话，以为这位姑娘听了一定是答应的，可是这位姑娘抬起头来，两眼闪着悲惨的，令人可怜的光，向杰生哀求地说道："请你老爷做一点好事罢！……俺的婆婆是很厉害的，假若俺现在回去，俺的婆婆一定说俺得罪了客人，不会……俺一定要挨打！……"

"你的婆婆？你的婆婆逼你做这种事情？"杰生很惊异地问。

"也是因为没有法子，没有饭吃！……"

"你已经出嫁了么！你的丈夫呢？"

"俺是童养媳，丈夫还没有跟俺成亲，……他于数年前出去当兵去了，……到现在……他……他还没有消息。……"这位姑娘说着哭起来了。"俺也不知他是……死……还……还是活！……"

杰生看着她这种情况，自己的两眼内似觉也起了泪潮的样子；本想说一句劝她："你不要伤心，不要哭了！"但是不知什么原故，语音总吐不出来。同时她的哭声如针一般刺得杰生的心灵难受。杰生这时也不顾一切了，跳下床来，拿着自己的手帕，为她试眼泪，她也不拒绝。最后他抚摩着她的两手，很温柔地，慈爱地，说出一句话来："请你不要再哭了！……"

这时的杰生简直忘却了"请她出去，"他把她拉到床沿坐下，自己跳上床侧着身子躺着，请她为他叙述她的家事。她也忘了她是为着什么来的，她此时深深地感觉到杰生对于她的温情柔意，——这并不是一个男子对于女子的温情柔意，这是一个人对于人的温情柔意。这位姑娘虽然到徐州才不过四天，但已经陪过三个所谓"客人"了，在这些客人之中，她似觉今夜这位客人有点异样，呵，其实她此时也忘记了杰生是客人之类了。别的客人曾搂过她，紧紧地搂过她；曾吻过她，很响地蜜蜜地吻过她；曾说过一些情话（？），很多的很多的情话；但是这位客人也不搂她，也不吻她，照理讲，她应当感觉他不喜欢她了，然而她今夜的感觉为从前所未有过，虽然她说不出这种感觉是如何的深沉，是如何的纯洁，是如何的可贵。她是一个无知识的，可怜的，乡下的女子，或者是一个很愚钝的女子，但她能感觉得这位客人与别的客人不一样，绝对地不一样。当杰生跳上床侧下身子的时候，她睁着两只有点红肿的、射着可怜的光的眼睛，只呆呆地向着杰生的面孔望。杰生这时也莫名其妙她心灵上有什么变动；他躺好了之后，即拉着她的右手，向她说道："请你详细地向我述一述身世罢！"

"好！……"

她于是开始叙述她的身世：

"俺娘家姓张，俺原籍是山东济南府东乡的人。俺爹种地，当俺十岁的时候，俺妈死了，俺爹因为无人照顾俺，又因为俺家穷将下来了，于是就把俺送到婆家当童养媳。俺婆家也是种地，离俺家有五十多里地，那时俺婆家还很有钱。起初，俺婆婆待俺还不错，俺公公也是一个好人。过了几年，俺公公忽然被县里的军队捉去了，说他通什么匪，一定要枪毙他。俺婆婆那时哀告亲戚家门想方法救他，可是谁也不愿出力，俺公公终归冤枉死了。"

"那时俺已经十四岁了，听见公公死了，只整天整日地陪着婆婆哭。俺丈夫那时是十六岁了，他很老实，很能做活，俺公公死后，种地都全仗着他。俺公公死后第二年，俺乡天旱将起来了，到处都起了土匪，老百姓种地也种不安稳了。俺丈夫听了一位邻家的话，说吃粮比种地强得多，不则声不则气地跑了，哼！一直到现在……已经五年了，……"她说到此地眼泪又掉下来了。

"这五年简直没有得着他的音信么？"杰生插着问，同时递手帕与她试泪。

"简直一点儿也没得着！"她试一试眼泪，又继续呜咽着说道，"谁晓得他现在是死，……是活，……俺的命真苦！……"

"自从他跑了之后，俺同俺婆婆就搬到城里找一间破房子住着。俺替人家浆洗补连，天天挣点儿钱糊嗒嘴。俺婆婆时常不老好，害病俺只得多劳些儿。中间有人向俺婆婆说，劝俺婆婆把俺卖掉做小（即小老婆），幸亏俺婆婆不答应。俺婆婆那时还希望俺丈夫回来呢。"

"俺婆俩这样对答对答地也过了四五年。谁晓得俺山东百姓该倒霉，来了一个张督办，他的军队乱搞，奸淫焚掠，无所不为，实在比土匪还要凶些！现在山东简直搞得不成样子，老百姓都没有饭吃。俺在山东登不住了，俺婆俩所以才逃难到此地来。谁知天老爷不睁眼睛，俺的几个钱又被哪一个没良心的贼偷去了。……唉！……幸亏这个旅馆的帐房先生是俺公公的交好，他把咱们收留在他的家里住着。"

"就是叫你来的这位帐房先生么？"杰生插着问。

"是的。"

"是他逼你做这种事情么？"

"俺，俺也不晓得，……俺婆婆说，若俺不做这种事情，俺婆俩就要饿死。……俺起初不愿意做这种事情。俺怎能对得起俺爹和俺妈生俺一场呢？……后来俺婆婆打俺一顿，俺才没法子，……"她说到此地又放声哭起来了。杰生又安慰她两句，替她试试眼泪，她才停止哭。沉默了两分钟的光景，她又叹了一句，深深地叹了一句："俺的命真……真苦！……"

唉！可怜的，命苦的，不幸的姑娘！杰生听了她的一段简单的，然而充满着悲哀的，痛苦的历史，心灵上说不出起了多少层颤动的波浪。难道说这种惨酷的命运是应当的？这样朴实的，心灵纯洁的，毫无罪恶的姑娘，而居然有这种遭遇，请问向什么地方说理呢？唉！这就叫做没有理！……杰生又想起山东人民受苦的状况，那种军队野蛮的情形，"十八九岁姑娘论斤卖"，喂！好一个可怕的世界！可怕！可怕的很！杰生不由得全身战栗了。这位姑娘又悲哀地重复了一遍："俺的命真苦！……"

唉！命苦！命苦岂止你一个人么？……

时候已经快到夜半了。杰生看看手表，知道是应当睡觉的时候了，而且杰生因旅行，因受刺激，精神弄得太疲倦了，应当好好地休息休息。但是这位"陪陪伴"的姑娘呢？请她出去？已经半夜了，请她到什么地方去呢？不请她出去？……到底怎么办呢？杰生想来想去，只得请她在床那头睡下，而且她说了这些话，也应当休息一下了。好，请她在床那头睡！这位姑娘很奇怪：这位客人真是有点两样！他叫我来干什么呢？……但是她想道，这位"客人"真是一位好人！

两个人两头睡，一觉睡到大天光，杰生醒来时已经八点钟了。当杰生醒来时，姑娘还在梦乡里呢。杰生将她推醒；茶房倒水洗了脸之后，杰生从皮包里拿出七块大洋与她，说道："你现在可以回去了。"

"怎好拿你老的钱呢？"

"不拿钱？不拿钱，你回去又要挨打了！"

姑娘将钱接在手里，两眼放出很怀疑的、但又是很感激的光，呆呆地向杰生看了一忽儿，于是慢慢地走出门去。

……杰生是等到往开封的车了。杰生在三等拥挤乱杂而且双臭又破烂的车厢中，左右看看同车的乘客，大半都是画皮黄瘦，衣服破烂，如同乞丐一样的人们；又想想那位姑娘的遭遇及自己老婆的病和自己的身世，不禁很小声地沉重地叹道："悲哀的中国！悲哀的中国人！……"

1926 年 9 月 3 日

寻　爱

　　青年诗人刘逸生，虽然尚未完结大学生的生活，然而他的名声已经传扬海内了。他出了一部诗集名为《春之花》，大半都是歌咏爱情的，情问婉丽，脍炙人口。大家都以为他是天才的诗人，就是他自己也常以天才的诗人自许。真的，刘逸生真是天才的诗人！倘若他能继续地努力创作，又谁能断定他将来不是李白，苏东坡，袁子才，或是德国的海涅，法国的米塞，英国的夏芝呢？……可是近一年多以来，读者们总未看见刘逸生有什么创作出世，似乎他完全绝了笔的样子。有些爱好文学的人们一到一块儿总要谈论到刘逸生的身上来：刘逸生真是一个有天才的诗人，可惜近一年来不知怎的一点儿东西也没有了。……是的，这的确是一件可惜的事情！好的诗人绝了笔，而现在这此蹩脚货倒扭来扭去，真是有点讨厌！若是刘逸生还继续创作下去，哼，那恐怕倒有点希望。……

　　大家都在想念刘逸生，大家都为着刘逸生可惜。但是我们的天才诗人刘逸生为什么就绝了笔？绝了笔之后还干些什么？难道说死了不成？不，刘逸生还继续在活着，不过他现在虽然也天天执笔写字，但是所写的不是令人神往的美妙的诗章，而是粗糙的、无味的工会的通告。说起来，这件事倒也有点奇怪！为什么我们的天才诗人放着好好的诗不去做，而来干这种非诗人所应干的勾当？难道说刘逸生得了神经病？发了疯？不，刘逸生现在还是一个神经健全的人，并且没有得了什么疯症。倘若把他拉到很亮的地方一看，或是仔仔细细地一看，他的面孔还是如从前一样的白净，他的微笑还是如从前一样的温柔，说出话来的声音还是如从前一样的好听，并没有令人断定他是病人的征象。但是他的脑筋中的思想却变了：从前总是思想着怎么样才能做得好诗，怎么样才能成为一个大诗人，……现在他却思想着怎么样才能将工会的势力扩张，怎么样才能制服资本家的阴谋。……奇怪的很！在思想上，刘逸生前后宛如两人。为什么刘逸生变到这个程度？这大约是为读者所急于要知道的罢。好，我现在就说与读者听听。

那也是诗人的本质，刘逸生生来就是多情的种子。当他成为诗人而且享盛名的时候，刘逸生越发多情起来。读者诸君想想：倘若刘逸生不是多情的诗人，那他怎么能写出温柔艳丽令人神醉的爱情诗来？刘逸生是新式的诗人，在他的作品中，我们虽然不能找出许多怜香惜玉的句子，虽然不能找出如旧式诗人那一种愿做护花主人的情绪，但是这又有什么要紧呢？你看他的独创的句子："爱情的花芯为何这般香嫩"？"妹妹呀！愿你那两座娇嫩的乳房做我终身甜蜜的坟墓"！"你听一听我的心弦上弹的是怎样温柔的调子"？"……"这种诗句真是麻醉读者的心灵，同时证明刘逸生是一个天才的爱情的诗人，照理讲，这样多情的诗人应当好好地过着爱情的生活，应有多得着女子们爱慕他的机会，换一句话来说，刘逸生不愁没有女人来爱他，——美丽而多情的女子应当要爱这种多情的诗人！多情的诗人不去爱，还要爱什么人呢？倘若我作者是个女子，也许我要写几封甜蜜的信给他，表示我爱他，并且还要要求他爱我，时常在我面前漫吟那温柔的诗句，……更进一步，也许我要求与他结婚，与他永远过着诗的美梦。可惜作者不是一个女子！就是讲起面貌来，刘逸生也还生得可观，虽然没有宋玉、潘安那般漂亮，但也没有像李逵那样黑得怕人，象《歌场魔影》中的主人公依利克那样丑得特别。刘逸生的确生得还不错！他的面貌虽然没有象他诗那样的美丽，但也并不讨厌人。就使面貌生得不十分好，只要诗做得动人，只要能文名闻海内，哪还怕没有女子来爱他吗？如此，在起初的时候，不但别人以为刘逸生的恋爱问题是容易解决的，就是刘逸生自己也何尝不是如此地自信呢？但是结果适得其反！我们的多情的诗人一直到现在还没有找到一个爱人，还没有接着一封美丽的女子寄给他的情书。也就因为这个原故，刘逸生把做诗的笔扔掉了，现在专门坐在一间枯燥的工会办公室里。……

刘逸生在美术大学读书的时候，一切都好，诗也做得好，名声也好，但是有一点不好：少了几块大龙洋用。刘逸生所以能在大学读了三年半书，全靠着自己东西筹措，穷家庭是没有接济的。经济状况既然困难，所以刘逸生的衣装就使刘逸生在人前不能生色。虽然我们的诗人在各杂志上发表了许多诗篇，并且出版了一部诗集，但是现在的社会是没有钱给诗人用的。于是刘逸生都好，谁个也不能说他一句坏话，惟有缺少几块大龙洋用用。刘逸生是一个理想主义者，常常想道：钱算得什么一回事？爱情是超出于金钱之外的！卓文君看中了司马相如，红拂妓私奔李卫公，这是多么好的逸事呀！也许一朝有一个天仙似的女子，具着侠义的温情和特出的识见，来与我……呵呵，我是一个诗人呀！我是一个天才的诗人呀！难道说就没有女子认识我么？银钱算一回什么事情呢？爱情不应当顾及到这些。……刘逸生总是这样想着，对于自己恋爱问题的前途并不抱悲观。可是光阴一天一天地过去，刘逸生在美术大学中然已读了两年多书，虽然也负了诗名，但未见有任何个女子来爱他，同时因为年纪大了，刘逸生的确起了强烈的爱情的需要，非急于解决恋爱问题不可。刘逸生天天盼望他的理想中的女子来爱他，但总没见着她的影子。刘逸生于是渐渐着急起来了！糟糕的很！现在还没有弄得一个爱人，等到年纪老了怎么办呢？况且我是一个诗人，诗人没有一个好爱人还能行吗？倘若我能得到一个满意的爱人，倘若有一个美丽的女子来爱我，那我将写出更好的、更动人的诗来，……但是为什么没有人来爱我呢？女同学倒也有十几个，密斯李，密斯叶，密斯周，大致还不错，但不知为什么都不注意我！为什么她们不来爱我？这真是怪事！难道说瞎了眼睛吗？……密斯叶看起来倒有点风韵，态度一切都还好，几笔画也透逸得可爱，照讲她可以了解我的诗人的心情，可以明白什么叫做艺术家的爱，但是她为什么与一个轻浮粗俗的男子来往？因为他有钱？因为衣服穿得漂亮些？真是怪事！……刘逸生一天一天地奇怪为什么没有一个女子爱他，同时他要恋爱的欲望愈切。他想道，这恋爱的问题真是要急于解决，否则，于精神上，生理上，都觉得不方便，都觉得有缺陷也似的。

　　光阴如箭一般地飞跑，绝没有一点儿迟疑的停歇。虽然刘逸生总是天天等着理想中的女子来爱他，但是时间却没有一点儿等候的忍耐性，它总是催着人老，总是催着人增加自己的岁数。刘逸生不觉地在美术大学已到三年级的光景了，但终没有等候着哪一个女子来爱他。他于是一天比一天着急，一天比一天烦闷，因之，他所写出来的诗渐渐表现出来一种烦闷的情绪。这也难怪我们的诗人弄到这步田地：恋爱的问题不解决，真是于精神上，于生理上，都觉着有大大的缺陷！恋爱是青年的一个大要求，况且是我们的多情的诗人刘逸生？诗人不能得着一个美人做为伴侣，这简直是缺少所谓司文艺的女神呀！这是不应当的事情！刘逸生渐渐地想道：莫非是我还没有明白女性的心理？莫非是女子是不愿意做主动的？莫非是恋爱一定要自己去寻找？也许是这样的吧，待我试一试。……刘逸生每每想到此地，脸上不自觉地要发起红来，暗暗地起了一种羞意。但是恋爱问题是一定要解决的，不解决简直不能了事！好，一定去进行寻找罢！

于是刘逸生就进行去寻爱。

我们的诗人第一次寻爱寻到密斯叶的身上。密斯叶在美术大学中要算得女学生中的第一朵花了。刘逸生老早就看中了她，老早就想道，密斯叶虽然不是理想中的爱人，但是她那一双秀媚的眼睛，硃红的嘴唇，风韵的态度，又兼之会绘画，的确是一位可爱的女性。不过从前刘逸生所以没向她进行，是因为刘逸生想道，她一定是要求先向他表示爱情的，于是他慢慢地等着她的爱；但是一等也不见来，二等也不见她注意，只等得刘逸生失去了忍耐性。现在刘逸生真是等得不耐烦了，不得不变更战略，改取进攻的形势。真是难为了我们的多情的诗人！他想出种种方法与密斯叶接近，与密斯叶谈话，在谈话之中，他渐渐现露自己诗人的心情。他百般向密斯叶献殷勤，使密斯叶感觉他在爱她。但是密斯叶一者是因为别有所恋，二者是因为自身本是娇艳的玉质，美丽的鲜花，没有感觉这位穷诗人有可爱的地方，所以我们的刘逸生徒耗费了满腔心血，只落得她以一个白眼相赠。刘逸生渐渐觉得没有达到目的的希望，于是就失望，于是由失望而愤闷：

"唉！这一班女学生都是肉的！只是做小姐和姨太太的材料，懂得她娘的什么艺术。懂得她娘的蛋！唉！……"

我们的诗人真是愤闷极了！密斯叶真是没有眼睛！……在刘逸生初向密斯叶进行的时候，同学们还不注意，后来他们渐渐觉得了。他们不但不向刘逸生表同情，不但不希望这一个女画家和一个男诗人成为有情的伴侣，而且在暗地里笑刘逸生不自量，笑刘逸生是傻瓜。有一天晚上，刘逸生顺便走过一间同学寝室的门外，听见里边谈得很高兴，不禁停了一步，恰好听着一句："你看！刘逸生癞蛤蟆想吃天鹅肉呢！……"

刘逸生也不再听下去了，闷闷地，如失了神气似的，走到自己房里，就躺下，连晚饭也不去吃了。这一夜刘逸生翻来复去总是睡不着，总觉着受了莫大的羞辱，一定要哭一场才能快活。刘逸生不是一个天才的诗人吗？刘逸生不是一个名满海内的诗人吗？一个名满海内的天才的诗人受了这种轻蔑的侮辱，想起来是何等的恼人！刘逸生真是要气死了！

我们的诗人转过念头一想：女学生大半都是小姐出身，目中只有金钱势利，原来是靠不住的。她们只预备做太太或姨太太，或博士夫人，绝对不了解艺术是什么东西，当然更不了解我诗人的心情。私奔李卫公的红拂，《桃花扇》中的李香君，这都是风尘中的人物，然而竟能做出千古的韵事。我要找爱人还是在风尘中找吧！是的，女学生没有什么多大意思！讨厌的很！……忽然"新世界"的小黑姑娘的影子闪到刘逸生的脑里：不高不低的身材，一双浓而俏丽的弯眉，一个垂在耳旁的、有特殊意味的小髻，黑得如乌云一般的头发，未唱而先带笑的神情，但是又很庄正的，风韵的态度，那唱起来如莺歌燕语的声带，……刘逸生不自禁地自己笑了一笑，想道，小黑姑娘的确还不错，的确像一个艺术家的样子，今晚不如去听她一曲大鼓，借此解解心中的闷气。刘逸生到了"新世界""自由厅"，故意跑到前一排坐着，为着好听得清楚看得明白些。还未到小黑姑娘登台的时候，先看了一场童子技击，三弦打戏，刘逸生心中有点不耐烦，只希望他们赶快从台上下去，好让小黑姑娘上来。结果，小黑姑娘上台了。刘逸生仔细一看，（刘逸生虽然时常到"新世界"来，但总未有过如今天这样地将小黑姑娘看得仔细！）更觉着小黑姑娘艳而不俗，的确是有艺术家的风韵！这时我们的诗人想道：小黑姑娘的确很不错！若我能将她得到手里，一个是诗人，一个是歌女，岂不也是一番佳话吗？……刘逸生于是也没有心思听小黑姑娘唱的是哪一段，是《锤子期听琴》还是《三堂会审》，只顾两只眼睛望着小黑姑娘口动，满脑子想一些与小黑姑娘恋爱的事情。忽然刘逸生莫名其妙地叹了一声："唉！风尘中真有好女子！"

我们的诗人越想越觉得小黑姑娘可爱，决定要在小黑姑娘身上用情。从此以后，他就接连来"新世界"许多次，名为听小黑姑娘的大鼓，其实是他想借此博得小黑姑娘对于自己的注意，换一句上海话来说，我们的多情的刘逸生想与小黑姑娘吊膀子。但是奇怪的很！有艺术家风韵的小黑姑娘总未曾将自己那双俊眼的秋波向着刘逸生送过。难道说她也瞎了眼睛不成？为什么不能感觉到有一位天才的诗人在台下睁着两眼在求她的爱？刘逸生又渐渐懊恼起来了；心中想道，到底是无知识的女子，终久不过是哪一个阔老的姨太太，……可惜！……倘若她能了解我，那是多么好的事情呵！……

有一次，也是最后的一次，我们的诗人正在台下向着台上的小黑姑娘痴望，忽然觉得小黑姑娘经过自己的头上打一道无线电，回头一看，呵，原来他背后隔两三排的光景，坐着一位穿西装的漂亮的少年：满嘴的金牙齿，手拿着雪茄在那里吸，带着几颗明亮发光的钻石戒指。他的面孔虽然并不大美，但是他一身的服装，的确使他在人群中特别出色。倘若刘逸生与他比起来，那简直糟糕的很，不过一寒酸小子而已！不错，刘逸生会写出很美丽的诗章，但是在人群中，人们只晓得看外表，谁要听你的臭诗呢？刘逸生在这种环境中简直显不出自己长处来！……刘逸生看了这位少年之后，觉着他的希望又完全消灭了。小黑姑娘还未将一曲大鼓唱完，刘逸生已经坐不住了，不得已，垂头丧气地走出了"新世界"。走出了"新世界"门口，刘逸生摸摸腰中还有几角小洋，决定往"太阳公司"去吃两杯咖啡，吃了之后，好回到家里去困觉。完了，一切都完了！还有什么希望呢？唉！简真没有希望了！

"太阳公司"有两个下女，（或者称为女招待？糟糕的很！连我作者也弄不清楚！）都不过十八九岁的光景；生得都颇不俗，妆饰得也很素雅。刘逸生也曾来过此地几次，对于这两位下女，也曾暗暗地赏识过，并曾向朋友说过："太阳公司的两位下女还不错！……"但他从未有过要爱她们的念头。这次从"新世界"失败来到"太阳公司"，满腹牢骚，无可告诉。他坐下后，即有一个年轻些的女子走到面前，笑吟吟地问他要吃什么，问了之后，就恭恭敬敬地端上一杯咖啡来。这时刘逸生想道"也好，到底有一个女子向我笑了一下，而且端一杯咖啡给我吃呵！……"于是刘逸生满腹的闷气也就消散了一半。不料"太阳公司"的下女也是同"新世界"的小黑姑娘具着同样的脾气的。这位年轻的下女将咖啡端给刘逸生之后，就到他隔壁坐着四位穿西装少年的桌子那边去了，她同他们又说又笑，几乎把刘逸生忘却了的样子，或者竟没把刘逸生放在眼里。这几位西装的少年个个都眉飞色舞，就同暗暗地故意地讥笑刘逸生的样子："你这样穷酸也来吃咖啡么？你这样阿木林也想来同女子吊膀子么？只有我们才配呢！……"刘逸生越看他们越生气，越生气越觉着他们在侮辱他。他于是在咖啡店也坐不住了！

到什么地方去呢？回家困觉？还是到黄浦江去投水？……我们的多情的诗人至此时不禁流下了几点眼泪。

自这一次失败之后，刘逸生渐渐对于自己怀疑起来了；什么是天才的诗人？天才的诗人有什么用处？为什么我到处遭人白眼？为什么这些女子们对于我这般的轻视？难道说恋爱都在金钱的问题上？难道说人的服装比人的心灵要贵重些？……我们的诗人思想尽管思想，怀疑尽管怀疑，然而总不能解决这个问题。他是一个理想主义者，是一个罗曼谛克 Romantic，绝对不愿意相信恋爱要以金钱为转移！他想道，倘若事事都依赖着金钱，神圣的恋爱也要依赖着金钱，没有金钱就不能恋爱，那么这是什么世界呢？什么理想，什么纯洁，什么神圣……，岂不是都被玷污了吗？这又怎么能行呢？我们的罗曼谛克，无论如何，是不愿意相信的！

刘逸生虽然遭了失败，遭了侮辱，然而并没有完全灰心。他每每自慰道，也许我碰着的那是鬼，都是一些无心灵的蠢物，也许真正的理想中的女子我还没有遇着。倘若我能多注意一点，终久是可以找得到的。……我们的诗人既有这般的自信心，所以还继续着寻爱，还抱着希望。是的，"有志者事竟成"，"天下无难事，只怕有心人！"难道说连一个女子都找不到吗？而况刘逸生是一个名闻海内的天才诗人？……

"神仙世界"开幕了。别的游戏场的茶房都是男子充当，而初开的"神仙世界"独翻出新花样，雇一些年轻的女郎们充当茶房，借此以招来顾客。大约在上海爱白相的人们，尤其是一般纨绔青年，总都要来此参观一下。我们的诗人当然非纨绔的青年可比，但还总是年轻人，一种好奇心当然也不落他人之后。是的，去看一看又何妨？且看看女茶房到底像什么样子！也许其中有几个好的也未可知。……如是我们的刘逸生就决定花费三角小洋（别的游戏场的入场费是小洋二角，而"神仙世界"所以要三角者，是因为里边用的是女招待，最后一角小洋算为看女招待的费。）到"神仙世界"逛一逛，看看到底是什么一回事。刘逸生又想道："……况且听说白云鹏现在在'神仙世界'说书，久已未听他了，何妨就便去听一听？……"

刘逸生进了"神仙世界"周围转了一遭，果然见着有许多风致翩翩的女招待，一切神情行动比男茶房要文雅得多了，使人感着一种别趣。他心中暗暗地想道，呵呵，原来如此，怪不得入场券要三角小洋了。刘逸生是爱听大鼓的，别的什么滩簧，什么文明新戏，他不愿意看，并且看了也不懂。最后他找到了说书场，找一个位置坐下，其时白云鹏还未登场。在这个当儿，忽然一个二十来岁的女茶房走到他的面前，笑眯眯地，轻轻地问一声，先生要吃茶还是开水呢？

"拿一杯开水来吧！"

刘逸生说了这句话，定睛一看，见着这位女茶房虽然没有闭月羞花之貌，然倒也温雅不俗。心中想道："女茶房有这个样子也算不错了！……她对我的那般温柔的笑容，那种殷勤的神情，……不错，的确不错！……倘若她能了解我，唉！那我也就……风尘中是一定有好女子的。……"这位女茶房将开水端来之后，即招待别人去了，没有工夫来同刘逸生谈诗，更没有工夫来问刘逸生在想什么。我们的诗人的肚量也很宽，并不计较这些，以为她既然是女茶房，那么她当然也要招待别人的。白云鹏上场了，好，不去管她招待不招待，且听一听白云鹏的《费宫人刺虎》罢。……

时间是已经十一点多钟了，刘逸生应当回寓安寝，第二天还是要好好上课的。刘逸生向荷包一摸，摸出有三十多枚铜元的样子，将女茶房喊到交给她。读者诸君，你们要晓得这是刘逸生第一次的特别行动！在"大世界"，在"新世界"，或在"天韵楼"，一杯开水不过给十几枚铜元足矣。现在我们的多情的诗人，因为优待女茶房起见，所以多给十几枚铜元，以为如此做去，这位女茶房一定要说一声谢谢。谁知事情真有出人意料之外的：这位"温雅不俗"的女茶房见着这区区的三十几枚铜元，即时板起鄙弃而带怒的面孔来。说道："哼，就是光茶钱也要两毛钱呢，况且还有小账！你先生太不客气了！……"

刘逸生见着她那种令人难看的神情，听着她那种难听的话，真是把肚子都气得要破了！说什么话才好？骂她？打她？怎么样对付她？唉！简直真正岂有此理……这时刘逸生感觉到从未感觉过的侮辱，几乎气得要哭！又似觉许多眼睛都向着他望，他更觉得难受之至！但是怎么办？简直没有办法！刘逸生不得已气忿忿地又掏了两毛小洋掼在桌上。心中想道："唉！算了！你算是大王爷！从前向我笑也是为着几个钱，现在这般侮辱我也是为着几个钱，横竖是几个钱在做祟，反正是钱，钱，钱！……"

刘逸生这晚回家之后，翻来复去睡不着。他的思潮如浪一般使着他抛去一切的诗人的幻想。他肯定了：现在的世界是钱的世界，什么天才的诗人，什么恋爱，什么纯洁，简直都是狗屁！……第二天他将自己所有的诗稿一概赠送火神，誓再不做诗了。从这日起我们的诗人就与文坛绝了缘。后来"五卅"运动发生，他看出工人运动可以寄托他的希望，可以在工人运动上扫除自己所经受的耻辱，可以更改现在的世界。……

1926 年 10 月 24 日